HAYMON verlag

Tag für Tag sitzt Ruben in seinem Sessel und starrt aus dem Fenster. Tag für Tag sieht er den Geldtransporter, der vor der Bank gegenüber hält. Eines Tages steht er auf, geht über die Straße, nimmt einen der unbewachten Geldkoffer und macht sich davon – auf in ein neues Leben. Auf seiner Flucht durch die Nacht gerät er in einen Unfall mitten in einem Tunnel. Während draußen der Schnee fällt und die Straßen gesperrt werden, sind im Tunnel fünf Menschen von der Außenwelt abgeschnitten. Jeder von ihnen hat seine eigene Geschichte, jeder sein dunkles Geheimnis – ein tödliches Drama nimmt seinen Lauf.

In seinem Roman *Schnee kommt* inszeniert Bernhard Aichner ein packendes Kammerspiel menschlicher Abgründe – virtuos komponiert, temporeich und bis zur letzten Seite fesselnd.

Bernhard Aichner

Schnee kommt

Roman

*für meine wunderbare frau
danke und liebe*

Auflage:
5   4   3
2024 2023 2022

Überarbeitete Neuausgabe der 2009 im Skarabæus Verlag
erschienenen Originalausgabe

© Haymon Verlag, Innsbruck-Wien 2014
Haymon Verlag Ges.m.b.H.
Erlerstrase 10
A-6020 Innsbruck
office@haymonverlag.at
www.haymonverlag.at

Alle Rechte vorbehalten. Kein Teil des Werkes darf in
irgendeiner Form (Druck, Fotokopie, Mikrofilm oder in einem
anderen Verfahren) ohne schriftliche Genehmigung des Verlages
reproduziert oder unter Verwendung elektronischer Systeme
verarbeitet, vervielfältigt oder verbreitet werden.

Der Verlag behalt sich das Text- und Data-Mining nach § 42h UrhG
vor, was hiermit Dritten ohne Zustimmung des Verlages untersagt
ist.

ISBN 978-3-7099-7158-1

Umschlag- und Buchgestaltung, Satz:
hœretzeder grafische gestaltung, Scheffau/Tirol
Coverfoto: www.photocase.de / Lukow
Autorenfoto: www.fotowerk-aichner.at

Gedruckt auf umweltfreundlichem,
chlor- und säurefrei gebleichtem Papier.

Valentin

Sie lag im warmen Wasser.

Ihre Augen weit geöffnet, zu einem Schrei auseinandergerissen, reglos trieb sie in der Wanne, kleine, unscheinbare Wellen auf der toten Haut. Ihr Kopf untergetaucht, die Haare wild durcheinander, das Einzige, was sich noch bewegte.

Valentins Frau war tot.

Er saß neben der Badewanne mit dem Rücken zu ihr, er hielt sich die Hände vor sein Gesicht, tat sie nicht weg, für Stunden. Hinter ihm schwamm sie, unten bei den Füßen der Fernseher. Den Wannenrand entlang bog sich das schwarze Kabel, es berührte Valentins nassen Arm, friedlich jetzt. Verzweifelt hatte er sie hochgezogen, sie geschüttelt, versucht, ihren Körper aus dem Wasser zu reißen, sie wieder wach zu machen, mit Händen, mit Schreien, Tränen. Dann hatte er sie losgelassen, sie war seinem Körper entlang nach unten gerutscht. Er war über ihr gestanden und hatte geschrien, er hatte auf die karierten Fliesen eingeschlagen, nicht nach unten geschaut. Er war aus der Wanne gestiegen, hatte sich abgewendet, sie losgelassen, sich nicht mehr umgedreht.

Sie lag im warmen Wasser.

Er hielt die Hände vor sein Gesicht. Hinter ihm seine Braut. Er konnte sich nicht umdrehen, er konnte es nicht, denn dann würde es für immer sein, wenn er sich umdrehte, würde sie tot sein, sich nicht mehr bewegen, nur noch daliegen mit diesen aufgerissenen Augen, nichts mehr sagen, ihn nicht mehr berühren, ihre Hand nicht mehr nach ihm ausstrecken. Nichts mehr.

Er spürte, wie sie tot war, er drehte sich nicht um. Er weinte. Bis das Wasser kalt war, und noch länger, tagelang,

Wochen. Als sie lange schon unter der Erde war, setzte er sich immer noch vor die Wanne, jeden Tag für Stunden seine Hände vor seinem Gesicht. Immer an derselben Stelle saß er, spürte sie, wie sie hinter ihm lag, tot war. Sie war seine Liebe, für sie wäre er gestorben, alles hätte er getan für sie, heiraten wollten sie, das weiße Kleid hing im Schrank. Sie hatte ihn geliebt, sie war gut zu ihm gewesen, mit ihr wollte er leben.

Dann fiel der Fernseher in die Wanne und sie war tot.

Er war nicht da gewesen, unterwegs, ihr war kalt, sie wollte baden, ihre Lieblingsserie lief. Sie nahm das Gerät mit ins Bad, stellte es auf den Waschbeckenrand, sie wollte sich etwas Gutes tun, das Wasser auf der Haut, der schöne Arzt mit dem Hund auf dem Bildschirm, wohlig, warm, Grey's Anatomy, Izzie, George, wie sie sich betrunken umarmten. Alles war schön, doch der Fernseher hätte nicht da sein sollen, nicht im Bad, nicht auf dem Waschbecken. Valentin stolperte, er wollte sie küssen, wollte sich zu ihr beugen, riss den Fernseher mit sich, den Arzt und seine Assistentin, Alex, Christina, alle fielen ins Wasser, waren tot, still.

Er wollte sie doch nur küssen, Valentin, er hatte die elektrischen Leitungen erneuern wollen, seit Monaten, er wollte sich darum kümmern, er wollte sie begrüßen, sie umarmen, sie streckte sich nach ihm aus. Er hatte das alte Haus sicher machen wollen, Schutzschalter, damit nichts passierte, er wollte ihre Lippen auf seinen spüren, sie begrüßen nach einer langen Fahrt, sie berühren. Sie nur küssen. Er kam nicht mehr dazu.

Ihr Körper zuckte wild vor ihm. Der Fernseher schlug im Wasser ein, bevor sein Mund auf ihrem ankam, ihr Lachen wurde zu einer Fratze. Wie sie zuckte. Wie er sich nicht rühren konnte, nicht begriff, was passiert war. Wenige Sekunden nur, dann lag ihr Arm still im Wasser, ihre Hand sagte nichts mehr. Komm zu mir. Küss mich. Nichts.

Er packte sie. Er riss sie nach oben, er zerrte an ihr, nahm sie, umarmte sie, drückte sie an seine Brust, schrie sie an, er hielt ihren weichen Körper, sie hörte ihn nicht. Sie blieb, wo sie war. Draußen stand der Lkw, der Motor war noch warm, er tat die Hände vor sein Gesicht, weinte.

Jetzt wieder, Monate danach, immer noch. Während er im Lkw die Passstraße hinauffuhr, dachte er an sie, er erinnerte sich an alles, an ihr Gesicht im Wasser, die Haare, ihre Hände. Er sah sie vor sich. Es hatte zu schneien begonnen, der Schnee kam zu früh in diesem Jahr. Seit sieben Monaten war sie tot.

Die Flocken legten sich langsam nieder, verschwanden, neue kamen, sie tauchten ein in die schwarze Straße, bis sie sich entschieden zu bleiben, sich übereinanderlegten, dicht aneinanderdrängten. Wie die Fahrbahnränder langsam weiß wurden. Wie er sich an ihre Haut erinnerte, wie sie ihm einfiel, als er den Schnee sah. Wie ihre Haut weiß war hinter ihm, wie alles aufhörte plötzlich, auseinanderfiel. Mit jedem Gedanken zurück. Unerträglich. Was er getan hatte. Wie die Straße weiß wurde, wie er den Berg hinauffuhr und sie ihn nicht losließ. Wie ihr Mund zuckte vor seinem, wie sie für immer aufhörte zu reden.

Wie die Flocken durch die Luft flogen, wie sie vor ihm herumtanzten, unbeschwert, wie er sie mit seinem Lkw überrollte, kaputt machte, weil ihm etwas wie Glück unerträglich geworden war.

Dann der Tunnel.

Valentin bekam ihr Bild nicht mehr aus seinem Kopf, ihre weiße Haut, der Schnee. Wie alles zu rutschen begann, wie er das Lenkrad hin- und herriss, wie ihm alles entglitt, wie er alles verlor, wie sie an seinem Körper entlang nach unten rutschte, zurück in die Wanne. Wie die

Schneeflocken auf die Windschutzscheibe knallten, wie sie überall waren plötzlich, überall die weiße Haut seiner Frau, die toten Brüste, ihre Augen, der Schnee auf der Straße. Die Kabine der Mautstation, der Tunnel.

Er hatte die Hände vor seinem Gesicht.

Dieter

Immer dasselbe Spiel.

Wenn es gelb wäre, würde er gehen, er würde einfach gehen, seine Sachen packen, sie nicht wieder sehen, es würde ihm egal sein, ob sie litt, ob sie ihn verfluchte, er würde sie verlassen, wenn es gelb wäre.

Er glaubte daran. An seine Entscheidung.

Dieter saß in seiner Kabine und umschlang mit vier Fingern seinen Daumen. Er hoffte, er wollte, dass sich etwas veränderte, er schaute ins Dunkel. Ein Auto, das aus dem Schwarz kam, nur zwei Lichtkegel zuerst durch die Schneeflocken hindurch, dann kam es näher, noch näher, dann sah man seine Farbe, es war grün. Er würde nicht weggehen, er würde bei ihr bleiben. Sie war der einzige Mensch, den er hatte, der mit ihm leben wollte, da war sonst niemand. Er musste sich zufriedengeben mit ihr, egal, wie sehr er es hasste, sie wegwünschte von sich, er hasste sie, er liebte sie, er brauchte sie, egal, ob ihm schlecht wurde, wenn sie ihn berührte, wenn sie mit ihrer Hand über seinen Kopf strich, ihm Kosenamen zuwarf, ihn tätschelte wie ein Pferd. Er würde sie weiterhin ertragen, er brauchte sie. Kein gelbes Auto. Er würde bei ihr bleiben. Das Auto hatte entschieden. So waren die Regeln.

Nachts eine Straße über die Berge, ein Tunnel, neun Kilometer lang, eine Mautstation, eine kleine Kabine, sein Zuhause. Alles hier war altmodisch, heruntergekommen, die Strecke wurde nicht mehr viel befahren, Renovierung lohnte sich nicht, irgendwann würde man alles stilllegen, keine Autos mehr durch diesen Berg schicken. Die Arbeit warf gerade genug ab, dass er davon leben konnte, er und der Mann auf der anderen Seite des Tunnels, beide in kleinen Kabinen aus Plexiglas.

Dieter arbeitete hier. Er war Mautner, er war einunddreißig Jahre alt, und er wünschte sich etwas anderes. Nacht für Nacht spielte er. Auto für Auto.

Aber nichts geschah, alles blieb, wie es war. Es schneite. Er schaute hinaus und wartete auf das nächste Auto.

Pink. Und er würde kündigen. Wenn das nächste Auto pink wäre.

Aber es gab keine pinken Autos auf dieser Straße. In zwei Jahren kein einziges. Trotzdem pink. Er würde in die Stadt ziehen, diesen Job kündigen und endlich Musik machen, seine Musik. Egal, wie unmöglich es war. Pink. Mit seinen Gitarren in den Norden. Pink. Egal wohin, egal, wie schwierig es sein würde, was auf ihn zukommen würde, egal was. Nur weg von ihr. Von seiner Kabine. Diesem Tunnel.

Pink. Dieter presste seine Finger aneinander.

Die zwei Lichtkegel kamen auf ihn zu, alles könnte sich verändern, alle Farben waren möglich, es kam unter den Scheinwerfer vor der Mautstelle, er war sich sicher, es gab pinke Autos zwischen diesen Bergen, alles war möglich in dieser Nacht. Es kam näher. Dieter presste seine Lippen zusammen. Ein Audi. Nicht pink. Nur blau. Tief atmete er ein und aus.

Ein Schwarzer am Steuer, daneben eine Frau.

Dieter presste Luft zwischen seinen Lippen nach außen, der Schwarze streckte seine Kreditkarte aus dem Auto, sprach nicht, schaute feindselig, er schien wütend. Dieter gab ihm die Quittung.

Falsche Farbe, dachte er, falsches Auto, falsche Welt, alles falsch. Wie immer.

Er grinste, er war enttäuscht, er war erleichtert, beides, er überlegte, er war sich nicht mehr sicher, er wollte nichts riskieren, er spürte, dass etwas Besonderes war in dieser Nacht, er entschied sich für orange. Wenn es orange wäre, würde er gehen. Orange ist häufiger als pink, flüsterte er vor sich hin.

In dieser Nacht würde er Glück haben.

Der Schwarze schrie die Frau an, die neben ihm saß, Dieter hörte ihn, während die Scheibe nach oben ging, dann verschwand das Auto im Tunnel. Stille. Er dachte an Köln, dorthin wollte er, nächtelang träumte er, suchte nach Gründen zu gehen, nach Entscheidungen, die jemand für ihn treffen sollte.

Orange, dachte er. Große Entscheidungen brauchen besondere Farben. Und alles wieder von vorne. Das nächste Auto würde über seine Zukunft entscheiden. Jede Nacht dasselbe Spiel. Dieter führte Listen, erstellte Statistiken, machte kleine Kreuze in kleine Spalten. Am häufigsten kam Rot. Aber diesmal sollte es Orange sein. Etwas sollte passieren, sich verändern. Jetzt.

Es kam unter den Scheinwerfer. Und es war rot.

Dieter machte ein Kreuz in eine Spalte und rieb sich die Hände. Nichts veränderte sich, er träumte von Köln, suchte sich neue schrille Farben, die ihn festhielten, die alles so ließen, wie es war.

Es war Nacht. Er putzte sich die Nase, es war kalt draußen, Schnee fiel vom Himmel. Der Winter kam zu früh in diesem Jahr. Das rote Auto hielt neben seiner Kabine, die Scheibe ging nach unten. Wieder ein Paar. Dahinter gleich der nächste Wagen. Er war gelb. Drei Autos zu spät. Sein Herz pochte, er hatte Glück gehabt, er war dankbar, dass er sich nichts gedacht hatte in dieser Runde, dass er sich nicht noch einmal für Gelb entschieden hatte. Dass alles so blieb, sein Leben, wie es war. Er brauchte sie doch, was sollte er ohne sie, sie schaute auf ihn, sie war da für ihn. Weggehen von ihr. Das konnte er nicht. Dieter dachte an Türkis, an Braun, an die unmöglichsten Farben.

Das rote Auto neben ihm. Das Fenster, wie es nach unten ging, seine Gedanken an die Wohnung, in der er mit ihr lebte, ihre Fürsorge, wie sie über seine Haare strich mit ihrer alten Hand, ihre Ratschläge, ihre Ängste, das rote Auto und die Stimme, die plötzlich in seine Kabine kam, dieser Mann, dieses Gesicht, wie es aus dem roten Auto schaute, entstellt.

Gedankenverloren starrte er ihn an, er konnte sich nicht abwenden, starrte ihn einfach an, zwei Sekunden, drei, eine Ewigkeit, seine Augen blieben kleben an diesem Gesicht. Er wollte das nicht, er konnte nicht anders.

So etwas hatte er noch nicht gesehen. Hässlich, durchfuhr es ihn, angsteinflößend, der Fahrer. Ein Paar in einem roten Auto. Wie sie ihn anlächelte, wie sein Gesicht ihn ekelte, wie er ihm die Quittung gab, wie er sich nicht abwenden konnte, starrte.

Alles Lüge, dachte er. Die machen sich etwas vor. Wie kann sie ihn lieben, wenn er so aussieht, mit ihm zusammen sein. Er schüttelte den Kopf, versuchte zu verstehen, was er eben gesehen hatte, dieses Gesicht, die schöne Frau am Beifahrersitz, wie sie ihn angelacht hatte. Der Wagen fuhr in den Tunnel, das Bild blieb in seinem Kopf. Kurz schaute er dem Auto nach, nahm das Geld des nächsten Fahrers, grüßte nicht, sagte nichts, schaute nur, gab ihm das Restgeld.

Die Autos verschwanden im Tunnel.

Es wurde wieder still in seiner Welt. Nur das Neonlicht in seiner Kabine, das leise Surren. Er warf dieses Bild aus seinem Kopf, er versuchte es, er zerrte es nach außen, spuckte es aus. Es war still in seiner Kabine.

Er musste sich um die Farben kümmern, das nächste Auto würde kommen, er musste eine Farbe wählen, überlegen. Dieses Gesicht, fremde Menschen, die an ihm vorbeifuhren, jede Nacht die flüchtigen Blicke in andere Leben, kleine Eindrücke, die nicht lange blieben. Sein Alltag, seine Kabine, die Autos, alles, was er hatte.

Dieter rieb sein Gesicht.

Eben war noch Sommer gewesen. Er beobachtete die Schneeflocken, die auf der Straße landeten, sie tanzten im Scheinwerferlicht, dichtes Schneetreiben plötzlich, große, kalte Flocken. Wie sie vor ihm aus dem Nichts auftauchten, aus dem Schwarz herausfielen. Wie sie die Straße langsam weiß machten.

Es war warm in seiner Kabine.

Du bist hier zu Hause, sagte er sich, du kannst hier nicht weg, du gehörst hierher, dein schöner Sessel, mach dir nichts vor, dein kleines Radio, es ist warm hier. Was willst du noch, deine Kabine, deine Straße, deine Schneeflocken. Du bleibst, wo du bist, bis morgen früh, und am Abend kommst du wieder, fünf Nächte in der Woche, das ist dein Leben. Und Ende.

Kein normales Leben, sagte seine Mutter.

Was ist schon normal, sagte Dieter.

Er hasste sie dafür, er wollte weg von ihr, er konnte nicht gehen, konnte sie nicht alleine lassen, er wollte kein Kind mehr sein, ihr Kind, sich nicht mehr bemuttern lassen, nicht mehr für sie da sein, für ihre Fürsorge. Er wollte weg von ihr.

Doch kein Auto kam, nur Flocken.

Die Fahrbahn wurde weiß, alles war still, nur das Surren der Neonröhren. Er öffnete das Fenster und hörte zu, wie sie fielen, lautlos fast, nur ein leises, dumpfes Geräusch, wenn sie im Weiß eintauchten. Kaum hörbar, wie Bewegungen in Watte. Flocken, die ankamen mitten in der Nacht. Nur er und der Schnee. Schnee in seinem Vorgarten, dachte er, Passanten in Autos. Da und wieder weg. Nur diese Flocken im Scheinwerferlicht, wie sie durch die Luft wirbelten, so viele, unkontrolliert, unzählbar.

Schön, dachte er. Wie die Landschaft Winter wird.

Dieter steckte seinen Kopf durch das kleine Fenster. Er schloss die Augen, spürte die Flocken im Gesicht, das Schmelzen auf seiner Haut, er hörte nichts außer dem Schnee, er öffnete den Mund und fing sie mit seiner Zunge, er bewegte sie hin und her, hob und senkte seinen Kopf. Wie sie ihn kalt berührten. Flocken, so groß wie Briefmarken. Mitten in der Nacht auf seiner Zunge.

Plötzlich das Motorengeräusch in seinem Vorgarten.

Wie es schnell näher kam. Dann der Knall. Wie der Lkw umkippte hinter der Wand aus Schnee, wie Blech und Eisen auf ihn zukamen, wie Tonnen über den schneebedeckten Asphalt rutschten. Zuerst nur der Lärm, so nah, unsichtbar, gleich bei ihm, mitten in seinem Garten. Wie er den Schnee auf seiner Zunge verschluckte, hinhörte. Er bewegte sich nicht.

Alles ging so schnell, sein Mund war geschlossen, die Flocken auf seinen Haaren, den Wangen, auf den Lippen, das Geräusch noch lauter, sein Blick geradeaus in den Schnee.

Er riss den Kopf zurück, hinein in seine Kabine, er sah ihn, plötzlich war er da, Funken flogen zwischen den Flocken, Eisen auf Asphalt war laut, einfach umgekippt, viel zu schnell. Er kam auf ihn zu.

Dieter sprang aus der Kabine. Er lief, drehte sich nicht um, lief, sprang. Der Lkw schlitterte über den Asphalt. Sein Zuhause wurde aus der Verankerung gerissen. Er warf sich in den Straßengraben, blieb liegen, drehte sich um, sah, wie der Lkw sein Leben verschluckte, es einfach wegschob, es zwischen sich und der Tunnelwand zerquetschte, seine kleine Kabine, alles, was er hatte. Ohrenbetäubender Lärm, ein Knall, lauter als alles vorher in seinem Leben.

Dieter schloss die Augen, schützte seinen Kopf mit seinen Händen und Armen. Dann war es wieder still. Totenstill.

Nur die Schneeflocken waren laut.

Suza

Sie war leer gewesen.

Keine Kraft mehr, keine Lust auf das, was sie tat, kein Verständnis, in jeder Minute der Gedanke an Flucht, Abscheu in ihr. Und Leere. Sie konnte nicht mehr. Überall blinde Menschen.

Warum verschwenden sie Geld für Dekoration, dachte sie, für Licht, für Kostüme, wozu. Es war dunkel in dieser Halle, für all diese Menschen war es einfach nur dunkel. Nichts, nur Geräusche, Gerüche, eine Rede irgendwo vorne, kein Licht, weiß gedeckte Tische, Rosenschmuck, blaue Tischkärtchen in Blindenschrift.

Wozu? Sie machte Erinnerungsfotos, drückte immer wieder auf den Auslöser, sie fragte sich wofür, aber sie drückte. Sie war müde, sie konnte diese blinden Menschen nicht mehr ertragen, sie wollte etwas anderes um sich, keine weißen Stöckchen mehr, kein Klappern, tipp, tipp, tipp. Immer Mitleid im Raum, immer etwas im Weg.

Achthundert Blinde waren auf diesem Kongress in Malmö, sieben davon hatte sie hergebracht. Seit vier Jahren die Arbeit im Blindenverband, seit vier Jahren diese Gedanken, wie es wohl ist, dieses Leben im Dunkel. Suza war fasziniert gewesen am Anfang, neugierig, voller Bewunderung für diese Menschen, sie wollte alles wissen, verband sich selbst die Augen, um zu erfahren, wie es sich anfühlte, sie löcherte die Blinden mit Fragen, sie wollte verstehen, wie es möglich war, dass sie trotzdem lachten.

Ich könnte das nicht, hatte sie immer wieder gesagt. Nichts mehr sehen.

Ich kann das nicht mehr, hat sie zu dem Schwarzen an der Hotelbar in Malmö gesagt.

Was, hat er gefragt.

Es ertragen, dass sie mich nicht sehen, hat sie geantwortet.

Er hat lautlos genickt und sie war ihm dankbar für dieses Nicken.

Er war nicht wegen des Kongresses in der Stadt, er war Kunsthändler, etwas in der Art, hatte er gesagt, interessant, hatte sie gedacht. Endlich etwas anderes zwischen all der Blindheit. Sie genoss es, ihn kennenzulernen, es war ihr egal, dass er schwarz war. Er war schön und er starrte sie an mit gierigen Augen. Nach sehr langer Zeit spürte sie wieder Blicke auf sich, auf ihrer Haut, ihren Brüsten, überall waren sie.

Ihre Blinden hatten sich bereits schlafen gelegt, sie hatte sich beim Lift von ihnen verabschiedet, ihnen noch die tägliche Portion Honig um ihre blinden Mäuler geschmiert und ihnen die Zunge herausgestreckt. Anschließend hatte sie sich an die Bar gesetzt.

Sie sehen nichts, egal, wie hässlich die Fratze ist, die ich ihnen schneide.

Aber sie spüren es, hatte einmal eine Freundin gesagt, sie merken es, wenn man unehrlich zu ihnen ist, wenn man sich über sie lustig macht, wenn man sie verspottet.

Schwachsinn, hatte Suza erwidert. Nichts haben sie gespürt.

Sie saß an der Bar und trank. Neben ihr Maurice mit großen schwarzen Händen und diesen Augen, die zwei Stunden später alles sahen, was Suza war, jeden Zentimeter Haut, wiederauferstehende Leidenschaft. Sie hat ihn mit auf ihr Zimmer genommen, hat sich verführen lassen von ihm, hat sich ihm hingegeben.

Lass deine Augen offen, hat sie geflüstert, immer wieder, dann hat sie ihn angeschrien, ihn an seinen Haaren gezogen.

Schau mich an, hat sie geschrien. Schau mich an.

Der Blinde im Nachbarzimmer hörte ihr Stöhnen, drehte sich hin und her, er schlief lange nicht ein. Maurice schaute Suza an. Er machte sie glücklich in dieser Nacht.

Später erinnerte sie sich daran, wie zärtlich er damals gewesen war, ohne viel zu wollen, hatte er sie begehrt, verwöhnt, sie schön gefunden, mit allem, was sie war. Er war anders gewesen damals. Er hatte sich um sie bemüht, sie zum Lachen gebracht. Er hatte versucht, mit ihr einen Weg aus ihrer blinden Welt zu finden, Ideen gesponnen, wie sie etwas anderes machen könnte, sie unterstützt, sie ernst genommen mit allem, was sie sich wünschte. Er hatte versucht, Wege zu finden, neue für sie zu bauen. Dazwischen hatten sie sich geliebt.

Suza war glücklich gewesen und Maurice hatte begonnen, ihr Leben zu verändern. Nach und nach war aus Susanne Suza geworden.

Klingt wie ein Kunstwerk, hatte er gesagt.

Sie hatte gelächelt und sich in seinen Armen versteckt. Sie war fasziniert gewesen von ihm, von dieser Frechheit, mit der er der Welt begegnete, von dieser unbeschwerten Art. Maurice hatte sie gepackt, sie mitgerissen, und sie hatte alles zugelassen, genossen. Eine Zeit lang war alles zitronengelb gewesen. Eine Zeit lang.

Wie anders er jetzt war. Mitten in der Nacht durch die Berge mit ihm. Nichts mehr von dem Begehren, nichts Leichtes, unerträglich die Tage.

Er war wie ein Ausweg gewesen am Anfang, eine Türe, die aufgeht, die einen an einen anderen Ort bringt, weit weg, in ein anderes Leben. Einfach aufstoßen, hineingehen, leben, war auf dem Bild neben der Tür gestanden.

Jetzt waren alle Eingänge zu. Sie war unglücklich mit diesem neuen Leben, die Tür ging nicht mehr auf, ein großer, schwarzer Mann stand davor und brüllte sie an, er berührte sie nicht mehr, benutzte sie nur, dieses Leben machte keinen Spaß mehr.

Es geht nicht um Spaß, schrie er und nahm die Quittung.

Suza fühlte sich unwohl, sie wollte weg, wollte nicht bei ihm sein, neben ihm in diesem Auto sitzen, mit ihm in diesen Tunnel einfahren, mit ihm ein Leben verbringen, nichts davon.

Der junge Mann in der Kabine schaute teilnahmslos zu Suza, dann zu Maurice, dann wieder geradeaus. Maurice kurbelte die Scheibe nach oben und brüllte. Suza saß still neben ihm. Wütend, aber still. Sie wollten in die nächste Stadt, eine Ausstellungseröffnung, er hatte alles organisiert. Suzas Augen folgten den Schneeflocken. Maurice spürte ihre Veränderung, bedrohlich, er war aggressiv, er wollte das nicht, nichts davon, er gab Gas.

Blinde wissen nicht, wie das ist, sagte sie, wenn Flocken fallen.

Suza wusste es.

Hör endlich auf zu jammern, schrie Maurice. Du kannst jetzt nicht aufhören.

Er schaute sie an, lächelte.

Suza drehte sich zu ihm hin.

Ich kann, sagte sie.

Sein Mund verschluckte das Lächeln, das für sie gedacht gewesen war. Er hätte sie erschlagen wollen für diesen Satz, für alles, was sie ihm antat, was sie bereit war kaputtzumachen.

Sie war ruhig. Er schrie, fluchte, es war ihr egal. Sie würde damit aufhören, von ihm weggehen. Sie hörte ihn schreien, sie zitterte, sie blickte ihn nicht an, schaute geradeaus, in die Schneeflocken. Egal was er tun würde mit ihr. Sie war sich sicher, sie hatte sich entschieden. Alles würde gut werden. Sie wusste das.

Sie fuhren in den Tunnel.

Melih & Dina

Sie stand mitten auf der Straße.

Die Hände wild fuchtelnd in der Luft rief sie etwas, sie hüpfte auf und ab, ging nicht zur Seite, blieb einfach stehen zwischen den Schneeflocken. Sie wollte mitgenommen werden, sie wollte in dieses Auto, sie wollte nicht länger frieren, keine Minute länger allein sein.

Bleib stehen, flüsterte Dina dreimal hintereinander.

Was soll das, sagte Melih. Was will sie, sie soll verschwinden.

Nicht so laut, flüsterte Dina, er wacht sonst auf.

Melih bremste. Weit und breit war nichts, nur Landstraße, nur diese Frau, sonst nichts. Er hasste diese Nacht, er hasste den Schnee, er hasste diese Frau auf der Straße, er hasste sein Leben, den Fensterheber, Dina, den Rückspiegel, alles. Nichts war gut, leicht. Nichts wie es sein sollte.

Die Fremde hieß Claudia.

Aufgeregt stürzte sie auf das Auto zu, steckte den Kopf durch das Beifahrerfenster und redete los.

- Nehmen Sie mich mit, bitte, er hat mich hier aus dem Auto geworfen, mir ist kalt, nehmen Sie mich mit, lassen Sie mich einsteigen, er hat mich ausgesetzt wie einen Hund, einfach ausgesetzt, nur bis in die Stadt. Mir ist kalt. Wie einen Hund ausgesetzt.

Melih unterbrach sie schnell, unfreundlich, er wollte, dass sie still war, Tákis nicht weckte.
- Beruhigen Sie sich. Hören Sie auf damit, warten Sie. Sprechen Sie leiser. Unser Sohn, er wacht sonst auf. Was glauben Sie eigentlich, was fällt Ihnen ein?
- Dieses Schwein, Sie müssen mich mitnehmen. Mir ist kalt. Bitte. Ich kann nicht länger hierbleiben, ich habe nur dieses Kleid, keine Hose, keinen Pullover.

Dina wollte diese Frau zum Schweigen bringen, sie schaute ihr in die Augen, schüttelte den Kopf, sie deutete auf den Rücksitz, auf das schlafende Kind, legte die Finger auf ihren Mund, deutete, riss die Augen auf, zischte. Aber Claudia hörte nicht auf, ihr Kopf war bereits im Wagen, mit Gewalt wollte sie auch den Rest von sich durch das Fenster ins Warme zwängen.

Ihre Stimme war verzweifelt, laut, sie fror, sie duldete kein Nein. Dina löste den Sicherheitsgurt und stieg aus. Claudia atmete auf, rieb sich die Hände, hüpfte auf und ab.

- Setzen Sie sich nach vorne, ich gehe nach hinten zu Tákis.

Melih war wütend. Alles passierte einfach, keiner fragte ihn.
- Dina, was machst du? Lass das, sie soll bleiben, wo sie ist. Dina, bleib sitzen.
- Sei still, Melih.

Er verfluchte diese Frau, alles, was passierte, die Nacht, den Tag, alles war falsch. Dina atmete tief durch und gab ihren Platz frei, sie wollte verhindern, dass Tákis aufwachte, dass sein Schreien diese Nacht füllte, der schlafende Junge auf der Rückbank.

Claudia lief um das Auto herum, packte Dina, drückte sie an sich, umarmte sie.

Danke, sagte sie, um vieles leiser als vorher. Danke in Dinas Ohr.

Dina verdrehte die Augen und stieg hinten in den Wagen. Melih fuhr los.

Von Minute zu Minute wurde sein Leben komplizierter, er wusste nicht mehr, was er tun sollte, er wollte mit Dina reden, aber es war so schwer, es war unmöglich, und das machte ihn kaputt. Und jetzt diese Frau. Er schaute nach rechts, plötzlich ein Kleid, frierende Haut. Nur eine Sekunde blieb sein Blick auf ihr liegen, dann wieder zurück auf die Straße, zurück zu Dina, im Rückspiegel seine Frau. Eine Sekunde nur der Blick auf den Schenkel neben sich, fremde Haut und der kurze Gedanke, einfach zu gehen, anzuhalten, auszusteigen, zurückzugehen, wo er hergekommen war, sie alleinzulassen mit dem Kind, einfach wegzulaufen.

Er schaute seine Frau an im Rückspiegel, sie nickte nur, zog die Brauen nach oben und rollte die Augen. Sie tat das oft. Er beschwerte sich, sie verteidigte sich. Immer dasselbe Gespräch, in Varianten.

Frau und Mann. Melih und Dina.

- Wie du mit den Augen rollst.
- Lass mich doch. So bin ich.
- Muss das sein?
- Das mache ich immer schon.
- Das stimmt doch nicht. Und außerdem ist das noch lange kein Grund, nicht damit aufzuhören.

- Lass doch meine Augen aus dem Spiel, warum tust du das, worum geht es denn in Wirklichkeit? Sag es mir. Komm schon, rede.
- Wieso? Was? Was soll ich? Hör doch auf.

Dinas Stimme wurde weicher.
- Irgendetwas ist doch mit dir.
- Was denn? Was, Dina? Du bist so negativ! Was soll denn sein? So verdammt negativ! Deshalb rollst du auch mit deinen Augen, du bist streitsüchtig.

Er schaute sie nicht an, blickte auf den Boden oder an ihr vorbei, er ahnte, dass sie mehr wusste, als sie sagte, immer wieder diese Andeutungen. Sie machte ihm Angst.
- Es ist nichts, verdammt. Lass mich doch einfach.
- Irgendetwas ist. Ich kenne dich. Du verbirgst etwas.
- Was?

Dina schwieg. Melih entschied sich, sie anzugreifen, um das Schlimmste abzuwenden.
- Warum tust du das? Ich will das nicht mehr. Kannst du nicht endlich damit aufhören? Du bist widerlich!

Er rollte mit den Augen, machte sie nach, übertrieb.
- Ich bin unglücklich.

Dina schaute ihn an, sagte sonst nichts, stellte nur diesen kleinen Satz in den Raum, ließ ihn allein damit.
- Du hast doch alles.

Dina schwieg. Melih schwieg. Es dauerte lange, bis einer von beiden wieder zu sprechen begann, sie überlegten, tanzten vorsichtig um den anderen herum, wollten keinen Fehler machen, nichts verlieren. Dann wieder Melih.
- Jetzt lass das doch bitte, ich kann das nicht mehr hören. Immer dasselbe Gejammer: Du bist unglücklich, dein Grieche redet nicht mit dir, und wieder, du bist unzufrieden, du bist unglücklich, und so weiter, immer dasselbe Lied. Ich mache alles falsch, ich habe mich verändert,

ich bin unsensibel, ich verschweige dir etwas. Scheißdreck, Dina. Lass es. Bitte. Du hast dein Haus, du hast alles, was du wolltest. Was willst du denn noch von mir?
- Dich.
Wieder schwiegen beide.
- Du hast mich doch. Was willst du denn? Du bekommst einfach deinen Hals nicht voll. Steigerst dich da irgendwo hinein. Ich habe doch alles für dich getan. Ich halte das nicht mehr aus.
- Du belügst mich.

Immer waren diese Gespräche so. Seit Monaten. Immer Vorwürfe, immer Ausflüchte, gegeneinander, nicht mit. Dina trieb ihn in die Ecke, Melih bekam kaum noch Luft. Sie setzte ihn unter Druck. Er konnte nicht mehr, er musste mit ihr reden, heute, in dieser Nacht.

Dina saß hinten und schwieg, ihr Kind schlief, die Fremde vorne flüsterte. Dinas Lippen pressten sich aufeinander, ihre Augenlider. Kampfstellung, sagte Melih immer, aber in Wirklichkeit versuchte sie ihre Tränen unten zu halten. Sie verstand nicht, warum er sie nicht bei sich sein ließ, warum er nicht mehr redete mit ihr, es ihr nicht sagte. Von Woche zu Woche verschloss er sich mehr, die Liebe verbarg sich, ging unter, tauchte nur noch selten auf, Sorgen waren in seinem Gesicht, immer wenn sie ihn anschaute. Er versteckte sich vor ihr.

Die Fremde vorne redete. Sie wollte höflich sein, fragte, erzählte.

Melih bewegte immer wieder den Kopf. Nur Ja und Nein, kein Laut, kein Gespräch, nichts Freundliches, nur widerwillig sein Kopf, wie er sich bewegte, seine Mundwinkel unten. Claudia spürte die Spannung im Wagen, sie schaute hinaus, rieb sich die Hände, nahm sich zurück, versuchte nicht nachzudenken, sie starrte in den

Schnee, spürte, wie langsam alles wieder warm wurde in ihr.

Melih lenkte das Auto durch den Schnee, er dachte an Griechenland, an dieses Leben vor Dina. Wie gerne er mit ihr zusammen gewesen war, wie schön es sein könnte, wie schwer alles geworden war. Dass es aufhören musste, dass er etwas unternehmen musste. Dass er ihr die Wahrheit sagen musste. Die Anhalterin war still jetzt. Dina im Rückspiegel. Ihre Augen waren wieder geöffnet, auf ihm, in ihn hinein.

Rede mit mir, sagten sie. Ihre Augen, alles in ihrem Gesicht.

Es war still, keiner sagte etwas. Zehn Minuten lang hörte man nichts, keinen Laut, nur das Geräusch des Motors, das der Reifen, die durch Matsch, über Schnee fuhren.

Dann wachte Tákis auf.

Claudia hatte geniest, laut. Tákis begann zu schreien. Er brüllte los, hörte nicht auf. Dina versuchte ihn zu beruhigen, aber nichts half, nichts konnte ihn besänftigen. Melih schaute immer wieder zurück, er betete, dass die Stille wieder zurückkommen würde, er rutschte nervös auf seinem Sitz hin und her, er hätte alles getan, damit er wieder einschlief. Doch Tákis schrie.

Melih fuhr. Tákis schrie. Dinas Augen rollten wild. Claudia machte sich klein und starrte hinaus in den Schnee.

Ruben

Er fuhr durch die Nacht.

Manche Dinge verändern dein Leben, hatte seine Großmutter gesagt, manche Dinge, die dir keine Wahl mehr lassen.

Sie war neunundachtzig gewesen damals, sie hatte Ruben am Arm genommen, ihn festgehalten und ihm die Welt erklärt, liebevoll, eindringlich.

Du wirst einfach in eine andere Richtung geschleudert, manchmal offensichtlich, manchmal merkst du es kaum. Aber es passiert.

Das ist dann wohl das Schicksal, hatte Ruben mit einem Lachen geantwortet, auch wenn er nicht daran geglaubt hatte.

Sie hatte ihm die Wange getätschelt und gesagt, er würde schon noch sehen, das Schicksal treffe alle, da könne sich keiner heraushalten.

Großmuttergeschichten, hatte er gedacht.

Es kommt, wie es kommt, hatte sie gesagt.

Ruben erinnerte sich an sie, an die Gespräche mit ihr, an die Dinge, die sie wusste und mit ihm teilte, er erinnerte sich, wie sich alles veränderte, an den Unfall, an alles, was danach war. Er schaltete den Scheibenwischer ein. Der Schnee machte ihm Angst, es waren nur Sommerreifen am Wagen, es war dunkel, er war lange nicht gefahren. Dunkel. Wie seine Welt zu Ende war plötzlich.

Er fuhr über die Bergstraße, er wollte weg, weit weg, wollte an nichts mehr denken, was gewesen war, doch es kam immer wieder, ging nicht weg, blieb in seinem Kopf. Scheinwerfer auf der Gegenfahrbahn, wie sie aus dem Schwarz kamen, zwischen den Flocken herausstachen, auf ihn zu. Die Gedanken daran, jedes Detail, immer wieder fiel es ihm ein, das kalte Wasser im See, ihre warme Haut in der Umkleidekabine.

Er fuhr durch die verschneiten Berge. Der Schnee. Wie alles dunkel war. Wie es passiert war, wie alles aufgehört hatte plötzlich.

Er war Schauspieler gewesen damals, bald fünfzig, geschieden, er hatte noch einmal die Liebe gefunden, Lisbeth.

Wunderschön, jung, nur wenig älter als seine beiden Kinder, wie gut sie ihm tat. Wie er sie auszog im Seebad. Es war Sommer. Er liebte sie, das Leben meinte es gut mit ihm, er genoss sie, ihren Körper, ihr Lachen, jedes Wort von ihr, jeden Blick. Lisbeth war alles für ihn.

Sie küssten sich in der Umkleidekabine am Steg, sie hatten Lust, wollten nicht warten, gierig, ungeduldig. Er hatte ihr gerade das Bikinioberteil ausgezogen, ihre Haut in den Mund genommen, als das Gebäude einstürzte. Die Sonne schien, alles hätte gut sein können, aber der Steg, die Kabinen, das Café über ihnen, alles brach zusammen, tauchte mit ihnen ein in den See.

Ihre kleinen Brüste wurden von Holzbalken und Metallgeländern nach unten gedrückt. Ruben versuchte sie zu halten, doch sie war zu weit von ihm, er wurde noch tiefer nach unten gerissen. Weit weg von ihr.

Lisbeth wurde gerettet, nach oben gezogen. Zwischen den vielen Beinen an der Wasseroberfläche sah er noch einmal, wie schön sie war, wie sie immer kleiner wurde, wie sie verschwand. Ruben sank tiefer. Nur noch Holz und Seegras, wie es kalt wurde, wie der Balken, der ihn beinahe erschlagen hatte, mit ihm nach unten schwebte. Tiefer, kälter, dunkler. Grünes Seegras. Schwarzes Seegras.

Alles war wieder da. Nach mehr als einem Jahr kamen die Bilder zurück in seinen Kopf. Wie er unterging, das Bewusstsein verlor. Wie er wieder aufwachte nach Monaten und Lisbeth suchte, sie nicht fand.

Das Schneetreiben wurde dichter, er fuhr langsam. Der Scheibenwischer mitten in der Nacht. Der alte Saab. Gutes Auto, dachte Ruben.

Er fuhr durch die Nacht. Rubens Blick immer wieder im Rückspiegel. Niemand folgte ihm.

Da war nur Schnee, nichts sonst.

Claudia

Als sie in sein Auto stieg, waren die Wiesen noch braun. Als er stehen blieb und sie hinauswarf, schneite es. Sie hatte nur dieses Kleid an, sie wehrte sich, er packte sie am Arm, zog sie auf die Straße, ihre Tasche blieb im Kofferraum.

Sie wollte sitzen bleiben, ihr Leben weiterleben, weiterfahren, ihm die Geschichte zu Ende erzählen, die sie begonnen hatte, mit ihm zusammen sein, ihn anlächeln, Kinder haben mit ihm irgendwann. Etwas Ähnliches vielleicht. Sie wollte daran glauben, auch wenn sie wusste, dass es anders sein würde. Um jeden Preis fast, ein bisschen Liebe, einen Mann, Zärtlichkeit, endlich. Jemandem vertrauen, ihn an sich heranlassen, Stück für Stück, langsam.

Doch er wollte weiter, schneller, tiefer.

Er zog sie aus dem Wagen. Er schlug die Türen zu und fuhr. Sie fror, sie wollten ins Wochenende, sie hatte geglaubt, dass er es ernst meinte, geduldiger war als die anderen, einfühlsamer. Dass er sie verstand, es akzeptierte, sie einfach so sein ließ.

Eine besondere Frau, hatte er gesagt.

Sie war dreißig und Jungfrau. Und er wollte sie ficken. So einfach war das.

Er hatte wieder die Hand unter ihren Rock geschoben, sie hatte sie wieder weggetan, ihn angelächelt und seine Hand gehalten, zärtlich, aber bestimmt.

- Bitte nicht.
- Nicht schon wieder. Es reicht jetzt, meinst du nicht?
- Ich möchte ja mit dir zusammensein.
- Dann verhalte dich auch so.
- Ich will mit dir zusammensein, ohne dass du deine Finger in mich hineinsteckst.

Er war wütend, es kochte in ihm, war kurz davor, aus ihm zu platzen.
- Du bist ja nicht normal.
- Warum sagst du das? Worum geht es hier?
- Um deine Fotze. Auch wenn du es nicht wahrhaben willst.

Claudia schwieg kurz, sie versuchte die Fassung nicht zu verlieren, die Tränen unter Kontrolle zu halten.
- Warum tust du das. Ich dachte, du liebst mich.

Er lachte laut auf, übertrieben, er schaute zu ihr hinüber, schüttelte den Kopf, klopfte mit dem Finger gegen seine Stirn.
- Du bist ja nicht normal. Wie lange soll ich denn noch warten, soll ich durchdrehen neben dir, wie denkst du dir das? Ich bin auch nur ein Mensch.

Claudia versuchte ihn zu beruhigen, legte ihre Hand auf seine, drückte sie zurück nach unten, legte sie wieder auf den Schalthebel, strich über seine Finger. Sie versuchte ruhig zu bleiben, versuchte ihn zu verstehen, seine Lust, seine Gier nach ihr, seine Ungeduld. Sie versuchte es, so wie sie es immer tat, sie dachte an ihn, nicht an sich. Sie wollte so sehr, das er sie verstand, sie wollte ihm vertrauen. Sie wollte ja bei ihm sein, nackt. Aber noch nicht jetzt. Sie bat ihn darum. Immer wieder. Immer wieder sagte er nein. Trotzdem blieb sie ruhig. Sie wollte nicht, dass es aufhörte. Auch wenn sie längst wusste, das er der Falsche war. Was für ein Arschloch, dachte sie. Aber sie machte weiter, sie bemühte sich zu ignorieren, was sie fühlte.
- Bitte tu das nicht.

Er wurde noch wütender. Er warf ihre Hand weg.
- Was soll ich nicht tun, was denn? Was, wenn nicht mit meinen Fingern in dir herumwühlen, dich auf die Kühlerhaube legen und ficken, dich richtig durchficken. Was soll ich denn sonst tun? Deine Händchen halten,

dich streicheln und hoffen, dass es mir irgendwann kommt, soll ich das? Hättest du das gerne?
- Vielleicht werden wir heiraten.

Er bremste, riss die Tür auf, rannte um den Wagen herum, machte die Beifahrertür auf und zerrte sie heraus.
- Gar nichts werden wir.

Vier Monate hatte er durchgehalten.

Liebevoll war er am Anfang, verständnisvoll, sie war so schön. Ihre Locken, ihr Lachen, unverständlich, dass sie noch Jungfrau war. Ein Freund hatte es ihm erzählt, einer, der es von einem Freund wusste. Unglaublich, fand er.

Er sprach sie darauf an, sie sagte nichts, schwieg, sie saß in Unterhose und Shirt auf der Couch, hielt sich ihre Brüste, versteckte sie vor ihm. Sie fragte verlegen nach Wein, als er nach ihr griff. Wie sie da saß, schüchtern, als wäre sie hässlich, als hätte sie eine Krankheit. Sie nahm seine Hand, wehrte sie ab, verbarg sich. Sie musste es ihm sagen, sie wollte es, konnte aber nicht. Sie hatte Angst davor. Er würde sie nicht verstehen, sich lustig machen über sie, sie wegstoßen. Sie konnte nicht, schwieg. Er schwieg auch, sagte nichts, fragte nicht, er wartete. Tage, Wochen.

Sie lagen nebeneinander im Bett, sie schlief, er hatte seinen Schwanz in der Hand und dachte an sie. Vier Monate lang. Nur Hände gehalten, onaniert, Zungen aufeinandergelegt, sparsam Haut berührt, keine Brüste, nichts. Nicht einmal.

Sie wollten ins Wochenende. Und er wollte endlich seine Finger in sie stecken, alles von ihm in sie hinein, sie angreifen, überall, sie ablecken, mit seiner Zunge, seinen Lippen auf ihr entlanggehen, in sie eindringen mit seinem Schwanz, endlich, sie ficken von vorne, von hinten, stundenlang.

Doch es kam anders. Er konnte nicht mehr.

Er zerrte sie aus seinem Auto und fuhr einfach weiter, ließ sie zurück, fuhr weg. Im Rückspiegel ihre Beine, die unberührten Schenkel und Brüste. Sie blieb stehen auf der Straße mitten in der Nacht. Im Kleid, ihr Gepäck in seinem Kofferraum, ihr Leben durcheinander, Schnee in ihrem Gesicht, nur das Kleid.

Barfuß in Strümpfen.

Maurice

Es war mehr als Wut.

Er hatte alles auf sie gesetzt, hatte eine Welt für sie erfunden, sie groß gemacht, sie aufgebaut, sie zum Blühen gebracht. Aus einem Teelicht ein Feuerwerk.

Und jetzt sagte sie ihm, dass sie nicht mehr wollte, einfach so, aus einer Laune heraus, wie ein dummes, reiches Mädchen, einfach so, aufhören, weggehen. Jetzt, wo alles erst richtig anlief, wo die Preise von alleine nach oben flogen. Sie war ein Star. Vier Städte wollten sie haben, Top-Galerien, vierzig verkaufte Bilder in zwei Monaten. Verdammte Drecksfotze, dachte er, lass diese Spielchen, und er hielt dem Burschen in der Kabine die Kreditkarte hin.

Dann schrie er. Er hasste sie mit seinen Blicken, er schrie, er war hilflos. Sie neben ihm ruhig, gelassen.

Großer starker Mann mit großen schwarzen Händen, hatte sie immer gesagt.

Am Anfang, wenn er sie massiert hatte stundenlang, wenn sie unter ihm fast gestorben wäre vor Lust. Doch das war lange vorbei, keine Massagen mehr, nichts, was sie wollte von ihm, gar nichts mehr. Maurice fuhr. In die nächste Stadt, sie mussten die Ausstellung vorbereiten, sie fuhren durch die Nacht. Alles war, wie es sein sollte.

Er war stolz auf seine Arbeit, auf den Erfolg, er war bereit, die Früchte zu ernten. Er fuhr, Suza neben ihm, noch.

Er mochte den Schnee nicht. Hier nicht und dort nicht, wo er herkam, Amsterdam, dann Schweden. Er drehte sich wieder zu dem Burschen in der Kabine und nahm ihm den Beleg aus der Hand, er wollte, dass Suza aufhörte mit ihren Drohungen, mit diesen Spielchen, er war sich plötzlich nicht mehr sicher, ob sie es nicht vielleicht wirklich ernst meinte, ob alles in Gefahr war, was er aufgebaut hatte, ob es kurz davor war kaputtzugehen.

Während Maurice die Scheibe nach oben kurbelte und dem Mautner einen bösen Blick zuwarf, hörte er sie, wie sie neben ihm alles vernichtete. Da war nichts mehr in ihrer Stimme, nichts, das einen Ausweg offen gelassen hätte, diese Stimme sagte Nein.

Endgültig nein, sagte sie.

Er gab Gas, fuhr in den Tunnel, verfluchte sie.

In ihm gingen die Wellen hoch, sehr hoch, Dörfer wurden überflutet, ganze Landstriche verwüstet, alles, was schön war, kam um in den Fluten. Zigtausende ertranken in seiner Brust, Leichen schwammen in seinem Mund herum, Träume, Ideen, alles, was ihm wichtig war, alles ging unter. Es roch nach Tod in seinem Mund. Er verfluchte sie. Er fuhr zu schnell.

Suza saß still neben ihm. Er schaute hinüber zu ihr, er wusste nicht, was er tun sollte, sie schaute nur, zählte die Lampen an der Tunneldecke, schaute zu, wie sich die Lichter auf der Armatur spiegelten, wie sie kamen und gingen. Wie ihr Gesicht im Rückspiegel immer wieder hell wurde und dunkel, wie er zu ihr hinüberschaute, fuhr, schaute.

Sie ignorierte ihn. Sie hatte ihn verlassen, ihm einfach gesagt, dass sie nicht mehr wollte, sie hatte Nein gesagt. Sie hatte keine Angst mehr. Egal, wie laut er schrie.

Egal, wie groß seine Hände waren, sie hatte keine Angst, sie wollte nicht mehr blind sein. Nicht mehr für ihn. Gar nicht.

Er spürte, dass er keine Macht mehr hatte über sie, dass sie ausgestiegen war aus dem fahrenden Auto. Er schwieg, er überlegte, wie er sie zurückholen könnte, wie er sie dazu bringen könnte wieder einzusteigen, weiterzumachen, er überlegte, wie er sie überreden könnte zu bleiben, ihn nicht zu verlassen, nicht jetzt. Die Fotografien, die Kunden.

Er wollte sie schlagen, ihr wehtun, seine Faust in ihrem Gesicht spüren, er wollte, dass sie damit aufhörte, er wollte sie zum Schweigen bringen, zum Reden, er wollte, dass sie ihm sagte, alles sei nur ein Scherz gewesen. Aber mit jedem Licht auf ihrer Stirn starb ein Stück Hoffnung. Ihr Gesicht war eindeutig.

Er drehte seinen Kopf zu ihr, schaute sie an.

Sie spürte seine Blicke, wie sie nicht mehr weggingen von ihr, sie schaute ihn nicht an, sie zählte die Lichter, schaute nicht zu ihm hinüber, ihr Herz pochte, sie hielt sich fest, er fuhr schnell.

Das Auto berührte den Randstein.

Sie schaute ihn nicht an. Nochmals der Randstein, sie hielt sich fest. Der Reifen platzte. Mitten im Tunnel sein Gesicht, zuerst wütend, dann panisch. Ein Gesicht, kurz bevor es stirbt. Suza klammerte sich mit ihren Fingern an den Griffen fest, presste ihre Beine in den Boden, machte die Augen zu, sagte nichts, schrie nicht, klammerte sich nur fest. Sie spürte, wie sich das Auto herumwarf, wie alles um sie herum zu Bruch ging, der Gurt, wie er in ihre Brust schnitt. Maurice hatte das Lenkrad herumgerissen, konnte den Wagen nicht mehr unter Kontrolle bringen, sie prallten an die Tunnelwand.

Dann überschlugen sie sich.

Dann die zwei Autos von hinten. Der erste Knall, dann noch einer.

Maurice wurde wie ein Spielzeug im Wagen herumgeschleudert, er war nicht angeschnallt gewesen. Sein Kopf schlug gegen die Windschutzscheibe, wurde wieder nach hinten gerissen, wie ein Puppenkopf geschüttelt. Sein großer schwerer Körper knickte in sich zusammen, blieb blutig liegen, ineinander verkeilt seine Gliedmaßen, sein Schädel zur Seite gedreht, verbogen alles, verbeult.

Nichts mehr bewegte sich. Es war still plötzlich.

Suzas Augen geschlossen. Hinten irgendwo begann eine Frau zu schreien, dann ein Mann, Maurice sagte nichts. Suzas Finger wie Krallen um die Haltegriffe geschlungen, ihr Kopf hing nach unten, ihr Nacken stützte den Körper. Das Auto lag am Dach, sie hatte Angst, sich zu bewegen, Angst, ihn zu sehen. Sie hörte ihn nicht, Maurice war still. Sie hielt die Luft an, um ihn atmen zu hören, aber da war nichts. Sie wollte ihre Augen nicht öffnen, nicht nach links schauen, sehen, was passiert war, sie konnte nicht, ihre Beine waren schwer, sie ließ sie vorsichtig nach unten sinken, langsam. Kein Blick zu ihm. Sie wusste nicht weiter, sie musste die Augen öffnen, sich bewegen, versuchen, aus diesem Auto zu kommen, die Augen öffnen, nach Maurice sehen, er atmete nicht.

Hinten hörte sie die Frau, den Mann, wie Stimmen durcheinanderflogen.

Sie hielt die Luft an. Neben ihr war es still.

Sie versuchte zu spüren, wo es weh tat, wo das Blech sie aufgerissen hatte, aber sie war unverletzt, nichts, das weh tat. Sie blieb so.

Auch als Uschi versuchte, die Tür aufzureißen.

Uschi & Bertram

Schnell durch den Tunnel sein Gesicht, ihres.

Kein Wort zwischen den beiden, als der Wagen vor ihnen ins Schleudern kam. Nichts, nur sein Schweigen und ihres. Sie wäre lieber alleine gewesen, ohne ihn gefahren, aber er hatte darauf bestanden, hatte sich nicht abbringen lassen, er wollte mit. Sie hasste ihn dafür. Sie saß neben ihm, sie schwiegen, sie fuhren durch den Tunnel.

Plötzlich flog das Auto vor ihnen durch die Luft.

Früher war alles gut gewesen. Früher hatten sich ihre Hände gehalten beim Fahren, ihre Finger hatten miteinander gespielt, nur zum Schalten hatten sie sich gelöst, aber schnell wieder den Weg zurück gesucht. Immer war es so gewesen, hunderte Kilometer lang, seine Hand, ihre. Immer wieder hatte er sich zu ihr hingebeugt, ihr einen kleinen Kuss auf die Wange gegeben, immer war das so, seit sie sich kannten, zart nur der Kuss, flüchtig fast, ein kleines Ich-liebe-dich.

Jetzt saßen sie nur noch nebeneinander, alles war anders.

Der Wagen vor ihnen überschlug sich, einfach so. Ihre Finger berührten sich nicht, die Küsse blieben in seinem Mund. Bertram bremste, er konnte nichts mehr tun, nicht stehen bleiben, nicht abwenden, was kam.

Der Wagen schraubte sich in den vorderen, Blech verbog sich. Uschis Kopf lag in ihren Händen, sie schützte ihn, sie nahm ihn, verbarg ihn, ihr schönes Gesicht, sie begriff nicht, was passierte, aber sie spürte, wie alles zerbrach. Es war alles so laut plötzlich, kurz nur, ohrenbetäubend.

Sie schrie. Auch Bertram schrie. Es war seit Langem die erste gemeinsame Reise, ein hübsches Hotel in den Bergen, alles sollte so sein wie früher. Uschi und Bertram. Es ging so schnell.

Die Autos verkeilten sich ineinander. Wie ihre Leiber von den Gurten gehalten wurden, wie die Airbags in ihre Gesichter kamen. Uschi, Bertram. Wie sie schrien, Angst hatten. Wie Bertram brüllte vor Schmerz, wie Uschi das Auto hörte, das durch die Luft flog, wie es zu Boden fiel. Dann das Auto von hinten. Ihre Hände um ihren Kopf gewickelt, ihre Angst laut aus ihrem Mund. Bertrams Bein.

Er hatte es zu spät gesehen, wie der Wagen ins Schleudern kam. Es war wie im Kino, er schaute nur zu, spürte, wie sich das Blech um sein Fleisch legte, wie ein Stück von ihm einfach verschwand in dem Wagen vor ihm. Dann der gelbe Wagen von hinten. Wie ein Ruck durch das Auto ging, sie nach vorne warf, nach hinten. Wie sie wieder aufschrien, wie sich Uschi entsetzt nach hinten drehte. Wie alles zum Stillstand kam, aufhörte. Reifen, die sich nicht mehr drehten, Augenblicke, in denen nichts mehr war, kein Laut, kein Wort, nichts.

Einige Sekunden lang. Drei kaputte Autos im Tunnel, nichts sonst.

Dann der Schmerz.

– Mein Bein. Ich kann es nicht bewegen. Uschi, was ist mit dir? Uschi, rede mit mir. Bist du verletzt? Hör auf zu schreien bitte, rede mit mir. Bitte! Uschi! Beruhige dich, schau mich an, Uschi, Uschi! Mein Bein.
 Uschi hörte nicht auf.
– Hör auf! Hör auf, Uschi!

Nur langsam beruhigte sie sich, wurde stiller, schaute nach links und rechts, nach hinten. Zu Bertram, nach vorne, wieder nach hinten. Sie überlegte, sie war außer sich, panisch, sie wusste gar nichts mehr, spürte nur, das sollte alles nicht passieren, das durfte nicht sein, nicht jetzt, nicht so. Sie schüttelte den Kopf.

– Nein, nein, nein.

- Bist du verletzt?

Sie schwieg, sie hatte Angst, sie musste etwas tun, sie musste aussteigen, weggehen, weit weg. Wieder begann sie zu schreien.
- Uschi! Hör auf damit! Uschi! Du musst dich jetzt zusammenreißen, wir schaffen das.

Kurz schrie sie noch, dann stoppte sie plötzlich, drehte sich zu Bertram, schaute ihn an, schwieg aber, schaute nur, zehn Sekunden, zwanzig, mehr.
- Bitte, Uschi, rede mit mir! Was ist mir dir?
- Mir fehlt nichts.

Ihre Stimme war kalt, sie starrte Bertram an, ruhig jetzt.
- Bist du sicher?
- Mir fehlt nichts, das sage ich doch. Aber was ist mit dir? Mit deinem Bein? Die sind tot da vorne. Das überlebt keiner, alle tot, Bertram. Mir fehlt nichts. Mir nicht. Und der Wagen hinter uns. Warum passiert das, Bertram? Warum? Was ist das für eine Scheiße, Bertram?

Er versuchte sein Bein zu bewegen, es zwischen dem Blech herauszuziehen, auszusteigen. Aber es steckte fest. Er versuchte sich zu beherrschen, trotz der Schmerzen.
- Alles wird gut, Uschi, mach dir keine Sorgen, es ist nichts passiert.
- Nichts passiert? Schau dich doch um, du Arschloch.
- Du musst jetzt ruhig bleiben. Das wird wieder.
- Nichts wird wieder. Kapier das doch, du Träumer. Jetzt ist Schluss! Wir müssen hier raus. Wenn noch ein Auto kommt, wenn alles explodiert, wir müssen aus diesem Scheißauto raus. Jetzt!

Uschi schrie.
- Bertram! Verstehst du mich? Wir müssen hier weg, schnell!

Sie zerrte an ihm. Riss an seinem Arm.

- Ich schaff das schon, ich komm hier raus, irgendwie schaffe ich das. Hilf mir.

Ihre Türe ließ sich öffnen, sie stieg aus, schaute Bertram nicht an, sie stieg einfach aus, sagte nichts.
- Bleib da, Uschi! Wo willst du hin? Bitte. Mein Bein.

Sie drehte sich um. Sie sah den Mann in dem gelben BMW, Walter, wie er über das Lenkrad gelehnt dasaß, ungerührt, wie er sie anstarrte, nichts tat, nur schaute. Mitten in sie hinein, blutig im Gesicht. Kurz blieb sie stehen, hörte Bertram, wie er nach ihr rief. Dann riss sie ihren Kopf herum, machte ein paar Schritte zu dem ersten Wagen hin, kniete sich nieder, versuchte die Türe zu öffnen, schaute in das Auto, auf die Frau am Beifahrersitz. Blutüberströmt ein schwarzer Mann, reglos neben ihr, sein Kopf fast unter dem Körper vergraben, tot. Und die Frau, sie bewegte sich, Uschi konnte ihr Gesicht sehen, ihre Augen waren geschlossen, aber sie lebte, Uschi riss an der Tür.
- Kommen Sie!

Suza sagte nichts, überlegte, was sie tun sollte, sie hörte Maurice nicht mehr, er war tot, bestimmt war er tot, sie überlegte, sie ließ ihre Augen geschlossen, sie schwieg, sie wusste nicht, was sie tun sollte.
- Können Sie mich verstehen? Sie müssen hier raus.

Bertram schrie um Hilfe. Sein Bein war laut, brüllte durch den Tunnel.
- Wo bist du? Komm, Uschi, du musst mich hier rausholen. Mein Bein. Uschi.

Uschi redete mit der Frau. Ihr Auto stand auf dem Kopf, ihr Körper lag auf ihrem Rücken. Suza überlegte immer noch, sie wollte aussteigen, sie musste eine Entscheidung treffen. Jetzt, sofort, sie musste sich entscheiden, ob sie sehen konnte oder nicht.
- Verstehen sie mich? Kommen Sie jetzt hier raus, nehmen Sie meine Hand.

Uschi berührte ihr rechtes Bein, schüttelte es.
- Kommen Sie, wir müssen hier weg, hier geht alles in die Luft, kommen Sie!

Uschi schrie sie an.
- Machen Sie ihre Augen auf und bewegen Sie sich, verdammt, die fahren uns über den Haufen.

Suza machte ihre Augen auf und schaute an Uschi vorbei ins Leere.
- Ich bin blind.

Suza griff mit ihrer Hand nach Uschi, verfehlte sie, sie tat alles, was nötig war. Uschi war ohne Worte, irritiert drehte sie sich um und rannte zurück zu ihrem Auto, sie beugte sich hinein zu Bertram. Er versuchte immer noch, sein Bein nach oben zu ziehen, sie redete wild, schnell, immer noch war diese Angst in ihr.
- Ich komme gleich zu dir. Da vorne ist eine Frau, sie lebt, sie ist blind, der Fahrer ist tot. Wir müssen weg von den Autos. Sie ist blind, verstehst du, Bertram, blind. Ich muss ihr helfen, ich muss sie aus dem Auto herausholen.
- Bleib! Geh nicht weg, bitte, Uschi, bleib. Ich stecke fest. Hilf mir!

Sie ging. Er schaute ihr nach, er war wütend, er brauchte sie, sie war nicht da für ihn. Er zerrte verzweifelt an seinem Bein. Er sah, wie sie nach hinten rannte, die Beifahrertür des gelben Wagens aufriss, irgendetwas sagte, aufgeregt ihre Hände durch die Luft warf. Sein Bein steckte fest. Uschi redete auf den Mann im gelben Wagen ein.
- Wir müssen sie da rausholen, sie ist blind, Bertram ist eingeklemmt, schnell.

Walter hielt das Lenkrad fest. Uschi beugte sich zu ihm in den Wagen. Er saß in seinem BMW und starrte nach vorne, er reagierte nicht auf sie, schaute nur, bewegte seinen Kopf hin und her, Blut rann aus einer Platzwunde auf

seiner Stirn, er atmete tief ein und aus, er ignorierte, dass sie da war, mit ihm redete, das Blut rann einfach aus ihm heraus, er hielt es nicht auf, in winzigen Bächen seiner Wange entlang nach unten. Sie berührte ihn an der Schulter, zog an seinem Pullover. Er rührte sich nicht, schaute nur nach vorne, sagte nichts, spürte hin, wo es ihm wehtat, sein Kopf, die Wunde, sein Brustkorb, er hielt das Lenkrad fest. Uschi hörte nicht auf. Sagte es immer wieder, bat um Hilfe.
- Bitte.
  Er sagte es nur einmal.
- Nein.

Walter

Walter war sechsunddreißig Jahre alt.

Früher war er Maurer, dann Türsteher, dann wurde er Polizist, er lebte mehr oder weniger allein und jetzt saß er in seinem kaputten Auto. Er dachte nach. Dinge fielen ihm ein. Dinge, die lange zurücklagen.

Eigentlich verabscheute er Fußball, absurd, dass er in diesem Moment daran dachte, absurd, so wie alles andere in seinem Leben. Sein Auto war kaputt, es war fast auf die halbe Länge zusammengequetscht, die vordere Hälfte hatte sich beinahe aufgelöst, war in dem Wagen vor ihm verschwunden. Dennoch waren seine Verletzungen klein, Schnitte, eine Platzwunde am Kopf, Rippenprellungen. Er war nicht angeschnallt gewesen, er hatte Glück gehabt, er spürte seine Brust, das Lenkrad, das brannte auf der Haut, er spürte seine Beine, seine Arme, alles, er konnte sich bewegen, er hätte aussteigen können, helfen, aber er wollte nicht, er wollte nichts hören, sich um nichts kümmern. Er dachte an Fußball. Er saß hinter dem Steuer, benommen, kein Airbag, und trotzdem lebte er, er dachte an Diego Maradona. Alles fiel ihm wieder ein, alles, während sie auf ihn einredete. Er ignorierte sie. Er dachte an Diego. An Fußball und an seine Hoden.

Seit er ein Kind war, dachte er an diesen Mann, dieses Solo, wie er rannte und rannte und nicht stehen blieb. Wie ein Lied, das er immer wieder hörte, ein Ohrwurm. Er dachte an dieses Jahrhunderttor, schaute zu, wie Uschi aus dem Wagen sprang, wie sie panisch herumfuchtelte mit ihren Händen, nach vorne stürzte zu dem ersten Wagen, dann zurückkam zu ihm. Sie schrie ihn an und er hörte sein Lied, Maradona.

Er war vierzehn Jahre alt, es war sein letztes Spiel. Es lag an ihm, es waren nur noch zwei Minuten zu spielen, er musste dieses Tor schießen, er wusste, dass er es konnte, er wusste, dass es möglich war. Er bekam den Ball und rannte. Wie Maradona. Die siebenundsechzig Zuschauer tobten auf den Holzbänken, wie er am ersten vorbeiging, am zweiten, am dritten, wie sein Herz laut war, dann noch einer, wie das Tor immer näher kam. Nur einer noch, nur noch der Tormann war vor ihm. Er fühlte sich leicht, flog fast über den Rasen, er sah sich bereits auf den Schultern der anderen auf dem schäbigen Wiesenplatz, er sah sich am Boden liegen, die Jubelnden über ihm, er war der Held an diesem Tag, das war sein Spiel. Da war nur noch der Tormann, wie er auf ihn zu rannte, wie der Ball vor ihm her lief. Walters Fuß, wie er den Ball traf, wie der Ball Richtung Tor flog, elegant. Wie der Fuß des Tormanns in seinem Unterleib ankam. Wie der Ball ins Kreuzeck flog. Wie Walter zu Boden ging. Wie der Ball im Tor lag. Wie Walter bewusstlos dalag. Wie Maradona die Arme in die Höhe riss, zur Seitenlinie rannte, Küsse in die Menge warf, wie er sich von den anderen zu Boden reißen ließ. Maradona. Walter. Wie er dalag, sich nicht rührte.

Wie er jetzt daran dachte, als er hinter dem Lenkrad im Tunnel saß. Zum Stehen gebracht. Wie die Autos vor ihm herumlagen. Wie der Tormann seinen Fuß in seine Hoden rammte, wie der Schmerz ihn stoppte. Wie er sich das Blut aus dem Gesicht wischte, die Hand auf die Wunde presste, wie es langsam aufhörte zu bluten. Die kaputten Autos, die aufgeregte Frau neben ihm. Er schaute ihr ins Gesicht, aber er rührte sich nicht, dachte an seine Hoden, die unendlich wehtaten, als er aufwachte. Er dachte an die Gesichter, die ihn anstarrten, an die Mädchen, die sahen, wie er sich seinen Schwanz hielt. Es war sein letztes Spiel, er wollte sich diesen Blicken nicht mehr aussetzen, nie wieder. Wie sie ihn anstarrten, auf ihn einredeten, der Dorfarzt, die Frau vom Buffet.

Walter blieb sitzen. Sein Leben war schwierig geworden seither.

Der Wagen hatte sich überschlagen, alles war so schnell gegangen, er hatte einfach seine Augen zugemacht, das Lenkrad gespürt, wie es ihn aufhielt, seinen Kopf, wie er an den Himmel schlug. Sein gelbes Auto kaputt in einem Tunnel, nur die Lichter an der Decke, die Autos wie Spielzeug mitten auf der Fahrbahn. Jetzt brüllte sie, panisch.

Er schaute geradeaus, hörte sie, spürte sie neben sich, ihre Angst. Er solle endlich aussteigen, ihr helfen, sie wolle die Frau aus dem Auto holen und Bertram, er solle sich endlich in Bewegung setzen. Er blieb sitzen, das hatte nichts mit ihm zu tun, er wollte nicht helfen, er wollte, dass es aufhörte. Er dachte an Maradona. In Gedanken stürmte er, niemand hielt ihn auf, keiner stoppte ihn.

Walter hatte nicht gebremst, als der erste Wagen durch die Luft geflogen war, er hatte nur geschaut. Er war dem zweiten Wagen gefolgt, den Rücklichtern. Ungebremst. Tor, dachte er. Tor. Dann der Salto, alle jubeln.

Er blieb sitzen. Uschi ging.

Einige Minuten noch rührte er sich nicht. Dann kletterte er aus dem Auto. Er griff sich in den Schritt, hob seine Hoden zärtlich hoch, legte sie wieder an ihren Platz und schaute zu, was passierte. Teilnahmslos, seine Rippen schmerzten, er bewegte sich langsam, in seinem Gesicht war Blut, die Welt war ihm egal. Er spuckte aus und ging zu den anderen. Ein Stürmer vor dem Elfmeter.

Uschi gab Suza die Hand. Maurice war still. Bertram zerrte an seinem Bein.

Dieter & Valentin

Dieter lag im Straßengraben.

Die Hände um seinen Kopf, alles angespannt, jeder Muskel voll von Angst, für immer stillzustehen, getroffen zu werden von einem herumfliegendem Stück Auto, von lärmendem Metall, Angst vor dem Tod, Tränen im Gesicht. Dieter weinte.

Sie kamen einfach über seine Wangen, mit der Angst kamen sie nach oben, sie pressten sich zwischen seine Lider, rannen nach unten. Er dachte, er würde sterben, er dachte, alles wäre zu Ende, keine Autos mehr, in keiner Farbe, nie mehr, nichts, seine Kabine zerquetscht zwischen Lkw und Tunnelportal. Gleich würde er erschlagen werden, tot sein.

Der Lkw lag quer über die Fahrbahn, umgekippt auf dem weißen Asphalt, der Lastzug in der Mitte aufgerissen, auseinandergeplatzt, Kartons überall, hunderte. Dieter nahm langsam die Hände nach unten, hob seinen Körper ein Stück, schob ihn über die weiße Erde nach oben und schaute hinüber. Er suchte seine Kabine, er sah das Loch in der Erde, nur noch Kabel, die aus dem Boden ragten, sein Zuhause verteilt am Boden. Wie der Schnee alles zudeckte.

Wie er einfach nur zusah für Minuten. Der Schnee, die Kartons am Boden, der umgekippte Lkw. Dieter stand da und schaute, ein paar Minuten, lange wie eine Ewigkeit.

Er versuchte an etwas Schönes zu denken, er holte es mit Gewalt in seinen Kopf, er wollte die Wirklichkeit nicht so, wie sie war. Er erinnerte sich an den Schulball, er war siebzehn, er hatte dieses Mädchen umarmt, mit ihr getanzt, sie im Arm gehalten, ihre Haut berührt am Rücken. Sie war wunderschön, sie wollte tanzen mit ihm, er hielt sie im Arm, spürte sie, begehrte sie, sie fühlte den Schweiß in seiner Hand. Sie ließ ihn nicht los. Den ganzen Abend tanzten sie, er schaute nur sie an. Damals war er glücklich gewesen. Daran erinnerte er sich. Kurz, einen kleinen Augenblick lang.

Dann nahm er das Telefon aus seiner Tasche und wählte. Sein Blick ging geradeaus, seine Stimme war stiller als sonst.

– Ihr müsst den Tunnel sperren, lass keinen mehr durch. Ein Lkw hat meine Kabine mitgenommen, aus dem Boden gerissen, er liegt quer über die Straße, er ist in das Tunnelportal gekracht, alle Ampeln auf Rot, verstehst du? Du musst das machen, ich habe kein Schaltpult mehr. Es ist alles weg. Meine Kabine. Alles, verstehst du. Sperr den Tunnel. Und hol die Feuerwehr.
– Was?
– Du musst das jetzt tun. Ampeln auf Rot, Rettung, Feuerwehr, Großaufgebot. Hörst du? Die Straße ist blockiert, hier kommt keiner vorbei, der Lkw liegt vor der Einfahrt. Keine Ahnung, ob der das überlebt hat.
– Bist du verletzt?
– Nein.
– Ach du Scheiße.
Dieter schwieg.

- Bei mir ist schon seit Längerem keiner mehr durch. Ich mache dicht. Dieter? Ist alles in Ordnung?
- Ruf Hilfe. Schnell.
- Geht es dir gut?
- Ich weiß es nicht.
- Ist es schlimm?
- Beeil dich.

Es war kalt. Dieter dachte an die Heizung in seiner Kabine, an den blauen Regler, an die drei Temperaturstufen, wie oft er daran gedreht hatte, wie langsam alles um ihn wärmer geworden war, kälter. Er hatte seinen Pullover nicht mitgenommen, es war alles so schnell gegangen. Er stand da mit dem Telefon in der Hand, dem Blick auf den Lkw, er zitterte, er hatte Angst, er wollte das nicht, wollte nicht allein sein an diesem Ort. Der Schnee war kalt. Die Blicke gingen wieder hinüber, seine Fußspuren, Blech, zerbrochenes Glas. Er starrte auf den Lkw, er wusste nicht, was er tun sollte, er fühlte sich hilflos, sollte er auf die Rettung warten, sollte er hinübergehen, er wollte nicht, wollte nicht sehen, was da im Führerhaus war, er musste es tun, er wollte nicht, er musste.

Langsam bewegte er sich. Er hörte hin, ob andere Autos kamen, aber niemand außer ihm war da. Keiner kam. Das umgekippte Führerhaus vor ihm. Er kletterte auf den Lkw hinauf, hielt sich irgendwo fest, stützte sich ab, kam oben an. Der Fahrer lag unten. Das Beifahrerfenster war zerschlagen, so wie alles andere. Er beugte sich nach vorne, konnte jetzt nach innen sehen, er wollte nicht, er musste es tun. Vielleicht war er noch am Leben.

Vorsichtig schob er seinen Kopf vor, noch weiter nach innen, er schaute nach unten, überall Glasscherben, tausend Dinge, die verstreut herumlagen, der zerschundene Körper. Dieter kletterte hinunter. Er überlegte nicht lange, ignorierte seine Angst, kletterte vorsichtig, er musste nachsehen, ob der Fahrer noch lebte, er musste ihn ansprechen, ihn berühren, den blutigen Leib schütteln, bis er aufwachte, bei ihm bleiben, bis die Rettung kam. Er war allein, niemand sonst tat es, er wollte nicht, er wollte zurück in seine Kabine, den Heizungsregler auf die höchste Stufe drehen und sich überlegen, welches Auto als nächstes durch den Schnee auf ihn zukam. Er musste. Er stieg vorsichtig. Trotzdem passierte es, es war dieses Geräusch, so als würde ein Knochen brechen. Ein kurzes Knacken, dumpf. Dieter war auf seinen Kopf getreten, es war eng, er war nervös zwischen dem Glas und dem Blech, er wollte keine toten Menschen in seinem Leben haben, keinem begegnen, so nah, so kalt.

Er zog sein Bein schnell wieder nach oben, schüttelte seinen Fuß, als wollte er etwas loswerden, das sich festgeklebt hatte. Er schaute den Körper an, er überwand sich, er wollte es nicht, aber er schaute ihn an. Er hockte sich neben ihn, schaute, hielt die Hand vor seinen Mund.

Das Gesicht war unverletzt, bis auf die Nase, alles andere schien kaputt zu sein, verbogen. Er hatte Angst, dass der Fahrer noch lebte, dass ihn plötzlich diese Augen anschauen würden, diese stillen, leblosen Augen. Dass dieser Körper zu röcheln beginnen, dass er um Hilfe betteln würde, sich an ihn klammern, dass er sterben würde in seinen Armen, ohne dass er etwas dagegen tun könnte.

Dieter schaute ihn an.

Der Fahrer rührte sich nicht, bewegte sich keinen Zentimeter, aus seinem Mund kam nichts, kein Geräusch, kein Atem. Er hätte ihn schütteln müssen, in seine Ohren brüllen, in sein Gesicht schlagen, überprüfen, ob noch Leben in ihm war, aber er wollte nicht, konnte nicht. Der Fahrer war tot. Bestimmt war er tot, unmöglich, dass da noch irgendwo Leben war. Reglos klemmte der verformte

Körper zwischen Blech und Plastik, Dieter suchte ihn ab nach kleinen Bewegungen. Er schaute ihn vorsichtig an, zuerst nur sein Gesicht, dann gingen seine Augen dem Körper entlang nach unten zu seinen Beinen, wieder nach oben, sie gewöhnten sich langsam an das Blut, an die Entstellungen, an das wenige Licht, das durch das Beifahrerfenster nach unten kam.

Dieter war sich sicher. Der Fahrer war tot. Es war kalt. Draußen stoppte ein Auto.

Er konnte es hören, er schrie laut, er versuchte schnell aus der Fahrerkabine zu steigen. Wieder stieg er auf ihn, er rutschte ab, wieder traf sein Fuß den Kopf, wieder zog er ihn schnell nach oben. Er beeilte sich, achtete nicht mehr auf das, was unter ihm war, er kletterte so schnell er konnte nach oben. Er war nicht mehr allein. Er musste hinaus, draußen war jemand, er musste sich beeilen, er wollte, dass jemand bei ihm war, dass ihm jemand half, jemand mit ihm die Verantwortung teilte. Er zwängte sich wieder durch das Fenster, er hörte, wie ein Motor abgestellt wurde, er kletterte vom Führerhaus nach unten in den Schnee. Er wollte zu dem Auto.

Egal welche Farbe, dachte er.

Ruben

Nacht im Rückspiegel.

Schnee, der sich davonmachte, im Dunkel verschwand. Der weiße Saab, wie er sich durch die Flocken immer weiter nach vorne kämpfte, langsam den Berg hinauf, Rubens Fuß am Gas. Wie der Schnee in das Licht fiel, schräg und schnell, dicht, wie er ihm die Sicht nahm, wie er müde machte. Ruben, wie er das Fenster nach unten kurbelte und die Luft in seinen Mund nahm, einatmete, aus.

Nur nicht einschlafen, dachte er.

Müde kurz vor dem Tunnel. Nach Mitternacht. Wer sollte ihn suchen. Keiner hatte ihn gesehen, keiner. Es war so wie immer gewesen, so wie jeden Tag, er hatte alles richtig gemacht, es war genauso, wie er es sich vorgestellt hatte. Es konnte ihn keiner gesehen haben. Alles richtig gemacht, alles nach Plan, trotzdem war er sich nicht sicher, fuhr durch den Schnee, wollte weg, weit weg, schnell und unauffällig verschwinden, sich auflösen, im Schneesturm versinken und nicht mehr auftauchen. Gas geben.

Ein Wunder, dass das Auto angesprungen war. Er hatte vergessen, es davor zu testen, er war einfach davon ausgegangen, dass es funktionieren würde. Beim ersten Mal nichts, beim zweiten Mal ein kleines Spucken, dann kam das vertraute Geräusch, das er lange nicht gehört hatte. Ein sehr alter Saab. Er hatte nicht einmal kontrolliert, ob Benzin im Tank war, er hatte nicht daran gedacht, war einfach losgefahren. Er hatte die kleine Reisetasche vollgepackt, war in die Garage gegangen, hatte das Tor nach oben gezogen und sich hinter das Steuer gesetzt. Die Nachbarin beim Einkaufen. Der Wagen sprang an und er fuhr, ohne sich umzudrehen. Als er schon drei Stunden unterwegs war, fiel es ihm ein. Dass er das Tor zumachen hätte müssen, dass sie es merken würde, dass das Auto weg war. Dass er nicht mehr da war. Es kam ganz plötzlich in seinen Kopf, sein Fehler war ihm so klar in diesem Moment, er verspürte Panik, er überlegte, ob er umdrehen, ob er sie anrufen sollte, er wusste nicht mehr, was richtig war.

Er sah sie vor sich. Sie würde sich wundern, sie würde sofort die Schlüssel holen und in seine Wohnung stürmen, sie würde läuten vorher, so wie sie es immer tat, kurz nur aus Höflichkeit, dann würde sie hineingehen, nach ihm rufen, ihn in jedem Winkel seiner Wohnung suchen. Sie mochte ihn, sie würde wissen wollen, ob alles in Ordnung war, ob es ihm gut ging, warum das Auto nicht mehr in der Garage war. Sie würde ihn nicht finden und sie würde das Schlimmste vermuten, einen Einbruch, eine Entführung, aber nicht, dass er selbst gefahren war. Das nicht.

Sie wusste, dass er noch nicht so weit war. Das Unglück am Steg lag ein Jahr zurück, und obwohl er wieder gehen konnte, seinen Haushalt mehr oder weniger selbst bewältigte, obwohl er wieder sprechen konnte, ohne dass man etwas merkte, würde sie sich sicher sein, dass nicht er mit dem Auto aus der Garage gefahren war. In ihren Augen war er noch nicht so weit.

Ruben hatte seit Monaten seine Wohnung kaum verlassen. Seine Nachbarin würde die Polizei anrufen. Er bekam Angst, schaute immer wieder in den Rückspiegel. Was, wenn sie ihn suchen ließ, wenn sie ihn fanden.

Alles wäre zu Ende, noch bevor es angefangen hätte.

Seine Nachbarin. Jeden Tag fand sie ihn in seiner Wohnung, meistens wartete er schon auf sie, saß bereits am Tisch, lächelte sie an. Er mochte ihr Essen. Sie kochte für ihn. Er bezahlte sie dafür.

Ruben entschied sich weiterzufahren, sie nicht anzurufen, nicht stehenzubleiben, es zu ignorieren, das Beste anzunehmen. Niemand hatte ihn gesehen, sie würde nicht die Polizei rufen, alles würde still bleiben, sich nicht gegen ihn wenden. Er wollte nicht mehr zurück. Egal, was passierte, er würde nicht stehen bleiben.

Er war seit acht Stunden unterwegs, seit fünf Stunden immer wieder der Blick in den Rückspiegel, keine Rast, nur einmal kurz stehen geblieben, uriniert. Er wollte die Nacht durchfahren, am Morgen in einem anderen Leben ankommen. Aber das Auto war langsam. Es schlich den Berg hinauf. Rubens Blick durch den Schnee nach vorne. Die Gedanken an früher.

Dann die Kartons auf der Straße. Dunkle Klötze, wie Skulpturen ragten sie aus der Erde, kleine Quader im Scheinwerferlicht, die Straße voll davon. Hunderte Schachteln, auf die Schnee fiel. Ruben nahm den Fuß vom Gas, näherte sich behutsam, suchte sich einen Weg zwischen den Schachteln, rollte auf den umgekippten Lastwagen zu. Dann blieb er stehen.

Niemand da, die Tunneleinfahrt versperrt. Nur er und dieser schreckliche Unfall, der Schnee, der sich auf die Kartons legte, der alles zudeckte. So friedlich alles. Aber in ihm stieg Panik auf, wieder dachte er an das offene Garagentor, an seine Nachbarin, an die Polizei, an die Rettungsmannschaften, die gleich kommen würden.

Er stieg aus. Ruben überlegte nicht. Leise öffnete er die Tür, leise nahm er seine Sachen vom Rücksitz. Er hörte eine Stimme aus dem Lastzug, er beeilte sich, niemand sollte ihn hören, niemand sollte nach Hilfe rufen, keiner sollte ihn aufhalten. Andere würden kommen, er musste weiter, er konnte nicht bleiben, er konnte nicht helfen. Er hörte, wie jemand im Führerhaus nach oben kletterte, er musste weg, schnell, er konnte nicht bleiben. Fast lautlos schlich er durch den Schnee auf das Tunnelportal zu. Schnell quetschte er sich durch den kleinen Spalt, der zwischen Lkw und Beton geblieben war. Er drehte sich nicht um.

Ruben begann zu laufen.

Suza & Maurice

Suza war nackt.

Ein Blindenstock in ihrer Hand. Ihre Augen waren verbunden, sie tastete sich selbstbewusst durch das Hotelzimmer. Er lag auf dem Bett und schaute ihr zu. Es war seine Idee gewesen. Dass sie blind sein könnte, dass sie einfach so tun könnte, dass sie viel Geld damit verdienen könnten, dass es erst einmal in der Geschichte einen blinden Fotografen gegeben hatte, dass es jetzt wieder Zeit wäre dafür. Dass der Kunstmarkt reif wäre für eine wunderschöne blinde Fotografin. Das würde einschlagen. Er würde sich um alles kümmern.

Der Stock klapperte auf dem Parkett, er beobachtete sie, jede Bewegung, wie sie elegant durch den Raum strich, vertraut mit dem Stock, sicher, selbstbewusst. Sie hatte das schon oft getan, heimlich in ihrer Wohnung, in der ersten Zeit, damals, als sie zu den Blinden gekommen war, sie hatte verstehen wollen, wie es diesen Menschen ging, herausfinden, wie diese Welt war, ein bisschen nur.

Maurice beschrieb ihr die Zukunft. Seine Augen folgten dem weißen Stock, er malte das neue Leben in allen Farben, er war begeistert, er überrollte sie mit seiner Leidenschaft, er stand auf, nahm ihr das Tuch von den Augen und umarmte sie. Maurice hatte sich etwas in seinen schwarzen Kopf gesetzt und er wollte, dass es da blieb, dass es wuchs, dass etwas Großes daraus würde. Suza ließ sich mitreißen.

Sie sah ihn an, sie war verliebt, sie fand ihn wundervoll, alles an ihm, wie er dastand, wie er sie mit seinen Armen festhielt, wie er mit seinen Händen durch die Luft wirbelte, wie er ihr die Welt der Kunst erklärte, wie er mit seiner tiefen Stimme über sie sprach, wie er ihr Komplimente machte, wie er sich immer wieder auf sie legte und wie sie unter ihm verschwand, sich in ihm auflöste, in ihn hineinkroch, in diesen Körper, wie sie sich von ihm verschlingen ließ, sich in seinem Mund aufzulösen begann, sich an seinen Lippen festhielt, seinen Schwanz in sich spürte. Sie hätte alles für ihn getan.

Sie wurde blind für ihn. Hörte auf zu sehen.

Diese Idee, sie klang verrückt, aber sie konnte es schaffen, sie wusste, was sie zu tun hatte, sie würde blind sein. Sie wusste, wie sie sich bewegen musste, wovor sie Angst haben musste, wie man mit dem Stock umging, wie sich die Augen verhielten, wie sie auf Licht reagierten, auf Bewegung. Sie hatte sie so viele Stunden beobachtet, ihre blinden Schäfchen. Nichts war ihr vertrauter. Sie kündigte.

Er blieb bei ihr in Schweden. Sie zogen sich zurück in ihre Wohnung, versteckten sich, übten, er trainierte sie. Sie war sein Zirkuspferdchen, er war ihre Rettung, seine schwarze Haut in der Nacht. Sie war besessen von ihm, er applaudierte, wenn sie eine Aufgabe souverän bewältigt hatte. Drei Wochen lang tat sie nichts anderes, als blind in ihrer Wohnung zu sein mit diesem Gefühl, leben zu lernen, Tag und Nacht. Ihre Augen waren verbunden. Er war bei ihr, band ihr das Tuch um, nahm es ihr ab, manchmal. Es wurde Alltag.

Dann färbte sie sich die Haare, schnitt sie. Man sollte sie nicht wiedererkennen, Maurice machte einen anderen Menschen aus ihr. Weitere drei Wochen trainierte sie in der Stadt, blind zu essen, zu trinken, ihre Augen zu kontrollieren, starr und leer zu schauen, Straßenbahn zu fahren, einzukaufen, alles, was sie sonst auch tat. Nur blind. Wenn sie ihre Brille abnahm und die Gemüsefrau nach Äpfeln fragte, schaute sie knapp an ihr vorbei, das kam am besten.

Man glaubte ihr. Maurice glaubte ihr.

Sie kündigte ihre Wohnung und fuhr mit dem schwarzen Mann über die Grenze, eine schwarze Sonnenbrille im Gesicht. Dann kam Deutschland, unzählige blinde Tage in der Öffentlichkeit, Ausflüge mit der Kamera, Videoaufnahmen von der Künstlerin bei der Arbeit, erste Treffen mit Galeristen, Pressetermine.

Maurice war gut. Suza war blind. Sie schliefen in Hotels, arbeiteten viel, die Romantik verflog, das Geschäft wurde wichtiger. Suza begann sich nach ihm zu sehnen, er entzog sich, gab ihr nur das Nötigste, beruhigte sie, brachte sie zum Schweigen.

- Wie lange darf ich nichts sehen?
Maurice streichelte sie, lächelte.
- Blind ist man für immer.
- Aber du weißt, dass ich das nicht ewig durchhalten kann.
- Du bist so schön, wie du dich bewegst, du bist perfekt so.

Er küsste sie, hielt ihr die Augen zu. Suza wich seiner Zunge aus. Sie wollte, dass er sie hörte.

- Aber ich will mich nicht ewig verstellen. Ich habe Angst, dass ich entdeckt werde, dass mich einer sieht irgendwann, ich kann nicht jede Minute blind sein, mich ständig konzentrieren darauf. Ich kann das nicht.

Maurice umarmte sie.
- Ich weiß, dass du das kannst.
- Du hast ja keine Ahnung, wie das ist.
- Du kannst das.

Suza löste sich aus der Umarmung.
- Manchmal würde ich einfach gerne losrennen, kreuz und quer durch die Stadt, zwischen den Menschen durch, ohne sie zu berühren, meine Augen in die Sonne strecken. Mit ihnen in andere Augen schauen. Nicht nur in deine.
- Wir fliegen nach Indien im Sommer.
- Ich meinte deutsche Augen.

Er ging durch das Hotelzimmer, wurde unruhig, seine Stimme härter.
- Warum ist das so wichtig für dich? Wir haben Erfolg, die ersten Ausstellungen laufen großartig, sie lieben dich. Warum kannst du es nicht einfach genießen?

- Ich habe dir ein SMS geschickt heute.
- Und ich habe dir zurückgeschrieben.
- Ich habe getippt, ich habe mich nicht umgesehen dabei, ich habe einfach auf der Tastatur herumgedrückt und auf das Display geschaut. Verstehst du. Ich habe nicht aufgepasst.

Maurice trat auf sie zu, groß und schwarz.
- Was soll die Scheiße?
- Ich weiß nicht, ob mich jemand gesehen hat.
- Das darf nicht wahr sein.

Er rieb sich mit der Hand den Kopf, kurz überlegte er.
- Das kann doch nicht sein.
- Doch. Ich sagte doch, ich bin mir nicht sicher, ob ich das immer kann, jeden Augenblick. Ich bin nicht blind.

Maurice schrie. Plötzlich und laut.
- Du bist blind, verdammt!

Suza blieb ruhig, schaute ihn an.
- Bin ich das?
- Ja. Du bist blind. Reiz mich nicht.

Suza steckte einen Finger in sein rechtes Nasenloch und lachte ihn an.
- Eine Blinde könnte das nicht.

Maurice nahm ihren Finger und hielt ihn fest, gab ihn ihr nicht wieder.
- Bald kennt dich jedes Kind in diesem Land. Du wirst besser aufpassen.

Suza schaute ihn feindselig an.
- Werde ich das?

Maurice ließ ihren Finger los und schlug ihr ins Gesicht.
- Du wirst.

Melih & Dina

Dina hatte Melih aus Griechenland mitgebracht.

Er war Koch in dem Hotel, in dem sie Urlaub machte. Sie war fünf Jahre älter als er, sie gefiel ihm, er umwarb sie und sie genoss es. Eigentlich wollte sie nur Ruhe, lesen, mit sich sein, ihre Haut unter die Sonne legen, kein Kindergeschrei mehr für kurze Zeit, keine blutenden Frauen, kein Stöhnen. Dina war Hebamme.

Sie verbrachte jede Nacht mit dem Koch, es war wie eine Lawine, die über sie kam, nach zu vielen Nächten allein, stundenlang seine Zärtlichkeit. Er war besessen von ihr, von Anfang an, er wollte sie, war gierig, sie zögerte, sie lernte es zu genießen. Seine Blicke auf sich, nackt sein mit ihm. Wie ihr fester Körper aufwachte unter seinem. Er berührte ihre Haut, streichelte sie mit allem, was er hatte. Er schaute sie an, seine Augen gingen von oben nach unten, den Fingern nach.

- Ich mag es, dass du so stark bist. Wenn ich dich angreife, spüre ich, dass du da bist.
- Bitte starr mich nicht so an.
- Du bist schön.
- Schön fett.
- Du bist eine Frau. Eine schöne starke Frau.
- Hör bitte auf, mich anzustarren. Ich bin fett.
- Nein.

Dina hatte siebenhundertvierzehn Kinder auf die Welt gebracht, sie wusste, wie schöne Frauen aussehen, sie kannte diese kleinen perfekten Körper, diese verhungerten Leiber, diese schöne Welt, in der sie nichts verloren hatte.

Sie war sich sicher, sie war nicht schön, sie war fett. Und trotzdem wollte dieser kleine Mann in ihrem Körper verschwinden, in ihr eintauchen, sie gierig auflecken, sie mit seiner Zunge in den Wahnsinn treiben. Er mochte sie, er begehrte sie, jede freie Minute kam er zu ihr, die meiste Zeit sprachen sie nicht, liebten sich nur.

– Wieso sprichst du so gut Deutsch?
– Gastarbeiterkind. Ich bin in Bremen aufgewachsen.
– Warum bist du zurück nach Griechenland?
– Ich bin Grieche.
Dina lachte und drückte seinen Kopf zwischen ihre Beine.
– Guter Grieche.

Der Urlaub ging zu Ende. Dina weinte, Melih stand wie erschlagen in der Abflughalle, er sah, wie das Flugzeug in die Luft ging, er sah sie vor sich, ihren gewaltigen Leib, ihre Haut, diese wahnsinnige Vagina, ihre Brüste, dieses zarte, schöne Gesicht. Sie war in sein Leben eingebrochen, hatte ihn durchgeschüttelt, alle seine Rädchen zum Laufen gebracht, ein Feuer angemacht, alles brannte um ihn herum, leuchtete. Das Flugzeug verschwand im Himmel. Er wollte nicht, dass es zu Ende war, er wollte nicht, dass das Feuer ausging. Er wollte mehr von Dina.

Vorher war er ein kleiner Koch in einem griechischen Hotel gewesen. Nach Dienstschluss hatte er leise in seinem Personalzimmer onaniert, er war zufrieden gewesen, aber jetzt wollte er mehr. Mit Dina hatte sich alles verändert, er wollte sie bei sich haben, wollte mit ihr zusammensein, sie spüren, sie angreifen, den ganzen Tag lang, sie war ihm heilig irgendwie, er wollte sie, er hätte alles für sie getan. Alles.

Wie er dem Flugzeug nachschaute, wie er lange einfach nur dastand und überlegte. Dina war nicht mehr da. Was begonnen hatte, war zu Ende. Das Flugzeug verschwand.

Über ihm schrien die Anzeigetafeln, Deutschland, Deutschland.
Er ging zurück ins Hotel und kündigte.

Suza & Uschi

Suza kauerte kopfüber.
Uschi kniete und schaute durch das Beifahrerfenster.
- Sie sind blind?
- Ja.
- Ich helfe Ihnen. Sie müssen hier raus, aber beeilen Sie sich.
- Was ist mit ihm? Warum schreit er so?

Uschi überlegte, steckte ihren Kopf noch weiter in den Wagen, schaute sie an, suchte etwas in Suzas Augen, sie versuchte zu erkennen, wie Blindheit aussah.
- Zuerst müssen Sie hier raus, wir stehen mitten auf der Straße, Autos kommen. Dann helfen wir meinem Mann.
- Ihr Mann?
- Ja, mein Mann. Und jetzt kommen Sie. Sie müssen durchs Fenster kriechen, die Türe lässt sich nicht mehr öffnen, man kann sich überall verletzen, Glas, verbogenes Blech, Sie müssen vorsichtig sein, nehmen Sie meine Hand.

Suza zögerte.
- Jetzt machen Sie schon.
- Ich kann das nicht. Ich werde mich verletzen.

Uschi zerrte an ihr, ungeduldig, heftig, sie schrie sie plötzlich an.
- Wir müssen hier raus, bevor das nächste Auto kommt, die fahren uns über den Haufen! Jetzt, raus!

Suza wand sich, zwängte sich durch das Fenster, hielt Uschis Hand, bewegte ihren Kopf hin und her, orientie-

rungslos, blind. Sie drehte sich noch einmal um, streckte ihren Kopf in den Wagen, in die Richtung, in der Maurice war. Sie deutete an, nach ihm zu greifen, ihn mit ihren Händen zu suchen, berührte ihn aber nicht.
- Ist er tot?
- Ich weiß es nicht. Mein Mann ist Arzt.
- Was ist mit Ihrem Mann?
- Er ist eingeklemmt.

Suza kroch aus dem Auto, richtete sich auf, hielt immer noch Uschis Hand, drückte sie.
- Ich weiß, dass er tot ist.
- Ja.

Suza hörte Bertram schreien.
- Ihr Mann lebt.

Uschi schwieg.

Claudia

Das Kind schrie.

Es hörte nicht mehr auf, es quietschte, jammerte, es war laut. Der Junge hieß Tákis.

Sie hatte beruhigend auf ihn eingeredet, immer wieder seinen Namen gesagt, geflüstert, ihn beschworen, damit aufzuhören, minutenlang. Jetzt ließ sie ihn einfach, sie saß da, hielt ihn im Arm und ließ ihn brüllen. Ihr Gesicht war hart, sie bewegte sich nicht, schaute geradeaus, in den Rückspiegel, sie suchte die Blicke ihres Mannes, er wich den ihren aus. Sie starrte, Tákis schrie.

Der Mann neben Claudia hielt das Lenkrad fest, fuhr, presste seine Lippen fest aufeinander. Immer wieder schaute auch Claudia in den Spiegel, sie war neugierig, sie wollte sehen, was da geschah am Rücksitz, warum der Junge nicht aufhörte, wie die Mutter reagierte, warum sie nichts tat, ihn einfach schreien ließ. Es war Wut in den Augen der Mutter, Verzweiflung. Claudia fühlte sich fehl am Platz, die Frau am Rücksitz wollte sie hier nicht, sie schaute nach vorn, schwieg, sagte nichts mehr. Sie wollte aussteigen, nicht länger bei diesen Leuten bleiben, dieses Schreien, das Kind, unerträglich.

Das Schneetreiben wurde dichter, es war dunkel, weit und breit kein Dorf, eine Passstraße. Sie schwieg, dachte nach, bemühte sich, glücklich zu wirken. So war das immer. Claudia war fröhlich, sie hatte keine Probleme, ein offenes Ohr für die anderen, war immer gut gelaunt, hatte tausend Freunde, jeder mochte sie.

Sie lächelte hinaus in den Schnee und wollte weinen. Sie spielte mit ihren Fingern, die Luft aus der Heizung auf ihren Beinen und Füßen, endlich warme Haut. Es war kaum noch zu ertragen gewesen, die Kälte, ihr Kleid, der Schnee, der Schmerz, die Scham. Dass er das getan hatte, sie aus dem Auto gezerrt, sie gedemütigt, sie verlassen, so. Er hatte sie einfach weggeworfen am Straßenrand. Weil sie sich nicht ficken ließ.

Sie griff sich verstohlen an die Brust. Die Frau hinten hatte jetzt die Augen geschlossen, immer noch ignorierte sie ihr Kind, seine Schreie, sie schlief oder tat so. Claudias Hände rutschten unter das Kleid, unauffällig rückte sie das Silikonkissen zurecht. Alles war wieder in Ordnung, sie hatte die Kontrolle zurück, sie war in Sicherheit, sie schwieg, schaute nach draußen.

Ihre Tasche lag einfach da am Straßenrand, mit Schnee bedeckt. Claudia reagierte schnell, griff hinüber zu dem Griechen, sie schlug an seinen Arm, griff nach dem Lenkrad, wieder schrie sie, lauter noch als Tákis, sie wollte ihre Tasche zurück. Es war ein Wunder, dass sie sie gesehen hatte, sie wollte stehenbleiben, sie wollte ihre Schuhe, einen Pullover, sie schrie, der Grieche bremste.

Er musste noch einmal angehalten haben, sie einfach weggeworfen haben, ihre Garderobe, ihren Pass, das Geld, eine rote Reisetasche. Claudias Hand plötzlich am Lenkrad, wie sie es herumreißen wollte, wie er ihre Hand wegschlug, wie sie sie zurückzog, wie er sie anbrüllte. Drei Stimmen waren laut, ein Mann, eine Frau, ein Kind, ein Fuß auf der Bremse, ein kurzes Schleudern, dann Stillstand.

Zurückfahren, schrie sie. So lange, bis er es tat.

Sie öffnete die Tür und griff sich die Tasche, sie stieg nicht aus, sie beugte sich nur aus dem Wagen, sie erreichte einen Griff, zog, holte die Tasche in Sicherheit und stellte sie auf ihren Schoß. Sie war sich sicher, dass er weitergefahren wäre, wäre sie ausgestiegen. Sie machte die Tür zu. Tákis schrie noch lauter als vorher. Der Grieche schwieg, schüttelte nur den Kopf, fuhr sich dauernd mit der Hand über sein Gesicht, schaute immer wieder kurz in den Rückspiegel. Die Frau am Rücksitz bebte. Nicht mehr lange, dachte Claudia, dann bricht sie zusammen, explodiert, spuckt Feuer. Die Augen waren bereits rot, Lava, Ausbruch, dann Tote. Lange würde sie das nicht mehr durchhalten, dieses Schreien ertragen.

Claudia war zufrieden, sie saß wieder ruhig auf ihrem Platz, schwieg, ignorierte das Drama, sie hatte ihre Tasche wieder, erleichtert zog sie die Schuhe an und schlüpfte in ihren Winterpullover. Dann lächelte sie den Griechen an.

Danke, sagte sie, übertrieben freundlich. Es tut mir leid, aber alles, was ich habe, ist in dieser Tasche. Ich wollte Ihnen keine Schwierigkeiten machen, bei der nächsten Bar steige ich aus. Versprochen.

Griechisch prasselte auf sie ein.

Eine Minute lang sprudelte es aus ihm, er gestikulierte, er war laut, übertönte sogar Tákis. Claudia hielt sich einfach die Ohren zu, schaute dem Schnee zu, ging mit ihren Gedanken weg, kurz noch einmal zurück. Sie streichelte ihre Tasche, sie hatte gewusst, dass dieser Mann nicht gut war für sie, sie hatte an ein gutes Ende glauben wollen, sie hatte bis zum Schluss gehofft, aber sie hatte es gewusst. Traurig war sie nicht. Dass er sie ausgesetzt hatte, das tat weh, dass er nicht mehr da war nicht. Sie wunderte sich, aber nirgendwo war Schmerz, Sehnsucht, der Wunsch, wieder in seinem Auto zu sein. Nichts davon.

Sie saß neben dem Griechen und machte sich klein, rutschte tief in ihren Sitz, hielt sich die Ohren. Die Frau am Rücksitz sah sie nicht mehr, aber Claudia war sich sicher, dass es nicht mehr lange dauern würde, bis es auch aus ihr brechen würde. In irgendeiner Sprache, wild. Bis dahin musste sie weg sein.

Bertram

Er war allein im Auto.

Sein Bein war eingeklemmt, er konnte es nicht bewegen, es tat weh, wenn er versuchte, es zwischen dem Metall und dem Plastik herauszuziehen, er musste ruhig bleiben, er würde aus diesem Auto herauskommen, irgendwie, es schmerzte. Er schrie nach Uschi.

Er sah sie im Rückspiegel, wie sie auf den Mann einredete, der sich nicht rührte, einfach nur nach vorne schaute, als würde er ihn anstarren.

Bertram schrie nach ihr. Uschi im Rückspiegel, wie sie kurz in seine Richtung schaute, sein Bein, das weh tat, Uschi, wie sie sich wieder dem Mann in dem Auto zuwandte, wie er ihn anstarrte, sein Gesicht.

Bertram war schön gewesen früher. Acht von zehn Frauen hätten ihn nach Hause mitgenommen. Er hatte Geld, war als Arzt erfolgreich, charmant, witzig, einfühlsam. Uschi rief ihn an, ging mit ihm aus, sie schleppte ihn auf eine Vernissage, sie kamen sich näher zwischen Prosecco und Fruchttörtchen, die Künstlerin erklärte ihnen ihr Werk, Seitenblickereporter fotografierten sie. Sie umarmte ihn am ersten Abend, nach zwei Stunden schon. Er im hellgrünen Anzug, im weißen Hemd, überall schöne Menschen, die schönsten der Stadt, sie mit ihrem perfekten Gesicht, angemalt, er hat sie gepflückt, sie hat sich vom Baum hinunter in die Tiefe gestürzt. Sie hat ihn ausgesucht, ihn abgeholt und eingepackt.

Ihr Mann ab dem ersten Abend, ihre gemeinsamen Vorlieben, Interessen, das Reisen, dann die spektakuläre Hochzeit auf einem Schloss im Mai, zweihundertvierzig Gäste, ihr weißes Kleid ohne Vergangenheit, nur noch sie beide, die perfekte Ehe.

Ein Jahr, zwei. Bis zum vierten war alles gut.

Dann wurde er hässlich.

Sie war nicht daheim, ein großes Doppelhaus vor der Stadt, Garten, Pool, sie hatten es bauen lassen, eine Hälfte würden sie vermieten irgendwann. Schönes Haus, schönes Leben, bis zu diesem Tag.

Sie war im Institut, sie leitete ein psychologisches Experiment, es war Sonntag. Er war im Garten. Er liebte es, selbst Hand anzulegen, er war der Heimwerkerkönig, sein Keller war voll mit Werkzeug, er bastelte, bohrte, schnitt. Uschi machte sich lustig darüber, das passte nicht in ihre schöne Welt.

Sie könnten doch eine Firma holen, er müsse das nicht selbst machen.

Immer wieder sagte sie es, bat ihn, damit aufzuhören.

Er machte weiter.

Er ging mit seinem neuen Seitenschneider in den Garten, der alte Zaun sollte weg. Sie schüttelte den Kopf, als sie ging. Er rieb sich die Hände, zog seinen Arbeitsanzug an und fällte sieben Eisenstangen. Funken spritzten, er schwitzte, er fühlte sich gut, spürte sich. Uschi arbeitete, seit Tagen war sie im Institut, fast ununterbrochen, ein wichtiges Projekt, sagte sie, sie kam immer nur kurz, berichtete begeistert, duschte, stopfte sich etwas in den Mund und ging wieder.

Bertram fällte die achte Eisenstange.

Sie hatte Karriere gemacht, war ganz nach oben gekommen, sie arbeitete ununterbrochen, forschte auch an den Wochenenden. Bertram kümmerte sich um den Garten, seine Praxis lief gut, er ordinierte nur an vier Tagen, genoss das Leben mit Essen und Wein, mit Uschi und seinem Werkzeug.

Als er die neunte Eisenstange in Angriff nahm, war er schon müde, die Kraft war dabei, ihn zu verlassen, er dachte an Uschi, er sehnte sich nach ihr, dachte an ihre braunen Schenkel, er rutschte ab, stolperte. Die Flex kam in sein Gesicht. Er verlor seine Nase.

Uschi stand vor einem großen Durchbruch, ihr Projekt stand vor dem Abschluss, es würde ein großer Erfolg werden, Interviews standen bevor, Publikationen, öffentliches Interesse, Sondergelder.

Sie war glücklich, als er seine Nase verlor.

Bertram brüllte. Die Metallscheibe hatte den Knochen durchtrennt, Blut spritzte, er griff sich mit der Hand in sein Gesicht, spürte das Blut, spürte, dass da nichts mehr war, spürte, wie es in Fontänen aus ihm herauskam. Er rannte durch den Garten, schrie, er fühlte nur den Schmerz, dumpf, er spürte, dass etwas Schreckliches passiert war, er wusste noch nicht was, begriff es noch nicht, er versuchte nur mit seinen Händen das Blut festzuhalten, es spritzte zwischen seinen Fingern in den Garten.

Die Nase steckte in der Erde, er hatte sie mit seinen Füßen tief nach unten gedrückt, sie kam nicht wieder, verrottete im hinteren Teil des Gartens.

Uschi fühlte sich wohl. Ihre Arbeit erfüllte sie, dass sie es als Frau in diese Position geschafft hatte, war beachtlich, sie war zielstrebig, sie wusste, was sie wollte, immer wurden ihre Ideen Wirklichkeit, sie war beharrlich.

Uschi rief ihn an, um ihm zu sagen, dass sie später kommen würde.

Das Mobiltelefon läutete in Bertrams Tasche. Überall war Blut.

Bertrams Nachbar holte die Rettung.

Walter

Es war am Gardasee gewesen.

Man hatte ihm das Autoradio gestohlen. Und den Airbag. Sie hatten ihn einfach ausgebaut, mitgenommen. Autoteilediebstahl. Er ließ nur das Radio ersetzen, das Geld für den Airbag hatte er sich gespart, er würde keinen Unfall haben, er hatte die Verkleidung einfach wieder an ihren Platz gerückt und so getan, als wäre nichts gewesen.

Er hatte Glück gehabt, dachte er, er spürte seine Rippen, er hätte auch tot sein können.

Er saß in seinem BMW und stellte es sich kurz vor, sah sich leblos in seinem geliebten Auto liegen. Heckspoiler, zweihundertachtzig PS, gelbe Ledersitze.

Der tote Walter.

Er rührte sich nicht, schaute nur.

Warum er überhaupt hier war, in dieses Auto gefahren war, warum diese Wunden an ihm waren, warum er aufgeschnitten und verbeult in seinem Wagen saß. Warum er nicht in seinem Bett war, warum er sich hatte überreden lassen zu fahren, warum plötzlich alles stillstand. Er fragte sich. Starrte nach vorn. Dachte an Maradona. Wie er einfach nur da saß, sich nicht rührte, nichts tat. Weil er es nicht glauben konnte, wie es war.

Das erste Auto fiel durch die Luft, er war zu nahe aufgefahren, sie prallten aufeinander, verkeilten sich, blieben stehen. Seine Hände am Lenkrad. Sein Blick nach vorn. Neben ihm diese Stimme, hysterisch fast, sie wollte, dass er ausstieg, ihr half. Er blieb ruhig, sprach nicht, schaute nur, spürte den Schmerz, ignorierte ihn, dachte an seine Kinderhoden, sein Leben im Schnelldurchlauf.

Walter war Polizist, er trug einen Schnurrbart und er war deprimiert.

Immer schon. Einfach so, aus heiterem Himmel kam es, eine kleine Traurigkeit manchmal, die ihn schwer machte. Den Grund dafür hatte er nie herausgefunden, er wollte nicht, er nahm es einfach hin. Es war ein Teil von ihm.

Früher, als er noch Maurer gewesen war, hatte er sich mit Bier geholfen. Manchmal zwanzig am Tag. Er unterdrückte dieses Gefühl, presste es einfach nach unten, wenn er es spürte, er wollte es nicht heraufkommen lassen, er wollte es eintauschen gegen eine Welle, auf der er ritt. Dieses Gefühl wegmachen, es nicht zulassen, sich nicht einmal in seine Nähe begeben. Er wollte nichts wissen von sich. Trank. Mauerte. Bis er entlassen wurde.

Sein Vater zwang ihn zum Entzug. Walter wohnte bei ihm, er mochte ihn, er brauchte seine Nähe, die Fürsorge, er war alles für ihn. Sein Vater passte auf ihn auf. Wenn er betrunken im Garten lag, brachte er ihn ins Bett, wenn er kein Geld mehr hatte, gab er ihm welches, wenn er angeschrien werden wollte, schrie er ihn an.

- Werde endlich erwachsen, Walter.
- Ich will nicht. Wozu soll das gut sein? Es wird nicht besser dann.

- Du musst einen Entzug machen. Sonst bist du allein. Ich kann nicht mehr. Verstehst du?
- Ich auch nicht.

Walter wollte nicht ohne ihn sein, alles selbst tragen. Es war ihm zu schwer, das Leben, alles. Er brauchte ihn, er hatte sonst niemanden.

Er willigte ein, er ging in diese Klinik, quälte sich, ertrug alles, hörte auf zu trinken. Eine schwierige Zeit und oft der Wunsch, sich einfach zu töten, zu verschwinden unter dem großen Klotz, der auf ihm lag. Doch nicht er starb, sondern sein Vater. Einfach so.

Alles war leer dann. Walter legte ihn neben seine Mutter und verkaufte das Haus, in dem er aufgewachsen war. Er wollte nicht mehr erinnert werden, wollte nicht, konnte nicht. Der Vater war immer für ihn da gewesen, würde es nie mehr sein, er lag unter der Erde, sagte nichts mehr zu ihm, nie mehr. Alles war ohne Sinn. Damals wie jetzt in diesem Tunnel.

Nichts hatte sich verändert, nur Zeit war vergangen.

Vor ihm lagen die kaputten Autos. Er wollte nicht aussteigen, wollte einfach nur sitzen bleiben, zusehen, was passierte, abwarten, teilnahmslos sein, nichts entscheiden. Er wollte zurück, wo er hergekommen war. Weit zurück, weiter noch als bis zu seinem Bett, zurück bis gestern, dann Jahre zurück, noch weiter. Dorthin, wo er noch ohne diese Schwere war. Vor diesem Fußballspiel, da hatte es glückliche Tage gegeben. Dorthin wollte er zurück.

Uschi. Sie griff ihm auf die Schulter, wollte an ihm zerren, ihn aus seinen Gedanken holen. Er ignorierte sie, saß fest in seinem Sitz, bewegte seine Schulter zurück, drückte seinen Körper in die Polsterung.

Bitte, sagte sie. Er ist eingeklemmt. Die Frau vorne ist blind.

Lass mich, sagte er.

Er dachte an das Haus, das er verkauft hatte, sein Vater hatte es mit seinen eigenen Händen gebaut, er schämte sich, immer noch. Er dachte an die schäbige Wohnung, in die er gezogen war, an die tausenden Stunden, die er vor dem Fernseher verbracht hatte, er dachte an seinen Leib, wie er immer größer wurde, weil er sich nicht bewegte, nur aß und die vertraute Schwere spürte, die ihn immer tiefer in seine Couch drückte. Wie er aß und fett wurde. Immer wieder der tote Vater, die Erinnerung an ihn, während er Essen in sich stopfte.

Fast eineinhalb Jahre lang verließ er kaum das Haus, nahm vierzig Kilo zu, er versteckte sich vor der Welt und hoffte, dass sie ihn nicht fand. Tiefkühlhamburger, zwei Jahre lang. Beinahe nichts sonst. Fünfhundertneunundsechzig Tage ohne Alkohol. Isolation, Schwere, Traurigkeit. Er ließ sich gehen, kontrollierte sich nicht, fraß. Nur zum Einkaufen ging er nach draußen, und auch damit hörte er auf irgendwann.

Er engagierte Ina.

Sie half ihm mit dem Haushalt, als er es nicht mehr schaffte, als alles verwahrloste, er sich zu nichts mehr aufraffen konnte, wollte. Sie brach ein in seine Welt. Er hatte jemanden gesucht, der für ihn putzte, der einkaufen ging, mehr nicht, aber Ina tat mehr. Sie half ihm wieder auf, stützte ihn, brachte ihn dazu, wieder zu lachen, sie überrollte ihn.

Irgendwann stand er nackt vor seinem Spiegel und beschloss, Polizist zu werden. Und sich einen Schnurrbart wachsen zu lassen.

- Du kannst nicht ewig weiterfressen. Du musst damit aufhören. Gehst kaputt sonst.
- Egal.

Walter klebte in seiner Couch und schaute ihr zu, wie sie den Boden wischte, es war ihm egal, dass sie ihn von oben bis unten anstarrte, ihn widerlich fand.
- Von Woche zu Woche wirst du mehr. Das finden Frauen nicht schön, keine mag dich so. Ich habe die Fotos im Gang gesehen. Du warst hübsch.
- Was bringt das schon, hübsch sein?
- Dass sie auf dich stehen. Wenn du so aussiehst wie jetzt, tut das niemand.
- Das macht nichts. Aber schön, dass du ehrlich bist.
- Magst du keine Frauen? Bist du schwul?
  Er lachte.
- Nein, nicht schwul. Ich mag Frauen. Nur, ich hatte schon lange keine mehr. Früher waren da viele, aber jetzt. Mein Vater ist gestorben.
- Das tut mir leid.
- Ja.
- Aber du bist erwachsen.
- Bin ich das?
- Fett genug dazu bist du.
- Danke.
- Bitte.
- Das mit den Frauen.
- Was?
- Ich würde schon.
- Warum frisst du dann?
- Weil ich nicht mehr trinke.
- Sag mir warum.

Ina ging um ihn herum, griff seinen Bauch an, die Fettschwarten, die an ihm herunterhingen, sie fragte nicht, griff einfach zu. Sie schüttelte eine große Schwarte hin und her. Er ließ sie. Er erschrak, aber er ließ sie, er spürte ihre Hand, ihre Finger, er wollte, dass sie damit aufhörte, dass sie weitermachte.

- In einem Jahr könnten wir es schaffen. Ich müsste bei dir einziehen.
- Bei mir einziehen?
- Ja.
- Warum?
- Ich trainiere dich.
- Was willst du von mir?
- Ich schaue auf dich, koche. Du nimmst ab, bewegst dich, und wenn du dreißig Kilo weniger hast, mache ich Sex mit dir.
- Sex? Du und ich?
- Ja.
- Wie oft?
- So oft du willst.
- Du verarschst mich?
- Nein.
- Aber ich bin fett.
- Noch.
- Du sagst, wenn ich abnehme, bumst du mich?
- Ja. Wenn du wieder so aussiehst wie auf dem Foto. Der gefällt mir, der Typ.
- Ich kaufe die Katze nicht im Sack.
- Nicht?
- Nein. Zeig mir deine Brüste.

Ina zögerte kurz, dann schob sie ihren Pullover nach oben.

- Und deinen Arsch.

Ina zeigt ihn. Sie war so selbstverständlich, so frech, unbeschwert. Walter lachte. Sie beeindruckte ihn, wie spontan sie war, wie durchgeknallt. Keine war so gewesen vorher. Keine hätte sich vorstellen können, es mit ihm zu tun, keine.

- Ich mache es.
- Bist du sicher?

- Ja.
- Einfach so?
- Nicht einfach so. Was ich gesehen habe, gefällt mir.
- Gut. Du wirst mit dem Fernsehen aufhören, die Tiefkühlkost kommt auf den Müll, dann Spaziergänge, Sport, und wenn du auf hundert Kilo bist, bewirbst du dich bei der Polizei.
- Bei der Polizei?
- Ja.
- Jetzt übertreibst du aber.
- Nein, das ist schon in Ordnung so. Polizisten braucht es immer. Und du kannst nichts falsch machen.
- Was willst du denn noch für ein bisschen Sex?
- Eines noch.
- Was?
- Du lässt dir einen Schnurrbart wachsen.

Als sie weg war, hob Walter seinen fetten Körper von der Couch und zog sich nackt aus. Er stellte sich vor den Spiegel und schaute sich an. Überall war träges Fleisch, er nahm es in die Hand, zerrte daran, wie sie es getan hatte. Er dachte an ihre Brüste, er würde Sex haben mit ihr, er würde dreißig Kilo abnehmen und er würde Polizist werden.

Das war vor drei Jahren. Jetzt zog Uschi an seiner Schulter, irgendwo in einem Tunnel. Er starrte auf die kaputten Autos vor ihm. So viel war passiert, nichts hatte sich geändert.

Seine Finger spielten mit dem Schnurrbart.

Ruben

Sie konnte das nicht.

Ihn so daliegen sehen in seinem Bett, in diesem Zimmer, so lautlos seine Haut, alles an ihm, wie tot, dachte sie.

Lisbeth schaute ihm zu, wie er schlief mit offenen Augen. Jeden Tag kam sie zu ihm ins Krankenhaus, redete mit ihm, berührte ihn, schaute tief in seine Augen, beugte sich über ihn, kam ihm ganz nah mit ihrem Gesicht, redete auf ihn ein, bat ihn zurückzukommen, schaute ihn an, starrte in diese leeren Augen, die nichts sahen, nichts sagten. Wie alles still war, nur sein Atmen da war, sonst nichts. Das Atmen und das Geräusch, das ihre Finger machten, wenn sie über seine Haut strichen. Nur ein Körper, seine Brust, wie sie langsam auf und nieder ging. Wie sie ihn anstarrte, weinte. Wachkoma.

Nach einem Monat kam sie zum letzten Mal. Sie drückte lange seine Hand, bevor sie ihn verließ.

Ich kann das nicht, flüsterte sie.

Dann ging sie mit Tränen den Gang hinunter zur Verwaltung. Sie würde alles bezahlen. Egal, was es koste, sagte sie, sie sollen ihm die besten Therapeuten schicken, alles für ihn tun, was möglich sei, Geld spiele keine Rolle.

Der Verwaltungsdirektor hatte noch versucht sie aufzuhalten, sie davon zu überzeugen, dass er sie brauchte, dass Nähe für ihn wichtig sei, dass er ihre Anwesenheit spüren würde, dass seine Genesung wahrscheinlich auch damit zusammenhängen würde, dass schon viele Koma-Patienten nach ihrer Rückkehr erzählt hätten, sie hätten eine Art Sog gespürt hätten, eine Energie, die sie zurück ins Leben geholt habe. Stimmen der vertrauten Menschen im Dunkel. Der Verwaltungsdirektor bemühte sich, schaute sie eindringlich an, legte ihr väterlich die Hand auf die Schulter. Aber sie ging. Sie glaubte nicht daran.

Ich kann das nicht, sagte sie wieder.

Am Parkplatz weinte sie lange, ging zwischen den Autos auf und ab, schaute immer wieder hinauf zu seinem Fenster. Sie hörte nicht auf zu weinen, lange nicht. Es tat weh, und doch war sie erleichtert, als sie fuhr. Sie stieg in ihren Wagen und kam nicht zurück.

Lisbeth war vierzehn Jahre jünger als er. Nach seiner Scheidung hatten sie einander auf einer Messe kennengelernt, er hatte gearbeitet dort, sie hatte ihn gefunden, entdeckt, sich in ihn verliebt, ihn verzaubert. Er war um so vieles älter als sie, sie war so schön, sie tat ihm so gut, sie tauchte ein in ihn, sie eroberte ihn, besetzte jeden Teil seines Körpers. Sie brachte ihm das Glück, an das er nicht mehr geglaubt hatte. Liebe, Lisbeth.

Er war dankbar dafür, jeden Tag, den er mit ihr verbrachte, jede Minute, alles war so anders, als er es kannte, nichts war so, wie es gewesen war.

Es war wie ein Sprung aus zwanzig Metern.

Noch höher, hatte sie gesagt.

Beide sind sie gesprungen, der Schauspieler und die Millionärstochter.

Nicht nur ein Mädchen, hatte er seiner Ex-Frau entgegnet, etwas Wundervolles, hatte er mit Schadenfreude in ihr Gesicht gelacht.

Acht Monate war es der Himmel. Und mehr.

Dann wie sie sich küssten im Seebad, wie sie in der Kabine standen, wie alles einstürzte und kaputt ging, nass wurde, unterging. Wie sie ihn leblos aus dem Wasser zogen und in dieses Bett legten, an dem sie saß einen Monat lang. Keinen Tag länger. Weil er nichts mehr sagte, nichts mehr verstand, einfach nur dalag. Der leblose Körper von Ruben, der traurige von Lisbeth.

Sie ging.

Vier Monate, nachdem sie weg war, wachte er auf.

Unglaublich, sagten die Ärzte. Ein kleines Wunder, der Koma-Patient auf 37 hat der Schwester auf die Brust gegriffen. Eigentlich müsste er schwer behindert sein. Er hat ihren Busen genommen und geknetet.

Die Schwester wusste nicht, wie sie reagieren sollte, sie spürte seine Hand, sie begriff nicht, warum sie sich plötzlich bewegte. Sie war ins Zimmer gekommen, weil sie etwas gehört hatte, sie ging zu ihm hin, sie sah, wie sich sein Kopf drehte, wie sich der linke Arm hob, wie er sie anschaute. Seine Augen waren anders als sonst. Seine Augen, seine Hand, ihre Brust, sie kam so plötzlich nach oben, berührte sie, unerwartet. Er knetete, er erinnerte sich an irgendetwas, er wusste nicht, was es war, aber es war weich in seiner Hand, Lisbeth. Warm und weich.

So wie damals, kurz bevor es dunkel geworden war.

Die Schwester lächelte. Er war müde, er wusste gar nichts, nur seine Hand, die Finger, wie sie sich in dem weißen Kittel verfingen. Sie drückte den Rufknopf, lange. Leise begrüße sie ihn, redet ruhig und gleichmäßig mit diesem Lächeln auf den Lippen, sie verbarg ihre Aufregung und die Scham, weil seine Hand immer noch auf ihr lag. Hinter sich hörte sie Schritte, Stimmen, Ärzte. Sie nahm Rubens Hand, führte sie schnell nach unten und legte sie sanft zurück in sein Bett.

Dann machte sie Platz für den Oberarzt, für drei Assistenzärzte und vier andere Schwestern. Die Sekretärin des Oberarztes tippte vierunddreißig Minuten später den Pressetext über den Patienten, der nach vier Monaten aus dem Wachkoma ins Leben zurückgekehrt war, dass er sich in einem ungewöhnlich gutem Zustand befinde, dass sein Zustand als außerordentlich zu bezeichnen sei, dass nach einigen Monaten der Rehabilitation eine völlige Genesung zu erwarten sei. Gleich nach seinem Erwachen aus dem Koma habe der Patient erste Sätze gesprochen. Im Normalfall müsse das Sprechen von Grund auf neu erlernt werden. Diese medizinische Sensation sei auf die perfekten Rehabilitationsmaßnahmen zurückzuführen, die unmittelbar nach dem Beginn des Komas eingeleitet wurden. Und so weiter. Die Zeitungen freuten sich, das Krankenhaus wurde gelobt, Ruben war wieder wach.

Er fragte nach Lisbeth.

Sie war nicht da.

Sie saß beim Frühstück, als sie es las. Lange schaute sie das Foto an. Ruben. Sie schrieb dem Verwaltungsdirektor. Dass sie auch alle weiteren Kosten für die Pflege und Therapie übernehmen würde, dass er sich liebenswürdigerweise um die Abwicklung kümmern solle. Dass sie ihm sehr dankbar sei.

Ruben heilte. Er sprach, er bewegte sich, immer wieder fragte er nach ihr.

An die erste Zeit nach seinem Erwachen konnte er sich kaum erinnern, nur bruchstückhaft, die vielen Gesichter, die ihn anstarrten, und die Schwester, die immer wieder an sein Bett kam, seine Hand nahm und sie an ihre Brust drückte.

Sie lächelte ihn an, sie dachte nicht nach, tat es einfach, sie wollte ihn einfach nur glücklich machen.

Er erinnerte sich an alles, was gewesen war, an die Umkleidekabine, an das Wasser, das in seinen Mund kam, an ihre weiße Haut, wie sie immer weiter nach oben schwamm, von ihm weg, wie es ihn nach unten zog, wie sie sich geküsst hatten, wie er sie begehrte, wie es dunkel wurde, wie das Wasser kalt war.

Die Schwester mit den Brüsten erklärte ihm, was passiert war, warum Lisbeth nicht mehr da war, dass sie es nicht gekonnt, dass sie geweint hatte. Sie sagte es ihm immer wieder, er wollte es immer wieder wissen, wie sie gewesen war, was sie gesagt hatte, warum sie gegangen, warum sie nicht geblieben war. Die Schwester beantwortete seine Fragen, hielt ihn. Sie mochte ihn. Sie lenkte ihn ab, wischte ihm seine Tränen weg, brachte ihn auf andere Gedanken, sie pflegte ihn, wusch ihn, er tat ihr leid, sie redete mit ihm, bewegte ihn. Sie tröstete ihn, sie war da, statt Lisbeth.

Zwei Monate lang weinte er, versuchte, sein gesprungenes Herz zu ignorieren. Zwei Monate Hölle, Kummer, alle Gedanken hießen Lisbeth, alle Gedanken schmerzten. Zwei Monate lang. Lisbeth, Lisbeth, laut, immer wieder.

Dann sah er die Schwester an, während seine Hand unter ihrem Kittel nach oben kroch und seine Finger zart um ihre Brustwarzen streiften. Er wollte vergessen, was vorher gewesen war, wollte eine andere Haut schmecken, sich an einen anderen Geruch gewöhnen, den alten vergessen. Die Schwester half ihm dabei.

Zuerst nur eine Hand auf ihrer Brust, dann beide Hände, dann ihre auf ihm, seine auf ihr, alles von ihm. In der Nacht die Türe eine Stunde versperrt, eine Stunde Glück. So etwas Ähnliches zwischen den Tränen, zwischen den Gedanken an Lisbeth.

Bis er entlassen wurde.

Er ging nach Hause. Er weigerte sich, in eine Reha-Einrichtung zu übersiedeln, er wollte zurück in seine vertraute Umgebung, sich in sein eigenes Bett legen. Die Therapeuten sollten zu ihm kommen. Lisbeth würde dafür bezahlen.

Die Schwester kam zweimal in der Woche.

Bis Lisbeth nicht mehr wichtig war.

Dieter

Er kletterte hinauf.

Es war ihm egal, was unter ihm war, worauf er stieg, wie es klang. Nur hinaus aus dem Führerhaus, weg von dem toten Mann, einfach nur den Schnee spüren in seinem Gesicht. Er sah das Auto, die offene Tür. Niemand saß darin. Nur ein Auto zwischen den Kartons, ein weißer Saab.

Dieter schaute nicht mehr zurück, nicht mehr nach unten, rutschte der Tür entlang und sprang. Die Rettung würde kommen, die Polizei, die würden sich um den Mann kümmern. Nicht er. Und außerdem, er war tot. Nichts hatte sich gerührt, als er auf seinen Kopf gestiegen war, er konnte ihm nicht mehr helfen, er musste sich selbst in Sicherheit bringen, es war kalt, seine Jacke war in der Kabine, die Kabine war nicht mehr da.

Dieter hatte Angst. Er lief zu dem weißen Wagen, er schaute ins Innere, aber da war niemand. Er schaute in alle Richtungen, er konnte niemanden sehen, keinen Menschen. Nur er und das Auto. Der Tote im Führerhaus.

Er nahm sein Handy und wählte.

- Ich will, dass endlich jemand kommt.
- Was ist bei dir? Jetzt sag schon, Dieter, wie geht es dir, wie viele sind verletzt, rede mit mir!
- Wo ist die Rettung, wie lange dauert das noch, wir brauchen schweres Gerät, einen Kran, Feuerwehr, wo sind sie?
- Dreißig Minuten.
- Das muss doch schneller gehen!
- Bis die vom Tal aus oben sind, das dauert, es schneit, vielleicht schaffen sie es in zwanzig Minuten, halte durch!
- Da ist niemand außer mir. Der Mann im Lkw ist tot. Ich bin auf seinen Kopf gestiegen. Der Pullover ist in meiner Kabine. Die Flocken sind so groß. Es ist kalt.

– Hilfe kommt, Dieter. Bald, das wird schon wieder, hörst du, bleib ganz ruhig.

Er legte auf, er wollte nichts mehr hören, er wollte, dass alles wieder so war wie vorher, still, nur die Flocken, dieses unhörbare Geräusch, der Regler in seiner Kabine. Wie er ihn drehte. Er wollte diesen Mann aus seinem Kopf werfen, dieses Bild, das Geräusch, das sein Kopf machte, die toten Augen. Er stand vor dem weißen Saab. Er hatte noch nie einen Toten gesehen, er überlegte, er wusste gar nichts mehr, was sein würde, wo sein Leben jetzt mit ihm hingehen würde. Er stand einfach nur da.

Dann kam das Auto mit Melih und Dina.

Melih hatte sich an den Kopf gegriffen, wieder auf Griechisch geflucht, er konnte es nicht glauben, dass dieser Lkw einfach vor dem Tunnel lag, dass es nicht weiterging, dass schon wieder etwas passiert war. Dass alles aus dem Ruder zu laufen begann. Dina funkelte ihn an. Das Kind schrie. Die Fremde auf dem Beifahrersitz war schuld daran, hätte sie doch einfach ihren Mund gehalten. Dass sie da einfach auf der Straße gestanden ist. Die Kartons überall. Was für ein Unfall. Dina würde die Wahrheit erfahren, früher oder später. Er schluckte. Claudia sprang aus dem Wagen. Melih blieb sitzen. Dina saß einfach nur da, schaute mit bösen Augen zu ihm.

Nichts ist, sagten seine Augen.

Du lügst, schrien ihre.

Dieter sah Claudia. Wie sie aus dem Wagen stieg, wie sie mit ihrer Tasche dastand, wie sie die Tür ins Schloss warf, auf ihn zukam. Dieter hörte, wie ein Kind schrie, er schaute Claudia an, sie stand plötzlich vor ihm, fragte ihn, was passiert sei.

Er war nicht mehr allein, sie war einfach mit den Flocken vom Himmel gefallen. Er war erleichtert, dass sie bei ihm war, die Leute in dem Auto, das schreiende Kind. Sie würden sich um alles kümmern, er könnte sich ausruhen jetzt, im Boden verschwinden. Er beantwortete ihre Fragen, schaute in ihr Gesicht, er erzählte ihr von dem toten Mann im Lkw. Sie standen auf der Straße und redeten. Schnee fiel auf sie. Er beschrieb ihr das Geräusch, das der Kopf gemacht hatte, er deutete hinüber zum Tunnel, zeigte ihr sein Zuhause, sagte ihr, dass Hilfe erst in dreißig Minuten kommen würde, dass alles kaputt war. Dass von einem Moment auf den anderen alles anders geworden war. Er hörte dabei nicht auf, sie anzusehen. Sie fragte nach, beruhigte ihn mit ihren Augen. Dann rannte sie zurück zu dem Auto, aus dem sie gestiegen war, redete auf den Fahrer ein, schrie ihn an.

Laut stieg Melih aus und nahm das Warndreieck aus dem Kofferraum. Er sicherte die Unfallstelle, ging durch den Schnee, fünfzig Meter zurück, hundert. Der Schnee war ihm zu schön in dieser Nacht, diese widerlichen Flocken, die sich auf seine Haut legten, auf seine Haare. Er schaute zu Boden und ging zurück. Setzte sich in den Wagen, fuhr sich mit der Hand durch die nassen Haare, zerquetschte den Schnee mit seinen Fingern, schloss die Tür.

Claudia ging zurück zu Dieter. Er stand immer noch da, wartete, diese Frau, das Auto ohne Fahrer, die Tür stand offen.

Komm, sagte sie. In den Wagen.

Sie riss ihn mit in den weißen Saab.

Er hatte keine Zeit zu überlegen, sie war der Engel, der gekommen war, um ihn zu retten. Kurz hatte sie ihn angelächelt.

Du erfrierst noch, hatte sie gesagt.

Sie wischte ihm Schnee von der Stirn, schob ihn in den Wagen und machte die Türe zu. Entschlossen ging sie um den Wagen herum und schaute zurück zu dem Griechen, bevor sie einstieg.

Melih saß im Auto, seine Augen in ihre Richtung. Dina drängte ihn auszusteigen, nachzusehen, die Familie zu schützen, Feinde abzuwehren, Naturkatastrophen, herumfliegende Lkws. Melih blieb sitzen. Dina rollte mit den Augen, Tákis' Schreien war unerträglich, alles war unerträglich in dieser Nacht. Melih biss sich auf die Lippen. Der Lkw lag beleuchtet vor ihnen, in den Scheinwerferkegeln tummelte sich der Schnee, überall waren Kartons, das Tunnelportal war blockiert, hinter ihnen kamen andere Autos.

Kurz noch hörte Claudia das Schreien, dann war es still.

Nur noch sie und Dieter. Der Zündschlüssel steckte, Claudia drehte den Heizungsregler auf rot, Dieter rieb sich die Hände, schaute sie an. Er saß mit ihr in dem fremden Wagen, er fragte nicht warum, er wehrte sich nicht, er sagte nichts, schaute sie nur an.

Seine Augen gingen nicht weg von ihr.

Er war in Sicherheit, das spürte er.

Ruben

Er rannte.

Er musste, konnte nicht stehenbleiben, gehen, er musste durch diesen Tunnel, auf die andere Seite, rennen, irgendwie hinunter ins nächste Dorf, weiter mit dem Zug, weit weg, irgendwie in ein anderes Leben, schnell.

Er atmete schwer, bewegte sich langsam über den Asphalt, er zählte die Lichter an der Decke, seine Schritte, das Pochen in seiner Brust. Er hörte es laut. Er war allein. Kein Auto vor ihm, hinter ihm, nur er und der Tunnel, die Ventilatoren, die Tasche am Rücken.

Er hatte gesehen, wie lang der Tunnel war, es war an die Wand gemalt mit weißer Farbe, neun Kilometer. Ruben spuckte aus. Er versuchte seinen Körper zu überreden, ihn nicht im Stich zu lassen, er trieb sich an, zwang sich. In seinem Kopf immer wieder die Stimme des Arztes. Seine Füße durch den Tunnel.

- Sie müssen sich noch schonen, Sie müssen es langsam angehen, Ihre Fortschritte sind beachtlich, aber Ihr Körper braucht noch Zeit. Ihre Therapeutin sagte mir, dass Sie sich erstaunlich schnell erholen, aber Sie wissen ja, wenn Sie jetzt nicht aufpassen …
- Was ist dann? Ich sitze seit Monaten hier herum.
- Dann wirft Sie das wieder für Wochen zurück. Dann war alles umsonst.
- Sollte mir das etwas ausmachen?
- Ja, sollte es.
- Warum?
- Weil es um Ihre Gesundheit geht.
- Und?
- Lassen Sie sich Zeit. Haben Sie noch etwas Geduld.
- Geduld?
- Ja.
- Wie lange noch?
- Lange.

Arschloch, dachte Ruben. Er konnte die Ärzte nicht mehr ertragen, die Therapeuten, alle in ihren weißen Kitteln, er wollte nichts mehr zu tun haben mit ihnen, ohne sie leben, er wollte wieder selbst entscheiden, er hasst sie, alle. Nur die Schwester konnte er leiden. Sie war eine Zeit lang zu ihm gekommen, zweimal in der Woche hatte sie sich um ihn gekümmert, sie war wie eine Blume in der Wüste gewesen für einige Zeit. Aber irgendwann war auch sie verwelkt. Sie kam nicht wieder, er wollte sie nicht mehr sehen.

Er vermisste die Liebe, Lisbeth. Nichts war so gewesen, nicht vor ihr, nicht nach ihr. Er blieb allein mit seiner Nachbarin, mit den Ärzten, mit den Therapeuten, er tat alles, was sie ihm sagten, er heilte für sie.

Lisbeth kam für die Kosten auf. Er sah sie nie wieder, aber sie bezahlte, alles. Ein Spezialist kam alle zwei Wochen aus der Schweiz, man brachte Ruben in die Klinik, untersuchte ihn den ganzen Tag lang und brachte ihn wieder zurück in seine hässliche Wohnung. Starneurologen, Startherapeuten. Wie er es sich wünschte, sie nie wieder sehen zu müssen. Keinen von ihnen. Und doch brauchte er sie. Ruben wollte, dass seine medizinische Betreuung Unsummen verschlang, er wusste, dass sie ihr schlechtes Gewissen damit beruhigen wollte. Und er hasste sie dafür. Und er vermisste sie. Er hatte sie geliebt. Immer wieder traf es ihn, immer wieder streckte sie die Arme nach ihm aus und immer wieder zog sie sie zurück, während er bereits in ihre Richtung flog. Immer wieder tauchte sie ein in den See, und immer wieder schwamm sie nach oben. Und er nach unten.

Wie er es sich wünschte, nicht mehr an sie denken zu müssen. Wie er in seinem Bett lag, nachdem die Therapeuten die Wohnung verlassen hatten. Wie ihn die Übungen müde machten, täglich von 8 bis 12 quälte er sich, bewegte seinen Leib unter Anleitung, schwitzte, trainierte sein Sprechen, lernte seine Glieder wieder unter Kontrolle zu bringen, wieder zu funktionieren. Wie er dann einfach nur dalag und auf die Nachbarin wartete. Sie brachte das Essen, er aß. Dann saß er in seinem Ohrensessel und starrte aus dem Fenster.

Immer auf dieselbe Straße vor ihm.

Der Gehsteig, die Bank gegenüber, der Lebensmittelladen. Die Frauen, die vom Einkaufen nach Hause gingen, dann Stille auf der Straße, Mittagsruhe im Viertel, wie der Lebensmittelladen schloss, wie die Verkäuferin auf ihr Rad stieg. Wie der Geldtransporter kam. Jeden Tag sah er Dasselbe.

Er in seinem Sessel, halb kaputt in seiner Wohnung. Seine Augen auf dem Transporter, auf dem Beifahrer, wie er läutete und mit dem Fahrer in der Bank verschwand. Wie Ruben die Sekunden zählte. Wie der Beifahrer mit zwei Koffern zurückkam. Wie Ruben seinen Tee trank. Wie der Beifahrer die Tür des Transporters öffnete, die zwei Koffer abstellte und noch einmal zurückging, ohne die Türe zu schließen. Wie der Transporter zwanzig Sekunden lang allein war jeden Tag. Wie Ruben sich wunderte. Wie der Beifahrer mit dem Fahrer und zwei weiteren Koffern aus der Bank kam, wie sie die Koffer abstellten, die Tür schlossen, abfuhren.

Ruben schaute zu. Immer gleich, jeden Tag dieses Staunen in seinem Gesicht, weil die Abläufe stets dieselben waren, weil nichts sich veränderte. Immer waren es diese zwanzig Sekunden. Ruben rieb sich mit seinen Fingern über den Mund.

Er wartete auf das Essen. Er beobachtete die Straße, er schaute nach links, nach rechts, meistens war da niemand, keiner, der sah, was er sah. Jeden Tag war es so, nur am Wochenende nicht. Da passierte gar nichts.

Am Wochenende fehlte sie ihm am meisten.

Ruben ging so schnell er konnte durch den Tunnel.

Er atmete schwer.

Suza

Sie wollte ihn noch einmal ansehen.

Sich umdrehen, noch einmal in den Wagen schauen, sicher sein, dass er sich nicht mehr bewegte, sicher sein, dass er tot war. So still, so anders als sonst. Aber sie durfte nicht, Uschi stand neben ihr. Sie erinnerte sich an sein Gesicht, wie es war, kurz bevor der Reifen platzte, bevor es durch den Innenraum flog, am Armaturenbrett aufschlug, tot war. Sie sah ihn vor sich, wie er durch die Eingangshalle eines Hotels fegte und mit seinen Armen durch die Luft wirbelte.

Wie sie ihn geliebt hatte, anfangs.

Er stattete Hotels mit Kunst aus, suchte die passenden Bilder, bespielte die Wände, er kaufte ein, verhandelte mit den Künstlern oder ihren Agenten, feilschte, drängte sie, förderte sie. Er reiste quer durch Europa. Suza nahm er mit.

Internationale Hotelketten, schöne Häuser kurz vor der Fertigstellung, weiche Betten und neben ihrer Haut noch der Geruch von Klebstoff und Lack. Trotzdem schön, fand sie, alleine mit ihm und dem Architekten an der Hotelbar im Probebetrieb. Sie spürte, dass auch er sie wollte, sie fühlte sich schön, begehrt, das Reisen gefiel ihr, die neuen Menschen in ihrem Leben, die schönen Häuser, die Möbel, die Bilder, die Künstler.

Wo sie herkam, war alles anders gewesen. Sie hatte mehr als fünf Jahre auf Maurice gewartet, er hatte sie von den Blinden weggeholt, sie zum Blühen gebracht. Und sie dann blind gemacht.

Sie war aus dem zerstörten Auto gestiegen, hatte sich aufgerichtet, sich irgendwo festgehalten, ungeschickt, aufgeregt. Ihre Hand suchte nach Uschi, nach der Frau, die sie aus dem Wagen gezogen hatte.

Sie war frei, sie konnte jetzt wieder tun, was sie wollte, er würde sie nicht mehr schlagen, ihr nicht mehr sagen, was sie tun sollte, ihr nicht den Weg versperren, den Weg von ihm weg. Ihr Herz lag jetzt befreit in ihrer Brust, wurde nicht mehr von seinen Händen zusammengedrückt, fest, eng. Es war verletzt, aber es schlug.

Suza schaute unauffällig nach links und rechts. Überall war verbogenes Blech, kaputte Wagen, nur wenige Meter vor ihr schrie ein Mann, ein anderer stand daneben, schaute zu. Walter und Bertram. Ein Mann mit Oberlippenbart, arrogant, unbeteiligt. Ein Mann im Wagen, verletzt. Suza ließ sich führen, sie ging Uschi nach, sie hatte überlebt, nirgendwo war Blut an ihr, keine Stelle, die wehtat, alles heil, nur ihr Herz.

Uschi beugte sich zu Bertram, er bettelte um Hilfe, er drehte sich immer wieder um, hörte hin, ob Autos kamen, er griff nach Uschis Hand, hielt sie fest, ließ sie wieder los, er versuchte das Blut aus seinem Bein zu quetschen und es zwischen dem Metall herauszuziehen, aber es ging nicht.

Suza stand da, Walter neben ihr, teilnahmslos, wie er einfach nur zusah, abwartete, desinteressiert. Uschi, wie sie alles versuchte, an Bertram zog, versuchte, das Blech zu verbiegen. Suza, wie sie sich aufgeregt hin und herbewegte, wie sie absichtlich stolperte und mit ihren Händen an Walters Körper Hilfe suchte.

– Mein Stock?

Walter half ihr nicht, reichte ihr nicht die Hand, stand nur da, rührte sich nicht, sie war ihm egal.

– Er ist im Wagen, ein weißer Blindenstock, auf meiner Seite, ohne meinen Stock bin ich hilflos. Bitte.

Walter ignorierte sie. Er bewegte sich nicht, schaute zu, wie Uschi ihren Mann aus dem Wagen zu ziehen ver-

suchte, wie es ihr nicht gelang, wie sie aufgab und wieder zum Vorschein kam.
- Ich hole ihn.
- Danke. Was ist mit Ihrem Mann? Ist er verletzt?

Bertram schrie aus dem Wagen.
- Das sehen Sie doch, verdammt. Mein Bein steckt fest. Zieht mich hier raus, verdammt!

Walter mischte sich ein.
- Sie sagt, sie ist blind.

Suza drehte sich erschrocken zu ihm.
- Ich *bin* blind. Ich sage das nicht nur. Was denken Sie sich?
- Gut, dann *sind* Sie eben blind. Vielleicht ist das auch besser so. Damit Sie sich das nicht ansehen müssen.
- Was soll ich nicht sehen?

Walter schwieg. Suza bückte sich, tat, als würde sie ins Leere schauen, kurz zuckte ihr Körper, als sie Bertram sah, sie richtete sich wieder auf, ließ sich nichts anmerken, blickte an allen vorbei ins Leere. Sie ekelte sich. Sein Gesicht war furchtbar.
- Der Typ da soll mich nicht so ansehen, er soll das lassen. Holt lieber einen Wagenheber, ein Stemmeisen, biegt dieses verdammte Blech auseinander, ich halte das nicht mehr lange aus. Holt die Feuerwehr, verdammt, schnell. Und hören Sie auf, mich so anzustarren.

Walters Augen klebten auf Bertram.
- Es fällt schwer, nicht hinzusehen. Das ist etwas ganz Besonderes hier, so etwas sieht man nicht alle Tage.

Er schaute mitten in Bertrams Gesicht, grinste. Uschi kam mit dem Stock zurück, sie versuchte zu telefonieren, Hilfe zu holen, sie starrte ihr Handy an, schüttelte es, hörte hin, wählte wieder und wieder, aber das Handy blieb still, kein Empfang. Sie drückte Suza den Stock in die Hand.

- Verdammt. Was wird das hier? Das kann nicht sein. Bitte, Ihr Stock, hier, nehmen Sie ihn. Schnell jetzt. Wir müssen überlegen, was wir tun können. Bertram, bitte, hör jetzt auf zu jammern, beiß deine Zähne zusammen und sei still jetzt, ich kann so nicht nachdenken. Es müsste längst schon jemand hier sein, von irgendeiner Seite, irgendein Scheißauto, das Hilfe holen könnte.
Bertram wimmerte.
- Bitte holt mich hier raus. Und jemand muss ein Warndreieck aufstellen, wenn Autos kommen, wenn ein Lastwagen kommt, der überrollt mich, ich will hier nicht sterben.
- Er soll gehen.
Sie deutete auf Walter.
- Ich?
- Ja, du. Du sollst das Warndreieck aufstellen. Und Hilfe holen.
- Sagt wer.
- Mein Mann.
- Und weil dein Mann das sagt, soll ich das tun?
- Bitte tun Sie es. Er braucht Hilfe. Bitte.

Walter ging. Er nahm das Warndreieck aus seinem gelben BMW und ging hundert Meter zurück, stellte das Warndreieck auf, immer wieder drehte er sich um, hörte hin, ob ein Auto kam, nichts. Uschi schaute ihm nach, sie beobachtete ihn. Bertram schluchzte, Maurice lag tot in seinem Auto.

Suza hatte es sich gewünscht. Sie hatte in den vergangenen Monaten oft daran gedacht, wie es wäre, wenn er einfach tot wäre, nicht mehr da, nicht mehr auf ihr, in ihr, wie es wäre, wenn er einfach aufhören würde zu atmen, zu reden, da zu sein. Wenn er einfach irgendwo unter der Erde verschwinden würde. Sie waren in diesen Tunnel gefahren und sie hatte sich seinen Tod gewünscht. Dann der Reifen, der Unfall. Dann die Frau, die sie aus dem Wagen zog, der Mann ohne Nase und der Mann, der mit dem Warndreieck unwillig die Tunnelwand entlangging.

Egal, was kommt, dachte sie. Es ist gut.

Suza schloss ihre Augen.

Danke, sagte sie leise.

Dina

Sie wollte keine Kinder.

Aber sie wollte ein Haus, sie wollte etwas für sich allein, es nicht teilen mit vierzehn anderen, in keinen Wohnblock mehr, sie wollte ein Haus. Aber sie wollte kein Kind. Das hatte sie ihm schon in Griechenland gesagt, in der zweiten Nacht.

Das mit dem Haus kam später.

Sie war besessen davon. Ein bisschen Glück wünschte sie sich, Platz, sie wollte sich ausbreiten, wollte kein Gefühl mehr von Enge. So oft sagte sie es ihm und hielt sich den schwangeren Bauch, streichelte mit der flachen Hand über das Kind, das unter ihrer Haut war, berührte es mit langsamen Fingern und starrte Melih an.

Ich will hier weg, sagte sie.

Ein kleines Zuhause, eng, alt, er war bei ihr eingezogen, er war in ihre kleine Plattenbauwohnung gekrochen, hatte sich dort versteckt mit ihr, nackt, gierig. Über ein Jahr lang wohnten sie dort, Küche, ein Schlafzimmer, ein kleines Bad.

Ich halte das nicht mehr aus, hörte Melih sie jeden Tag, dass sie es nicht mehr ertragen würde, auf so engem Raum zu leben mit ihm, sie würde keine Luft mehr bekommen zum Atmen, sie würde noch verrückt werden in dieser Bude, diese Enge nicht mehr ertragen, so viel

Nähe, immer seine Haut neben sich, so nah, egal, wo sie hinschaute, immer er, oder sie, oder beide.

Und später noch das Kind, das sie nicht wollte, das ihm passiert war.

Irgendwann springe ich vom Balkon, sagte sie, sie streichelte sich den Bauch, massierte ihn, mit Gewalt an diesen Tagen.

Melih schwieg, beruhigte sie mit seinen Händen, mit seinen Lippen, mit allem, was er hatte. Er ging zur Arbeit, kam zurück, legte sich neben sie, streichelte sie, liebkoste sie. Sie stellte Melih ein Ultimatum. Sie drohte ihm, das Kind abzutreiben, wenn er sich nicht um ein Haus kümmerte.

Kind gegen Haus, sagte sie. Ein geplatztes Kondom sei noch lange kein Grund, ein Kind in die Welt zu setzen. Sie meinte es ernst. Sie war so wütend auf sich, auf Melih. Sie wollte keine Kinder, sie hatte sich entschieden, selbst keine zu haben, sie nur anderen aus den Leibern zu holen. Eine gute Entscheidung, wie sie sich mit einem harten Klopfen auf ihre Schulter jedes Monat bestätigte, wenn es zu bluten begann zwischen ihren Beinen.

Melih ignorierte, dass sie immer wieder davon anfing. Von den Kindern zu reden, die sie nicht wollte. Er nahm sie nicht ernst, er verdrängte sie, ihre Eigenheiten.

Als das Kondom riss, machte er sich keine großen Sorgen, er beruhigte sie, malte mit ihr die Zukunft, versuchte, ihr die Ängste zu nehmen, sprach davon, dass sein Sperma ohnehin von schlechter Qualität sei, eine Schwangerschaft quasi unmöglich. Auf Griechisch nannte er sie noch Bummelhase, dann küsste er sie.

Dina glaubte ihm. Drei Wochen stand sie mit dem Test vor ihm. Melih dachte, die Welt gehe unter, Unwetter brachen über ihn herein, Wolkenbrüche, sie explodierte. Sie, ein sonst so ausgeglichener, ruhiger Mensch, so liebenswert, natürlich. Wie sie sich veränderte, wenn sie wütend war, wenn sie sich bedroht fühlte. So kannte er sie nicht, sie war ihm fremd, sie war so gewaltig, sie verlor die Kontrolle, ging über, überschwemmte ihn, warf ihn um. Verzweifelt blieb sie am Ende weinend in seinen Armen liegen, beide erschöpft, innen voller Wunden.

Erschöpft und still lag sie dann da. Sie weinte. Melih streichelte sie, sie beruhigte sich.

Lange sagte sie nichts.

- Ich lasse es wegmachen.
- Was sagst du da?
- Sie sollen es da rausholen.
- Du redest Unsinn, Dina, beruhig dich, das wird schon. Lass es, wo es ist.
- Wie soll das werden?
- Schön. Das wird schön, ein Kind mit dir, wir werden eine Familie sein, du brauchst keine Angst zu haben. Wir machen das.
- Ich brauche keine Familie.
- Das wird schon.
- Du hast ja keine Ahnung, wie das ist, Familie.
- Doch. Lass dir Zeit, Dina, das wird schon, du freundest dich an mit dem Gedanken, das braucht seine Zeit. In Griechenland ist Familie sehr wichtig.
- Wir sind aber nicht in Griechenland. Das ist Deutschland, Melih. Bei uns wirft man Kinder in den Müll, schlägt sie, lässt sie verhungern. Familie, das kann hier die Hölle sein, verstehst du das, ich will das nicht, ich kann das nicht!
- Was redest du da?
- Ich will kein Scheißkind!

Er schwieg kurz, er wollte nicht hören, was sie sagte, hätte es am liebsten wieder zurück in ihren Mund gestopft. Er bemühte sich, auch wenn es ihm schwerfiel.

- Warum nicht?

- Ich habe genug von Kindern, genug für zwei Leben.
- Aber das ist doch nicht dasselbe, wenn du selbst Kinder hast. Dabei zu helfen, sie auf die Welt zu bringen, und Mutter zu sein, das sind zwei verschiedene Dinge. Dina, das wird schön, vertrau mir.
- Ich hatte Familie. Ich weiß, wovon ich spreche. Sechs Geschwister. Ich war die Älteste am Hof. Brave Postkartenwelt, alle halten zusammen, keiner lässt die anderen im Stich. Verstehst du? So, wie es sein soll, eine richtige Familie.
- Das wusste ich gar nicht, du hast nie darüber gesprochen. Warum hast du mir das nicht erzählt?
- Das ist nicht gerade mein Lieblingsthema.

Er streichelte sie.
- Warum nicht? Warum willst du keine Kinder?
- Ich habe nichts anderes getan, als auf Kinder aufzupassen, sie zu wickeln, mit ihnen zu spielen, für sie zu kochen, ihre Klamotten zu waschen, alles. Ich war selbst noch ein Kind, verstehst du?
- Sechs Geschwister?
- Ja, sechs. Und eines Tages ging die Tür auf und dann kamen noch einmal sechs.
- Sechs was?
- Geschwister.
- Kamen bei der Tür herein?
- Ja.

Melih streichelte ihre Haare. Er verstand nicht, was sie ihm da erzählte, er versuchte sie zu beruhigen, eine weitere Explosion zu verhindern, er streichelte ihren Rücken, den Nacken, die Schultern. So, wie er es immer tat. So, wie sie es liebte.
- Woher kamen sie denn? Ich meine, Geschwister kommen ja nicht einfach so bei der Tür herein.
- Sechs Kinder an einem Dienstag. Unsere neuen Geschwister, hat es geheißen. Weil die Bauern sich gegen-

seitig helfen, weil die Welt am Land noch in Ordnung ist, weil sie einen ganzen Hof bekommen haben für die sechs Kinder. Selbstlose Bauern, meine Eltern, wie sie die Tür aufgemacht und uns die fremden Kinder in unsere Betten gelegt haben. Zusammenhalten, haben sie gesagt. Zusammenhalten.
- Wirklich?
- Wirklich.
- Was ist passiert?
- Am Nachbarhof gab es ein Unglück. Die Eltern waren plötzlich tot, von heute auf morgen nicht mehr da, nur weinende Kinder, sechs Stück, die Älteste dreizehn, der Jüngste ein Jahr.
- Was für ein Unglück?
- Irgendein Scheißunglück, ist ja egal was. Sie sind gestorben, sie waren beide tot. Und meine Mutter hat alle sechs Kinder aufgenommen. Wir waren dreizehn von heute auf morgen. Und ich war die Älteste.
- Du hast auf sie aufgepasst?
- Ich war ihre Mutter. Ob ich es wollte oder nicht.
- Sie hat dich das machen lassen?
- Ja. Sie hat gearbeitet, sie mussten sich jetzt um zwei Höfe kümmern, sie war kaum für uns da. Und dann bekam sie Depressionen, weil die Ehe nicht mehr gut war, Heimatfilm eben. Sie ist nur noch im Bett herumgelegen, ich musste mich um alles kümmern. Dreizehn Kinder und kein Platz, verstehst du, kein eigenes Zimmer, überall Kinder, immer. Scheißkinder. Ich hatte damals keine Wahl. Heute habe ich eine.

Melih schwieg. Auch sie sagte nichts mehr, sie spürte seine Finger auf sich.
- Das ist vorbei, Dina.
- Ja, das ist es. Und ich will nicht, dass es wiederkommt.

Dann das mit dem Ultimatum. Entweder er besorgte ihr ein Haus oder sie trieb ab.

Sie meinte es ernst, ihr Gesicht war so. Melih hatte keinen Zweifel, er hörte nur zu und schwieg. Er wusste nicht mehr, was er sagen sollte, er konnte nicht glauben, was er hörte, sie war so anders als sonst, so kannte er sie nicht. Seine Hand hatte aufgehört, sie zu streicheln, sie lag still neben ihm, bewegte sich nicht. Ihre Haare waren kalt, unangenehm plötzlich, ihre Haut, alles an ihr. Zum ersten Mal hasste er sie. Wie sie alles kaputtmachte mit ihrer Unzufriedenheit, wie sie alles in eine Richtung lenkte, einen finsteren Weg entlang, tief in einen Wald hinein, ohne Rückweg, Ausweg, dunkel. Haus. Bergstraße, Anhalterin, Tákis, Unfall.

Das Schreien im Wagen. Wie Dina hinter ihm saß und ihm sagte, was er zu tun hatte, wie sie alles bestimmen wollte, alles beherrschen, diese kleine Welt, ihn. Sie wollte, dass er ausstieg, nach dem Rechten sah, half. Er blieb sitzen, er wollte nicht helfen, er hatte keine Lust mehr, irgendetwas zu tun, für Dina nicht, für niemanden. Er schaute sie an im Rückspiegel, wie sie das Kind im Arm hielt, sein Kind, das es durch seine Hilfe auf diese Welt geschafft hatte, er schaute sie einfach nur an. Wie sie versuchte, Tákis zum Schweigen zu bringen, weil auch sie es nicht mehr ertrug, wie sie ihn jetzt hin und her wiegte. Wie alles nichts half, wie er immer noch schrie.

Melih hatte keine Kraft mehr für einen weiteren Streit, der sie beide nur noch weiter nach unten ziehen würde. Weiter und tiefer. Er konnte kaum noch den Himmel sehen, er hatte Angst, ihn völlig aus dem Blick zu verlieren, das fröhliche Blau, die Sonne, den Ausweg, den er suchte. Er konnte die Liebe in sich spüren, aber etwas stand davor, etwas, das ihm den Weg versperrte, er sehnte sich nach diesem Verlangen, das er gehabt hatte am Anfang, nach diesem Begehren, in diese Frau einzutauchen, in ihr zu verschwinden, sich auszubreiten in ihr, ihre Wärme zu spüren, ihr Fleisch, ohne Sorgen ihre Haut. Er hatte keine Kraft mehr. Weit weg alles. Sie, die Leichtigkeit.

Melih wusste, dass es so nicht weitergehen konnte, dass er es ihr sagen musste. Sie hatte ihn gedrängt, sie hatte Andeutungen gemacht, sie wusste, dass er etwas verbarg, sie wusste es, das spürte er. Sie legte das Kind wieder in den Sitz. Es schrie weiter. Laut, verzweifelt, Tákis.

Er hatte diesen Namen gewollt.

Nichts Griechisches, hatte sie gesagt, wir sind in Deutschland.

Er hatte gefleht, ihr die Welt versprochen, er hatte alles für sie getan, ihr das Haus besorgt, und sie hatte sich gefügt, hatte sich nicht mehr gewehrt gegen Tákis, gegen den Namen, gegen das Kind.

Sie waren eingezogen in dieses Haus, alles schien perfekt, er hatte sie besänftigt, hatte ihr den Raum gegeben, den sie forderte, den sie brauchte, sie fühlte sich wohl, sie war ihm dankbar. Am Anfang. Als alles noch neu war, schön und groß, als er noch sprach mit ihr.

Jetzt schwieg er. Der Schnee legte sich auf die Windschutzscheibe. Er musste es ihr sagen. Er konnte nicht. Dina legte ihm eine Hand auf die Schulter.

- Rede mit mir.
- Ich kann nicht.

Sie nahm die Hand weg und starrte hinaus auf den umgekippten Lkw. Auf die Kartons und die Menschen, die aufgeregt helfen wollten, auf den Lkw kletterten, hin- und herrannten, telefonierten. Sie hatte das Fenster nach unten gekurbelt.

Sie sah den Menschen zu, wie sie sich die Hände vor den Mund hielten, sie spürte die kalte Luft in ihrem Gesicht, Tákis' Schreien ging nach draußen, kurz teilte sie es mit der Welt. Dann kurbelte sie das Fenster wieder nach oben. Sie beugte sich nach vorne, so dass ihr Mund ganz nah an Melihs war.

- Lass uns umdrehen, flüsterte Dina.
- Das geht nicht, sagte Melih.

Bertram

- Ich halte das nicht mehr lange aus, mein Bein stirbt.
  Walter beugte sich hinunter zu ihm, grinste ihn an.
- Was für ein Drama.
- Hören Sie auf damit.
- Ihre Nase. Ist die auch gestorben?
- Lassen Sie das.
- Aber das fällt mir so schwer.
- Bitte.
- Nein.

Bertram hätte ihn am liebsten geschlagen, ihm seine Faust ins Gesicht gerammt, seine Nase mit bloßen Fäusten gebrochen, sie ihm herausgerissen.

Er konnte diese Blicke nicht ertragen, die ihm das Gefühl gaben, monströs zu sein, bemitleidenswert. Er hasste sich dafür, dass er seine Prothese nicht mithatte, nicht in seinem Gesicht, nicht dort, wo sie hingehörte, dass er sie irgendwo hingelegt hatte, unachtsam, sie nicht wieder fand, sie einfach nicht wieder fand. Dass er ohne sie aus dem Haus gegangen war, dass er ohne sie mitgefahren war. Doch er hatte es tun müssen, er musste sie begleiten, bei ihr sein, er wollte sie nicht allein fahren lassen.

Urlaub in den Bergen mit Uschi. Obwohl er seine Nase nicht fand.

Wir bleiben einfach auf dem Zimmer, hatte er gesagt, drei Tage Romantik, Zimmerservice, keiner wird mich sehen, wir verkriechen uns, ich schleiche mich an der Rezeption vorbei, hinauf ins Zimmer, alles wird schön und in ein paar Tagen ist die neue Prothese fertig.

Sie lächelte ihn an, sie hielt es für keine gute Idee, versicherte ihm, es wäre kein Problem, wenn sie allein fahren müsste, ein paar Tage für sich würden ihr vielleicht sogar gut tun. Sie war sehr bemüht, sie wollte um jeden Preis dorthin, in dieses luxuriöse Hotel. Ohne ihn. Doch er blieb bei ihr. Wie ein Hund, er ging nicht von ihrer Seite, er blieb, begleitete sie, bellte. Ein Wachhund, kein Pudel.

Und jetzt steckte er fest mitten in einem Tunnel, sein Bein eingeklemmt und die Blicke dieses Fremden auf ihm. Er spürte den Ekel, er kannte diese Blicke, er spielte die Hauptrolle in diesem Horrorfilm, er war der mit dem Loch im Gesicht. Der Mann ohne Nase.

Wie schön er gewesen war früher, hörte er sie flüstern von allen Seiten. Sie zerrissen sich die Mäuler über ihn, immer und überall, wo er hinkam mit seiner Plastiknase. Jetzt nicht einmal die, keine Plastiknase, nur sein Loch und der Schal, den er ins Gesicht schob normalerweise, der jetzt am Boden lag und zu nichts gut war, ihn nicht beschützte vor diesen Blicken. Er war beschäftigt mit seinem Bein, wollte es befreien, es zwischen dem Blech herausreißen, es gab keine Möglichkeit, seine Entstellung zu verbergen.

Er kannte das. Er wusste, wie sie reagierten, wie sie wegschauten und doch versuchten, einen Blick zu erhaschen. Er hasste sich, er hasste diesen Mann vor sich, sogar die blinde Frau, weil sie neugierig den Kopf in seine Richtung drehte. Er hatte sich verstümmelt, sein Leben an einem Sonntagnachmittag einfach beendet, seine Beziehung, seine Liebe, alles.

Diese Blicke. Dieser Mann, wie er ihn provozierte, sich ihm entgegenstellte, ihn kränkte mit seiner Neugier, seinem Gaffen. Für einen Augenblick fühlte er sich klein, unterlegen, schwach, er wollte untergehen in seinem Auto, in dem Blech verschwinden, unsichtbar werden.

Wie oft hatte er daran gedacht. Einfach aufzuhören. Noch Monate nach dem Unfall. In diesem Moment. Jetzt. Ohne Prothese fühlte er sich wie ein Monster. Er würde sich nie an diesen Anblick gewöhnen, fast hatte er Angst vor sich selbst, wenn er vor dem Spiegel stand, wenn er begann, seine Zähne zu fletschen, Grimassen zu schneiden, damit er es leichter ertrug. Er sollte das lassen, hatte Uschi gesagt, das mit den Grimassen, so schlimm sei es nicht. Aber sie log.

Sie lag neben ihm im Bett, sie drehte ihm den Rücken zu, sie konnte es nicht ertragen, auch wenn sie etwas anderes sagte. Sie ekelte sich vor ihm, er war sich sicher. Seit dem Unfall hatte sie ihn nicht mehr geküsst, nur flüchtige Lippenberührungen, halbherzige Versuche, kleine, schnelle Küsschen, damit er keinen Verdacht schöpfte, Geschlechtsverkehr nur selten, wenn das Licht aus war. Oder sie blies ihn, damit er aufhörte, darüber zu reden.

Wie sie unter der Decke verschwand, um ihn glücklich zu machen, um ihn nicht mehr zu sehen, um es nicht ertragen zu müssen, sein Gesicht. Er versuchte zu verstehen, was sie bereit war zu tun, er gab ihr das Gefühl, dass er Verständnis hätte, sollte sie ihn verlassen, dass er ihre Abscheu nur natürlich fand, dass er verstehen konnte, dass sie ihn nicht küssen wollte, nicht mit ihm schlafen. Wegen seinem Gesicht.

Sie schwieg, blies. Sie sagte, sie liebe ihn, aber sie liebte nur den Bertram mit der Nase, den schönen Mann, den alle begehrten, den erfolgreichen Arzt, nicht den Krüppel. Sie ertrug seinen Körper, das wusste er, sie begehrte ihn nicht. Wenn sie unter der Decke war, weit unten, wenn sie sich in ihm verbiss, wenn sie sein Glied im Mund hatte, es leckte wie früher, wenn sie ihn zum Stöhnen brachte, erinnerte sie sich, sie dachte daran, wie wild und schön alles war mit ihm im Bett, wie leicht. Sie kam erst wieder nach oben, wenn er fertig war. Oder sie setzte sich rücklings auf ihn, sie konnte ihn nicht anschauen dabei, sie ritt ihn, nahm sich, was sie brauchte, manchmal.

Lass uns Zeit, sagte sie, das kommt schon wieder, wenn ich mich gewöhnt habe an die neue Situation. Es ist nicht leicht, aber ich kann das, warte, ich bleibe bei dir, du weißt ja nicht, wie schwer das ist, wir schaffen das.

Er hielt seine Prothese in der Hand und fragte sie, ob sie sich wirklich daran gewöhnen wolle.

Sie sagte ja. Er glaubte ihr nicht.

Er vertraute ihr nicht mehr, da war etwas auseinandergebrochen zwischen ihnen, ein Teil fehlte, der früher alles am Laufen gehalten hatte. In Gedanken verdächtigte er sie, hielt ein Verhältnis für möglich, er glaubte an nichts mehr, die Liebe war wund, sein Selbstvertrauen kaputt. Sie war immer noch wundervoll, sie war die Schöne und er der Arzt ohne Nase.

Er beobachtete sie, als er ihr sagte, er würde trotzdem mitkommen, ohne Nase ein Wochenende mit ihr in den Bergen. Sie war verwirrt, ablehnend fast, er wusste, dass sie es nicht wollte, ihn nicht wollte, schon gar nicht ohne Prothese. Sie war einfach nicht mehr da, nicht mehr an dem Platz, an dem sie immer war, in seinem Nachtkästchen, behutsam abgelegt vor dem Schlafen. Sie war verschwunden. Seine Plastiknase. Er konnte sie nicht finden.

Uschi schaute ihm zu, wie er versuchte, sich zu verbergen, wie er sich mit Pflastern das Gesicht verklebte. Er stand vor dem Spiegel und redete laut und zusammenhangslos vor sich hin.

Ich komme mit, sagte er.

Er fletschte die Zähne, als sie ins Bad kam, er riss die Lippen auseinander, die Augen auf. Ich komme mit. Ich komme mit, sagte er.

Vielleicht war es die Katze, sagte sie.

Er traute ihr nicht.

Und nun stand sie neben dem Wagen. Er versuchte verzweifelt, sein Bein zu befreien. Bertram hatte Angst, er spürte, dass wieder etwas Schreckliches passiert war in seinem Leben, er drehte sein Gesicht in die andere Richtung, sie sollten ihn so nicht sehen. Sie sollten Hilfe holen.

Schnell, schrie er.

Walter

Er ging fünfzig Meter, hundert.

Das Warndreieck stellte er mitten auf die Straße. Er war Polizist, ihm konnte nichts passieren, er war bei ein paar hundert Verkehrsunfällen gerufen worden, diesen würde er auch noch hinter sich bringen. Routine, sagte er vor sich hin.

Wie egal ihm alles war, wie gleichgültig, das Leben konnte ihn nicht mehr beeindrucken, er ließ das nicht mehr zu. Er strich sich über den Oberlippenbart, drehte sich um. Weit und breit nichts außer den Unfallautos, kein Verkehr, ungewöhnlich still, nicht ein einziges Auto, nur die Lüftung im Tunnel, die beiden Frauen, der Nasenmann. Das nächste Auto hätte längst kommen müssen, es würde nicht mehr lange dauern.

Er kniete, stellte das Warndreieck auf, er musste Hilfe rufen, auch sein Mobiltelefon ging nicht, kein Empfang, sooft er es auch versuchte. Er suchte den Tunnel nach Kameras ab, nichts, nur kleine, orange Notrufsäulen. Völlig veraltet alles.

Wie in einem guten Horrorfilm, dachte er.

Er nahm den Hörer. Er würde Bescheid geben, sie würden kommen und sie holen. Alles würde aufhören. Doch nichts geschah. Er drückte den Knopf. Nichts. Er schlug den Hörer gegen das Blech. Nichts. Er rannte zweihundert Meter, nahm den nächsten Hörer. Wieder nichts. Dann noch zweihundert, wieder nichts. Kein Freizeichen, kein Ton, keine Hilfe.

Er fluchte. Das konnte nicht sein, die Notrufsäulen wurden regelmäßig kontrolliert, sie mussten funktionieren, die Welt war so, bestimmte Dinge mussten so sein, wie sie gedacht waren. Waren sie aber nicht. Egal, wie oft er es versuchte.

Er blieb stehen, schaute zurück zu den anderen, überlegte. Er war in der Mitte des Tunnels, viereinhalb Kilometer in beide Richtungen, sagte die gelbe Aufschrift auf den Wänden. Eine Stunde zu Fuß. Er würde warten, Autos würden kommen. Er streichelte seinen Schnurrbart, ging langsam zurück. Autos würden kommen. Ganz einfach. Es musste so sein.

Er hatte nichts zu verlieren. Er beschloss, ruhig zu bleiben, er würde sich diese Nase genauer ansehen, das Beste aus der Situation machen. Was auch immer das war. Etwas würde passieren, das wusste er. Er ging langsam zurück zur Unfallstelle. Er war Polizist, er konnte nichts falsch machen, ihm konnte nichts passieren, er hatte einen Schnurrbart.

Seit zweieinhalb Jahren.

Wegen Ina.

Sie war jeden Tag gekommen.

Zuerst räumte sie seinen Gefrierschrank aus, warf alles in die Tonne, die herrlichen Burger, sie war erbarmungslos. Er stand daneben und schaute zu, schaute ihr ins Dekolleté, schaute seinem Bauch entlang nach unten. Ohne sich zu bücken sah er seinen Schwanz nicht, der bei Inas Anblick um Hilfe schrie. Er glaubte nicht daran, aber er hatte zugestimmt, er wollte diese Frau, er wollte es versuchen, etwas ändern, er wollte diese Schwere in sich loswerden, sie eintauschen gegen ihre Brüste, er wollte abnehmen, dreißig Kilogramm, Polizist werden und Schnurrbart tragen. Es war die Hölle. Ina war die Hölle.

Sie war gnadenlos, tyrannisch, sie war wunderschön, ihr Körper, alles an ihr. Er ließ es zu, dass sie kam jeden Tag und ihn quälte, ihn vor das Haus jagte, mit ihm den Fluss entlanglief, für ihn gesundes Essen kochte. Sie war Satan. Er war der fette traurige Maurer.

Er zog sie aus mit seinen Blicken, jeden Zentimeter Haut, den sie ihm zeigte, verschlang er. Wenn er schnell genug gewesen wäre, wäre er über sie hergefallen, hätte sie einfach genommen, aber er war zu träge, zu langsam. Sie spielte mit ihm, machte das Kätzchen für ihn, lief vor ihm her, zeigte ihm, was er sehen wollte, gab es ihm aber nicht. Jeden Tag überlegte er, ob sie es wert war, diese Qualen auf sich zu nehmen. In schwachen Momenten bat er sie, ihm ihre Brüste zu zeigen für einen kleinen Moment. Er schaute sie an, wie prall sie da standen und auf ihn warteten. Er machte weiter, hörte nicht auf abzunehmen, sich dieses widerliche Zeug hineinzustopfen. Gymnastik am Wohnzimmerboden, Spaziergänge, Laufen. Immer weiter. Kilo für Kilo. Er hatte ein Ziel und vergaß dabei seine Traurigkeit. Er war beschäftigt, es ging ihm gut.

Nach einem halben Jahr hatte er siebzehn Kilo abgenommen.

Es geht darum, das richtig zu machen, sagte sie. Wenn du zu schnell bist, knallst du danach wieder nach oben. Keine Radikalkuren, verstehst du, wir machen das langsam und richtig. Sie streichelte ihm über die Brust. Wir schaffen das, sagte sie. Und kurz bevor ihre Hand dort war, wo er sie gerne gespürt hätte, sprang sie auf und zwang ihn zur Gymnastik.

Sechsundzwanzig Kilo nach zehn Monaten.

Walter stand stolz vor dem Spiegel, er gefiel sich, er wollte es schaffen, er wusste, dass er es schaffen würde, dass er schon fast am Ziel war, dass er sie bald haben konnte. Er mochte sie. Mit ihr wollte er zusammensein, sie wollte er vermissen, wenn sie nicht da war, sie sollte seine Schwere für immer vertreiben. Er fand sie gut. Ihre Brüste, ihren Arsch.

Nach elf Monaten fehlte nur noch ein Kilo.

Er flehte sie an, dass sie doch gnädig sein solle mit ihm, dass er fast ein Jahr auf sie gewartet habe, dass sie nicht so unbarmherzig sein solle, ihn nicht weiter quälen dürfe, er würde sonst durchdrehen, er könne sonst für nichts mehr garantieren, sie solle diese neunundzwanzig Kilo doch würdigen mit einem Kuss, mit Haut und Zunge und Fleisch.

Aber Ina blieb hart. Sie zeigte ihm nur kurz ihre Brüste, streichelte sie, schob ihre Hose nach unten, drehte sich zweimal und zog sie wieder hinauf. Walter ging joggen, freiwillig. Sie schaute ihm nach und schmunzelte. Während er unterwegs war und schwitzte, sich Gramm für Gramm von seinem Körper lief, lag sie in der Badewanne und masturbierte. Sie dachte an ihn. Als er zurückkam, erzählte sie es ihm.

Nach einem Jahr hatte er dreißig Kilogramm abgenommen, er war Polizeischüler, trug einen Schnurrbart und Ina war bei ihm eingezogen. Sie war seine Freundin, sie vögelten Tag und Nacht, liebten sich, weit und breit war nichts schwer, alles war leicht, alles war Ina. Sie übertönte alles. Er war glücklich. Alles von früher hatte keine Bedeutung mehr, mit ihr fühlte er sich wieder lebendig, so sollte es bleiben, für immer. Das wünschte er sich. Jeden Tag wünschte er sich das.

Er wurde Polizist. Sein Schnurrbart wuchs, er saugte an Inas Brüsten, sein Leben war perfekt. Ein Jahr lang. Bis er wieder zunahm. Ina warnte ihn, aber er glaubte ihr nicht.

Es war die Dreißig-Kilo-Grenze. Sie hatte es ihm gesagt, als sie das erste Mal miteinander schliefen. Dass sie ihn verlassen würde, sollte er wieder zunehmen. Er hatte sie nicht ernst genommen. In der ersten Zeit nahm er noch mehr ab, er fand sich schön, genoss es, dass sie ihn begehrte, dass sie gierig nach seinem Körper war. Er trainierte, er ernährte sich, wie sie es vorschlug. Sie gab sich ihm hin.

Dann kam er eines Tages mit einer Tiefkühltorte nach Hause. Uniform und Torte. Weil er Lust dazu hatte. Einfach so. Ein Stück nur, zwei, kurz den Weg verlassen. Kurz nur mit einem Lachen. Er genoss es. Ina tobte.

Das passt nicht zusammen, sagte sie, er solle die Torte in die Tonne werfen, er solle das alles nicht auf die leichte Schulter nehmen. Sie schaute ihm zu, wie er aß, wie er genoss, ohne sie. Sie zog sich zurück, sie verpackte ihre Brüste, alles, was sie hatte.

Er aß die ganze Torte an einem einzigen Abend, er musste es tun, er wollte es so. Sie zog den Reisverschluss ihrer Jacke ganz nach oben. Er stopfte alles in sich hinein, ignorierte sie, ihre bösen Blicke, ihre Wut. Sie bestrafte ihn.

Kommt nicht wieder vor, sagte er.

Es ging noch drei Monate.

Sie zwang ihn jeden Abend, sich auf die Waage zu stellen, so wie sie es früher gemacht hatten. Sie stand neben ihm, kontrollierte, er zog den Bauch ein, weil er hoffte, er könnte die Waage damit betrügen. Jeden Abend wurde es mehr, nicht viel, aber doch. Ina schüttelte den Kopf.

Vernachlässigbar, sagte er.

Er hasste es, dass sie ihn kontrollierte, ihm nicht vertraute, ihn zwang, so zu sein, wie sie ihn wollte. Sie hasste ihn, weil er sich nicht mehr im Griff hatte, sich gehen ließ, leichtfertig mit diesem Grinsen im Gesicht. Sie packte ihre Sachen und küsste ihn auf die Stirn. Ina ging.

Ich habe dich gewarnt, sagte sie. Dann war sie weg.

Es waren vier Kilo. Mehr hatte er auch nachher nie wieder zugenommen. Vier Kilogramm, die Ina dazu brachten zu gehen, die sein Leben wieder veränderten.

Als sie weg war, hörte er mit den Torten auf, er saß auf seiner Couch und aß Karotten, er dachte an sie, an ihre Brüste, ihre Schenkel, er war verwirrt, er war froh, dass sie weg war, er vermisste sie, seine Gefühle spielten mit ihm, trieben ihn nach links, nach rechts, atemlos saß er da und kaute Karotten. Er spürte, wie sie ihm fehlte, wie die Schwere langsam wieder in sein Leben zurückkam. Ina war Geschichte.

Den Schnurrbart behielt er. Den Job auch.

Polizisten braucht es immer, hatte sie gesagt.

Walter strich sich über den Bart und schaute zurück zur Unfallstelle. Er überlegte kurz, ob er nicht doch einfach gehen sollte, weggehen, hinaus aus dem Tunnel, nicht mehr zurückkommen, alles so lassen, wie es war.

Einen Augenblick lang überlegte er. Aber er konnte nicht.

Er ging zurück zu den anderen.

Ruben

Er konnte nicht mehr laufen.

Er atmete schwer. Er wollte nicht zurück, er wollte kein Schauspieler mehr sein, nichts mehr, das so war wie vorher, keine Ehe, keine Lisbeth. Er hatte sich entschieden für ein neues Leben, er hatte es sich verdient, er hatte es sich einfach genommen. Er durfte nur nicht stehenbleiben. Immer weitergehen. Nicht stehenbleiben.

Er musste durch diesen Tunnel, die Nachbarin würde noch warten bis zum nächsten Tag, ihn nicht sofort als vermisst melden, das würde sie nicht wagen. Nur wundern würde sie sich. Keiner suchte nach ihm, keiner verdächtigte ihn, keiner hatte ihn gesehen. Niemand, er war sich sicher. Und trotzdem drehte er sich immer wieder um, hörte hin, ob irgendwo ein Geräusch auszumachen war, das ihn suchte, das zu ihm wollte, ihn aufhalten wollte, festhalten, ihn zurückbringen in sein altes Leben.

Schauspieler ohne Engagement über Jahre. Nur kleine Rollen in Misttheatern, wenige Drehtage beim Film, Werbeauftritte, Moderationen. Und als auch das nicht mehr ging, kam Ulrich.

Ein Mixer. Von Marketingexperten in den Achtzigern auf den Namen Ulrich getauft, weil sich Mixer mit Namen besser verkauften. Aber es war nicht nur ein Mixer, sagte Ruben bei seinen Verkaufsshows, Ulrich war mehr als das, er war die kleinste All-in-one-Küchenmaschine der Welt, das Glück jeder Hausfrau, der Schlüssel zum Paradies für Köche, die Erfüllung, mehr noch, Ulrich brachte die Erleuchtung für jeden, der bereit war, zweihundert Euro für ein kleines, unscheinbares Küchengerät, auszugeben. Schweizer Wertarbeit, lieferbar in weiß und gelb, seit zweitausendfünf auch in rot und blau.

Ulrich wurde Rubens bester Freund.

Anfänglich war er nur eingesprungen. Eine Woche lang sollte er den kleinen Mixer auf einer Haushaltsmesse vorstellen, seine Fähigkeiten und Finessen präsentieren, verkaufen. Er hatte sich überreden lassen, obwohl er eigentlich Theaterschauspieler war, die besten Ausbildungen hinter sich hatte und eine Stimme, die die Frauen zum Niederknien brachte. Allein der Gedanke daran, Marktschreier zu sein, widerte ihn an. Er hätte große Karriere machen können, anstatt Fleisch in einem gelben Mixer zu faschieren. Aber das Schicksal hatte ihn aufgehalten. Er war vorgesehen gewesen, die Hauptrolle in einer neuen Fernsehserie zu übernehmen, er hätte Landarzt werden sollen, irgendwo in der Einöde der Bergwelt hätte er seine Praxis führen sollen, helfen, heilen, lieben. Das wäre sein Durchbruch gewesen, ein erster großer Schritt in die Welt des Films. Er hatte alle Castings überstanden, war in den Zeitungen bereits als neuer Gott in Weiß gefeiert worden, alle prophezeiten ihm eine goldene Zukunft. Aber die Serie wurde nie produziert. Geldgeber sprangen ab, Programmpläne wurden geändert, Ruben fiel durch den Rost, fiel tief, kam nie wieder zurück. Er spielte Theater auf kleinen Bühnen, er verkaufte Mixer. Weil er das Geld brauchte.

Zuerst schämte er sich, er verheimlichte, was er tat, dass er gut darin war, besser als gut. Zu niemandem ein Wort.

Sie boten ihm einen fixen Job an, regelmäßige Arbeit, Geld, viel Geld. Er sollte mit Ulrich auf Tour gehen, von Messe zu Messe. Er hatte in einer Woche mehr Geräte verkauft als sein Vorgänger in drei Monaten. Sie liebten ihn, hofierten ihn. Ein Gefühl, das er lange nicht mehr gehabt hatte. Deshalb nahm er an. Ulrich wurde zum Top-Seller. Ruben gab alles, er redete um sein Leben. Er bemühte sich, er fühlte sich ein in seine Rolle, verfeinerte seine Texte von Mal zu Mal, schrieb sich täglich neue Passagen, arbeitete Witze ein, die die Damen zum Kaufen animierten, er begann seine Arbeit zu mögen.

Performances nannte er seine Auftritte, ein Helfer wusch ihm die schmutzigen Töpfe, reichte ihm Kaffee und ein Tuch, um sich die Stirn zu wischen. Er war der Star auf den Messen, um seinen Stand standen Trauben von Menschen.

Niemand wusste davon, es war ihm peinlich. Seinen Freunden vom Theater erzählte er von Werbespots im Ausland und Synchronsprechen fürs Fernsehen. Seine Wirklichkeit aber war Ulrich. Die Verkaufszahlen waren fantastisch, Ulrich erlebte nach zwanzig Jahren ein außergewöhnliches Comeback, alle liebten die kleine Küchenmaschine.

Ruben mixte, hackte, schnitt, die Damen bewunderten ihn, lachten über seine charmanten Witzchen, sie rissen ihm die Ulrichs aus der Hand, er lächelte sie an, verabredete sich mit ihnen, manchmal. Er war ihr Rockstar. Hausfrauen, die ihm zujubelten. Was für ein Gefühl. Als ob er auferstanden wäre, diese Blicke, dieses Gefühl, auf der Bühne zu stehen, bewundert zu werden. Ruben war bald fünfzig Jahre alt, seit acht Jahren war er geschieden, seine Karriere hatte irgendwann aufgehört. Keinem war es aufgefallen. Ulrich war gerade recht gekommen. Alles hatte wieder angefangen.

Auch das mit der Liebe. Sie war irgendwann einfach da. Kam an seinen Stand. Blinzelte ihn an. Lisbeth.

Sie kaufte ihm einen Mixer ab und ging mit ihm aus. Sie mochte ihn vom ersten Augenblick an, sie fand ihn aufregend, obwohl er das mit Ulrich machte. Sie bewunderte seine Stimme. Den halben Nachmittag verbrachte sie an seinem Stand, folgte ihm, seinem Gesicht, seinen Händen, schaute ihn an, fand ihn schön. Sie stand da und schaute ihm immer wieder in die Augen, wartete auf seine Blicke, saugte sie mit einem Lächeln auf. Sie blinzelte und ging mit ihm mit.

Dann waren sie zusammen.

Er liebte sie, sie liebte ihn. Es wurde Sommer, er hatte ihre Brust im Mund und das Schwimmbad brach über ihnen zusammen. Dann das Koma, dann wie er wieder aufwachte, dann die Sache mit dem Geldtransporter.

Er tat alles, so gut er es konnte. Immer schon.

Er ging einfach hinaus auf die Straße, hin zu dem Transporter, er griff sich einen Koffer und ging zurück in seine Wohnung. Keiner hatte ihn gesehen. Nur einen Koffer, nicht beide. Man sollte es nicht merken, nicht gleich, nicht bevor er wieder zurück war in seiner Wohnung, hinter seinem Vorhang.

Zwanzig Sekunden hatte er gebraucht, er hatte die Abläufe immer und immer wieder beobachtet, die Zeit gestoppt. Er hatte lange überlegt, sich jeden Tag beim Aufwachen das Unmögliche vorgenommen. Bis er es wirklich tat. Zwanzig Sekunden und er war wieder hinter seiner Tür in Sicherheit. Er bekam kaum Luft, so schnell war er gerannt. Der Koffer in seiner Hand war voller Geld, Ruben hielt sich die Brust, schaute nach unten, spürte das Plastik in der schweißigen Hand, seine Zukunft, das Glück, das ihn endlich wieder gefunden hatte. Er ging zum Fenster, schob den Vorhang leicht zur Seite, schaute unauffällig nach draußen.

Er sah den Fahrer, wie er die anderen zwei Koffer abstellte und die Türe zumachte. Es war ihm nicht aufgefallen, dass ein Koffer fehlte, er hatte es nicht gemerkt, er stieg ein und fuhr los. Hatte nichts gemerkt. Fuhr einfach weg.

Ruben urinierte in seine Hose. Er war so aufgeregt, rechnete in jeder Sekunde damit, dass der Fahrer aufschreien, seine Pistole ziehen, um sich schießen würde. Nichts passierte. Rubens Urin rann seinen Beinen entlang nach unten, der Transporter fuhr weg. Der Geruch des alten Vorhangs wühlte in seiner Nase, der Uringestank, der Koffer immer noch fest in seiner Hand, der Griff von den Fingern umschlungen. Er konnte sich nicht entscheiden, was er tun sollte, sich bewegen, vom Fenster weggehen, die Straße aus den Augen lassen, zum Tisch gehen, den Koffer abstellen, ihn aufreißen.

Er regte sich nicht. Lange blieb er so stehen, roch seine Angst. Er schaute nach draußen, wartete, ob der Transporter zurückkam, er stand in seinem Urin und es war ihm egal. Er rührte sich nicht. Es war diese Angst, die ihn stillstehen ließ, die Angst vor den Polizisten, dem Einsatzkommando, das gleich durch seine Tür stürmen würde, die Angst vor einem Kommissar, der ihn fertigmachen würde, die Angst vor den Nachbarn, die ihn gesehen hatten und mit Fingern auf ihn zeigen würden, wenn sie ihn im Einsatzwagen und in Handschellen fortbrachten. Angst, die fast weh tat, ihn lähmte. Sein Herz schlug wild.

Ruben wartete vergeblich auf den Transporter, auf die Polizei, niemand kam, nichts passierte. Alles war wie immer, nichts war bedrohlich, keiner hatte ihn gesehen, in seiner Hand lag seine Zukunft. Alles würde sich ändern. Keine Frauen mehr, die einfach davonliefen, keine kleinen Mixer mehr. Er ging mit dem Koffer ins Bad, legte ihn zärtlich auf die Waschmaschine und zog sich aus.

Seine Bewegungen waren immer noch langsam, behutsam, die Anstrengung war groß, er war erschöpft, in nur zwanzig Sekunden hatte er sein Leben auf den Kopf gestellt, es umgedreht, er hatte jede Münze herausgeschüttelt, aus jeder Tasche. Ruben duschte. Lange und warm das Wasser auf ihm, immer wieder der Blick zur Waschmaschine, auf den Koffer, immer wieder die Augen geschlossen, die Gedanken unter dem fließenden Wasser. Wie er rannte, wie die vielen Koffer vor ihm standen, wie seine Hand in den Wagen griff. Wie das warme Wasser den Uringeruch von seinen Beinen nahm. Der Koffer auf der Waschmaschine, dann wieder in seiner Hand. Wie er nackt zurück ins Wohnzimmer ging, ein Bier aufmachte, sich hinsetzte, den Koffer anstarrte und trank.

Immer, wenn er ein neues Bier holte, ging er beim Fenster vorbei, blieb kurz stehen, schaute nach draußen und suchte die Welt nach seinen Feinden ab. Niemand war da, alles war ruhig, keiner kam auf die Idee, hinter seiner Tür zu suchen.

Nach dem vierten Bier machte er ihn auf. Er schloss die Vorhänge und versuchte es mit Draht, mit alten Schlüsseln, die er in seinem Schrank fand, mit einer Eisenstange, dann mit roher Gewalt. Der Vorschlaghammer des Hausmeisters machte ihn reich. Der Koffer lag verbeult vor ihm. Das Geld, er wühlte darin, rieb es sich in sein Gesicht, warf es in die Luft, es lag auf dem Tisch, auf dem Boden, es war überall in dieser Nacht.

Jetzt war es in der Tasche auf seinem Rücken.

Er musste durch diesen Tunnel, er musste auf die andere Seite, er durfte keinen Polizisten begegnen, ihnen keine Möglichkeit geben, ihn zu verdächtigen, ihn zu überführen, ihm das Geld zu nehmen, das er sich verdient hatte. Alles wäre zu Ende gewesen, er musste weiter. Er wollte nichts riskieren, keine Möglichkeit in seine Nähe lassen, keinen Zufall, der ihn niedergestreckt hätte.

Er ging, so schnell er konnte.

Nichts war zu hören, er war allein. Das Leben, das er sich ausgedacht hatte, war vor ihm, es fühlte sich so gut an, es war neu und aufregend, alles war möglich. Er ging noch schneller. Anstrengung war in seinem Gesicht, ein kleines Lächeln auf seinen Lippen.

Dieter & Claudia

Dieter schaute zu.

Einer stieg hinunter zu dem toten Fahrer, so wie Dieter es getan hatte, man hörte ihn schreien. Dieter sah, wie er wieder nach oben kam, mit seinen Händen fuchtelte. Ein anderer telefonierte, sie konnten ihn im Inneren des Autos hören, er rief Hilfe, Polizei oder Feuerwehr. Noch zwei Personen kamen von hinten, sie standen herum, hielten sich die Hände vor die Münder, gafften, konnten es nicht glauben. Dass da ein Lastzug den Tunnel versperrte, dass hunderte Kartons im Schnee verschwanden, dass die Kabine des Mautners nur noch Schrott war. Sie kamen näher, Dieter drehte sich zu Claudia, er wollte nichts damit zu tun haben, einfach verschwinden, in dem weißen Auto sein neues Zuhause finden, neben dieser Frau, wortlos, warm. Einer der beiden Männer klopfte an die Scheibe. Einmal, noch einmal.

Widerwillig kurbelte Dieter das Fenster nach unten, ungerührt schaute er nach draußen, nichts deutete darauf hin, dass er aussteigen würde, Verantwortung übernehmen. Er war Mautner, nicht Polizist, er hatte damit nichts zu tun. Gar nichts. Er blieb einfach sitzen, kurbelte und hörte zu. Niemand wusste, wer er war. Er schaute die Männer nicht an, hörte sie nur.

Der Fahrer sei tot, hieß es, Hilfe unterwegs und die Straße hinunter ins Tal von hängengebliebenen Fahrzeugen ohne Winterreifen blockiert, die Feuerwehr käme nicht so schnell durch, ein Chaos, kilometerlange Staus, man müsse jetzt das Beste daraus machen, man sei hier gefangen. Zumindest für einige Stunden. Der arme Mann in dem Lkw sei wirklich zu beklagen. Was für ein Unfall, sagten sie bestürzt und drehten sich um.

Dieter kurbelte die Scheibe nach oben. Es war wieder ruhig. Nur er und diese fremde Frau in einem fremden Auto. Was draußen geschah, war nicht mehr wichtig, hatte nichts mit ihm zu tun. Claudia hatte ihn in diesen Wagen geschoben, ihn ins Warme gebracht. Er war ihr dankbar dafür, er war in Sicherheit, trotzdem rutschte er auf seinem Sitz hin und her, er konnte nicht ruhig bleiben, er durfte nicht, er musste sprungbereit sein, falls noch ein Lkw kommen würde, er musste schnell sein. Er drehte sich immer wieder um, schaute aus den Fenstern. Da war immer noch die Angst, sie ließ sich nicht einfach so vertreiben, er hatte immer noch dieses Bild im Kopf, der Lkw, wie er auf ihn zukam, wie die Funken zwischen den Flocken flogen, wie er beinahe kaputtging, zerquetscht wurde. Wie alles verschwand, was vorher war.

Er verstand das nicht. Eben war er noch in seiner Kabine gewesen, jetzt saß er neben Claudia, still, friedlich, sie lächelte ihn an, beruhigte ihn mit jeder Bewegung ihrer Lippen, mit jedem Blick in seine Richtung, sie versuchte ihm die Angst zu nehmen. Fast wäre er tot gewesen, fast hätte ihn dieser Lastzug überrollt, fast. Er atmete tief ein und aus, schaute diese Frau an. Sie flüsterte, beruhigte ihn, sie tat so gut. Zuerst war er ihren Blicken ausgewichen, doch dann spürte er sie und blieb. Er atmete ruhig und gleichmäßig. Das Klingeln seines Telefons ignorierte er.

Dieter und Claudia. Ihre langen schwarzen Haare neben ihm, ihre freundliche Stimme, sie munterte ihn auf, sie wollte das Lachen zurück in sein Gesicht holen, sie hörte nicht auf, bestand darauf, es würde ihm gut tun. Und ihr auch.

Sie stellten sich vor, ihr Name, seiner. Sie begannen sich zu unterhalten, sie klammerten das Draußen einfach aus, taten so, als wäre es nicht da. Sie schauten nicht hin, sahen sich nur an, redeten. Das Lachen kam langsam zurück. Sie sprachen über seinen Beruf, was er tat in seiner Kabine und wie lange schon, wie die Nächte waren an manchen Tagen, wie es war, allein zu sein mit den Autos, mit den flüchtigen Kontakten, den kurzen Blicken. Sie hörte ihm zu, fragte nach und begann auch zu erzählen über ihre Arbeit mit den Kindern, über den Hort. Sie erzählte ihm Geschichten, er lächelte. Der Motor lief, die Heizung wärmte, sie gefiel ihm, sie war schön. Er wollte vergessen, was vorher gewesen war. Seine Kabine, den Lkw. Stück für Stück. Seine Angst. Die Gedanken daran, ihr Gesicht, ihr Lachen. So als wäre da sonst nichts auf der Welt.

Plötzlich riss er die Tür auf und stieg aus.

Claudia wollte ihn aufhalten, sie griff nach ihm, versuchte seine Hand zu erreichen. Er drehte sich um, bat sie, sitzen zu bleiben, auf ihn zu warten. Sie schaute ihm zu, wie er an den Menschen vorbeiging, in einem Bogen um das Auto herum, wie er an den Straßenrand ging und knapp außerhalb des Scheinwerferkegels stehen blieb.

Sie dachte, er würde pinkeln, aber er bückte sich, riss einen Karton auf, wühlte darin, dann noch einen und noch einen, er suchte, schaute, fand, vorsichtig, darauf bedacht, dass ihn keiner sah. Dann kam er zurück zu ihr, den Wein in seinem Hemd versteckt. Er öffnete die Tür und stieg wieder ein.

Er hatte Lust auf Alkohol und auf der Straße lagen hunderte Flaschen Rotwein. Er hatte dieses Unglück überlebt, er wollte sich nicht schämen, er ignorierte die Blicke, die ihm folgten, die Menschen, die gesehen hatten, was er unter sein Hemd gesteckt hatte, er wollte sich belohnen, die Welt war ihm egal.

Claudia rieb sich die Hände, nahm ihm den Wein ab und holte ihr Taschenmesser heraus, als hätte sie ihr ganzes Leben lang gewusst, dass sie in dieser Nacht Weinflaschen öffnen sollte.

Jeder eine, sagte sie.

Zweimal Brunello, sagte er.

Dann lachten sie. Wie Kinder waren sie, verschmitzt das Lachen im Gesicht, heimlich zogen sie Korken aus Flaschen, es roch verboten irgendwie. Claudia hielt ihm den Korken unter die Nase, er drehte sich kurz um, schaute in alle Richtungen, er dachte an seine Mutter, er sah sie plötzlich vor sich, er roch den Wein. Dann schaute er Claudia an und warf die Mutter aus seinem Kopf. Keine Mutter auf der Autobahn. Nicht hier. Gar nicht mehr. Er war allein mit dieser Frau. Dieter, Claudia. Nur sie beide.

Er stieß an mit ihr. Die Flaschen prallten aneinander, sie tranken in langen Schlucken. Seine Mutter schlief, vierzig Kilometer weiter unten im Tal, am Dorfrand in der kleinen Wohnung im ersten Stock. Sein Zimmer war neben ihrem, er konnte sie hören, wenn sie schnarchte, die Wände waren dünn. Er lag oft lange noch wach, wenn er nach Hause kam, erst wenn sie aufstand, schlief er ein. Rücksichtsvoll machte sie Frühstück, sie schlich durch die Wohnung, sie wollte ihren Sohn nicht wecken. Von ihrem Schnarchen wusste sie nichts. Es war mit den Jahren schlimmer geworden, aber Dieter wollte sie nicht aufregen, sie hätte sich wieder Sorgen gemacht, sie hätte sich auf irgendeine Weise bestraft dafür, sie hätte alles noch schlimmer gemacht. Er lag einfach wach im Bett, bis sie aufstand, dann schlief er. Sie wohnten zusammen. Sie mussten sich gegenseitig ertragen, er musste sie ertragen, er konnte nicht anders, sie nicht verlassen, nicht weggehen von ihr. Egal, welche Farbe kam. Er konnte nicht.

Er trank. Er war dem Mann auf den Kopf getreten, er war aus der Kabine gesprungen, der Lkw war plötzlich da gewesen zwischen den Schneeflocken, plötzlich war alles anders. Claudia beruhigte ihn, immer wieder, wenn er damit anfing. Dieter konnte es nicht glauben, sie war die erste Frau seit hundert Jahren, mit der er zusammen saß, redete, trank, sie war so schön, so charmant, sie war eine Frau, sie war nicht seine Mutter.

Seine Mutter schlief.

Seit acht Jahre in ihrem Bett allein, ohne ihren Mann.

Dieters Vater war zu Hause gestorben, unzählige Jahre Dialyse im Wohnzimmer, aufgebahrt lag er neben dem Fernseher im Krankenbett. Sie konnten ihn selbst versorgen, zweimal täglich wuschen sie sein Blut, sie mussten ihn nicht ins Krankenhaus bringen, das Gerät stand wie ein Altar im Raum. Rituale, damit er nicht starb. Immer der kranke Vater im Zimmer, immer die Mutter, die ihn liebte, und der Sohn, der still um das Krankenbett schlich, der selbstbewusst die Geräte bediente, der ihn am Leben hielt. Keine Besuche von Fremden, keine Freunde in den vertrauten Räumen, nur die Krankheit des Vaters und diese Liebe der Mutter, die ein normales Leben unmöglich machte. Ihr Gesicht, das immer stiller wurde, von Monat zu Monat. Ihr Herz, das brach irgendwann an dem Morgen, als er tot im Bett lag. Dieter hatte ihn gefunden, dort, wo er immer war, leblos wie der Mann im Lkw.

Das Krankenbett und die Geräte wurden weggebracht. Sie war allein. Und Dieter blieb bei ihr. In der Nacht in der Mautstation, dann im Bett, nachmittags für Stunden im Keller, sein Proberaum, seine Gitarren, seine Leidenschaft für die Musik. Alles, was er hatte neben dem stillen Gesicht der Mutter beim Mittagessen. Beim Abendessen, bevor er zur Arbeit ging, immer dieses Gesicht, wenn er seine Musik machte, sich in den Tönen verlor, immer wieder sie, ihr Leid, ihr gebrochenes Herz, kein Platz für eine andere Frau. Er konnte sie nicht alleine lassen. Sie war eine alte Frau. Sie brauchte ihn. Und er war für sie da. Sie beide, sonst niemand. Mutter und Dieter.

Manchmal in seinen Gedanken kurz das Mädchen vom Abschlussball, die Erinnerung an sie, an ihre Zunge in seinem Mund, kurz bevor sie nach Hause ging und ihn nie wieder traf.

Jetzt Claudias Lachen, plötzlich, einfach so in dieser Nacht.

Er verstand nicht, wo es herkam. Warum es zu ihm kam. Ihre Finger auf der Flasche Wein, die Hand, wie sie sie hielt, wie sie trank. Wie er ihr zuschaute dabei, wie er auf ihre Finger schaute. Ihre neben seinen.

Egal, was kommt, sagte sie. Es wird jetzt gut.

Dieter schwieg, schaute sie an. Er versuchte, nicht an seine Mutter zu denken, nicht nach draußen zu sehen. Die Rettung war jetzt da, die Feuerwehr.

Er schaute Claudia an. Wein in seinem Mund.

Bertram

Er griff in sein Gesicht.

Er spürte seine Nase, obwohl sie nicht mehr da war, sie brannte, es tat so furchtbar weh. Sein Bein. Die Schmerzen waren wieder da, unerträglich, unten zwischen dem Blech brannte es, wütete etwas in seinem Fleisch, unmöglich, es zu ignorieren, diesen Schmerz aus sich herauszureißen, wieder machte er etwas kaputt, begann sein Leben weiter ins Unglück zu stürzen, alles zu zerstören, was noch ganz war. Zuerst sein Gesicht, jetzt sein Bein.

Vierzehn Stunden später würden sie es einfach abschneiden, es amputieren, es ihm wegnehmen, es in eine Tonne werfen, es einfach entsorgen. Er würde in diesem Bett aufwachen und sie würden es ihm sagen, er würde nicht nach unten schauen wollen, er würde es zuerst nicht glauben wollen. Doch es würde passieren, in vierzehn Stunden würden sie es ihm nehmen. Wieder ein Stück von ihm, wieder eine Prothese.

Aber davon wusste Bertram noch nichts, er glaubte noch an sein Bein, dass sie es retten könnten, nur ein Gips für Wochen, Verbände, alles war noch gut in seiner Hoffnung, nur der Schmerz quälte ihn, und die Angst.

Seine Hand im Gesicht. Er kannte diese Schmerzen, das Loch unter seinen Fingern erinnerte ihn daran. Wie er durch seinen Garten rannte. Wie das Blut aus ihm floss, wie der Schock immer kleiner wurde und der Schmerz immer größer, gewaltiger, wie er ihm alles nahm von einem Augenblick zum anderen, wie ihm schwarz wurde vor Augen, wie ihm der Schmerz die Luft nahm. Wie er blutend in seinem Garten liegen blieb und der Nachbar seinen neuen Kaschmirpullover in Bertrams Gesicht drückte. Wie der Pullover langsam nass wurde, sich mit Bertrams Blut vollsog, wie der Nachbar nach Hilfe rief, nach dem Notarzt, der die Einfahrt heraufkam. Wie er Bertram anschrie. Wie er ihn schüttelte, schrie.

Sie brachten ihn direkt in den OP. Die Nase blieb in der Erde liegen, ein kleines Stück Fleisch in der frischen Erde, das erst gefunden wurde, als es längst zu spät war. Bertram im Rettungswagen, ein Verband über das Gesicht, seine Kleidung rot. Uschi im Institut.

Während der Operation kam sie ins Krankenhaus. Sie war gefasst, sie begriff schnell, was passiert war. Der Chefarzt der plastischen Chirurgie erklärte ihr die Methode, beschrieb ihr den Knochen, den sie aus seiner Hüfte holen, die Hautlappen, die sie über die neu geformte Nase klappen würden. Er erläuterte ihr eine komplette Nasenrekonstruktion, alles im Detail, jeden Schritt, weil er sie so schön fand, weil der Arzt es nicht lassen konnte sie anzuschauen, in ihrer Nähe zu sein. Er erklärte ihr, fraß sie auf mit seinen Blicken, sie hörte zu, nickte geduldig, schaute ernst.

Bertram lag bereits auf dem Operationstisch. Dann sägten sie, schraubten. Uschi wartete, telefonierte immer wieder mit dem Institut, überwachte ihren Klienten, war besorgt um ihr Projekt. Sie sprach am Telefon mit ihm, fuhr zu ihm und kam wieder zurück zu ihrem Mann.

Sie operierten neun Stunden. Uschi saß im Warteraum, bürstete sich die Haare, gleichmäßig, ihr Blick auf eine Fliese am Boden gerichtet, die Bürste zart in ihrer Hand. Immer wieder von oben nach unten, immer gleich, mit leichtem Druck der Kopfhaut entlang, vier Stunden, fünf. Immer wenn sie etwas beschäftigte, wenn sich etwas veränderte, wenn etwas schwierig war, wenn sie Zeit brauchte, die Bürste hatte sie stets bei sich, sie war besser als jede Therapie, sie half ihr, war Trost für sie. Eine grüne Bürste.

Als sie zu ihm kam, war sein Gesicht verbunden. Er nahm ihre Hand, sie setzte sich zu ihm. Er weinte, drückte fest ihre Finger.

Es tut mir leid, sagte er.

Sie schwieg, blieb bei ihm sitzen. Tagelang hielt sie seine Hand, wenn sie den Verband wechselten, ging sie aus dem Zimmer, sie schob den Moment hinaus, sie wollte es nicht sehen, ihren schönen Mann, verstümmelt, zusammengenäht. Sie hatte Angst, sie wusste, dass sich etwas verändern würde, sie wusste es, aber sie wollte es nicht sehen, ihre perfekte Welt nicht zerstören, zusammenfallen sehen. Sie konnte es nicht, schaute nicht hin, flüchtete, wenn die Ärzte kamen, die neugierigen Studenten, wenn sie wie Geier über ihrem kaputten Mann kreisten. Sie ging aus dem Zimmer und telefonierte mit dem Institut. Bertram weinte, wenn sie vom Gang zurückkam.

Nach drei Wochen wurde das Gewebe nekrotisch. Etwas hatte sich entzündet in ihm, die neue Nase wurde von seinem Körper abgestoßen, er wollte sie nicht. Uschi hörte dem Arzt zu, wie er versuchte ihr zu erklären, dass ihr schöner Mann ohne Nase leben musste, dass ihr schönes Leben jetzt ein Loch hatte. Sie ging aus dem Arztzimmer und rief ihren Klienten an. Zum dritten Mal an diesem Tag.

Bertram saß in seinem Sessel, dachte nach in seinem Krankenzimmer, starrte in den Fernseher, wartete auf Uschi, versuchte zu akzeptieren, was passiert war. Er verstand es nicht.

Es bleibt nur noch eine Prothese, hatte der Arzt gesagt. Nachdem das nekrotische Gewebe entfernt worden war, sollten die Wunden heilen, er sollte nach Hause gehen und lernen, damit zu leben. Sonst sagte er nichts, schüttelte nur bedauernd den Kopf. Er schaute Bertram nicht in die Augen.

Uschi schwieg, als sie ihn zum ersten Mal sah mit seinem Gesicht, ohne Verband, sie erschrak, hielt sich beide Hände vors Gesicht. Dann schlug sie ihn. Er wehrte sich nicht, ließ ihre Hände auf sich einschlagen, ihre Fäuste oft hintereinander auf seine Brust, seine Oberarme. Er verstand sie, ließ sie. Der Arzt versuchte sie zurückzuhalten, aber sie traf ihren entstellten Mann immer wieder, sie war wild, wütend. Sie hatte es ihm gesagt, er solle Handwerker rufen, wie oft hatte sie es ihm gesagt. Sie trommelte auf seinen Bauch. Dann spuckte sie in sein Gesicht und ging. Bertram sagte nichts.

Er spürte ihren Speichel, wie er auf seiner Haut lag, eine kurze Strecke an ihm entlangrann. Er spürte noch lange ihre Fäuste auf sich, strich sich über die blauen Flecken, er spürte sein Herz, wie es platzte in seiner Brust, immer wenn er an sie dachte, an ihre Blicke, wie sie ihn anschaute, wie der Ekel in ihr hochstieg, wie sie vor ihm stand und ihn alleine ließ.

Wie traurig er plötzlich war, wie leer alles, wie er da stand mit dem Arzt, wie er ihr nachschaute, wie er die Tür nicht aus den Augen ließ, weil er hoffte, sie würde zurückkommen. Wie er begriff, dass jetzt nichts mehr schön war. Auch nicht, als sie zurückkam und ihm sagte, dass sie bei ihm bleiben würde.

Bertram schaute sie an.

Sie stand vor dem Wagen, gab der blinden Frau den Stock, schaute den anderen Mann an, berührte ihn kurz am Arm. Wie eifersüchtig er war, wie besessen von ihr, wie süchtig nach ihrer Liebe, wie ausgehungert er war, ausgetrocknet. Sie sah ihn an.

Ich kann dir nicht helfen, sagten ihre Augen.

Bitte, sagten seine.

Du hast alles kaputt gemacht, antworteten ihre.

Bertram schaute nach unten, er spürte plötzlich nichts mehr.

Suza

Das Kind kam im Jänner.

Sie war gerade sechzehn geworden. Keiner hatte etwas gemerkt, sie hatte nichts gesagt, niemandem ein Wort. Dass etwas wuchs in ihr, dass ihr Bauch größer wurde. Sie wollte es selbst nicht wissen, zog sich weite Sachen an, zu große Pullover, sie trieb Sport, aß wenig, blieb schlank, ihr Baby wuchs. Keiner merkte etwas.

Der junge Mann, der in sie eingedrungen war, war tot. Für sie war es so. Er war der Erste, der ihr wehgetan hatte, sie wollte ihn nicht, wollte ihn vergessen, so wie das Baby in ihrem Bauch. Es wuchs, sie sagte nichts, zu niemandem ein Wort. Sie wohnte bei ihren Eltern, sie wollte nicht, dass das alles passierte, sie stand vor dem Badezimmerspiegel und malte sich mit Lippenstift ein Kreuz auf ihren Bauch. Sie stand da, ihre Hände hingen einfach nach unten, sie schaute geradeaus in den Spiegel, sich an. Das rote Kreuz auf ihrem Bauch, immer bereit, sich umzudrehen, zu verschwinden von ihrer Haut, wenn die Mutter die Stiegen nach oben kam oder der Vater. Mit einem Wattebausch weggewischt, den Bauch unter einem Sweatshirt versteckt, alles verborgen, die Mutter angelacht, den Vater.

Bis zum Schluss wussten sie nichts. Sie schauten nicht hin.

Erst am Tag der Geburt. Die Mutter hielt das Kind, nachdem es aus ihr herausgekommen war, sie hatten es ihr in die Hand gedrückt, weil Suza es nicht wollte. Sie hatte die Hände vor ihr Gesicht gehalten, abwehrend, hatte geschrien, sie wollte es nicht, weinte, spürte das Loch in sich, schaute nicht hin, schrie. Die Hebamme drückte es ihrer Mutter in die Hände.

Das Kind war plötzlich da, niemand hatte etwas gewusst, es war Suzas Geheimnis gewesen, sie hatte nichts gesagt, war allein damit gewesen. Sie wollte sich nicht anfreunden mit diesem Gedanken. Ein Kind. Suza, Mutter.

Da waren diese Bauchschmerzen am Tag der Geburt, alles tat ihr weh, sie flehte ihre Mutter an, ihr zu helfen, sie wusste, was passieren würde, sagte aber immer noch nichts. Sie konnte nicht. Die Mutter brachte sie in die Klinik und kurz danach hielt sie Suzas Kind, ein Mädchen, klein, verletzlich. Sie hielt es Suza hin, wollte es ihr auf den leeren Bauch legen, an den hysterischen Händen vorbei. Suza schrie ihre Mutter an, sie solle gehen und nicht wieder kommen. Weggehen, mit dem Kind.

Suza weinte lange. Sie hatten ihr dieses blutige Stück Fleisch aus ihrem Leib gezogen, sie hatten ihr wehgetan, es hatte sich hinausgezwängt aus ihr, verletzt, sie aufgerissen. Suza weinte. Ihre Mutter war wieder bei ihr, hielt ihre Hand, das Kind war irgendwo. Sie war so verständnisvoll, verlor kein böses Wort. Sie nahm es einfach hin.

Als der Arzt ihr gesagt hatte, dass ihre Tochter schwanger sei und gleich entbinden würde, hatte sie nur geschwiegen, Suza die Hand auf die Schulter gelegt und ihr etwas ins Ohr geflüstert, etwas Beruhigendes, Liebevolles. Suza hasste sie dafür. Dafür dass sie so perfekt war, dass sie immer alles richtig machte, immer Verständnis aufbrachte, nie ungerecht war oder launisch. Ihr zu entsprechen war unmöglich, Suza hatte versagt, sie war ein schlechter Mensch, sie konnte ihre Fehler nicht wiedergutmachen.

Suza hörte nicht auf zu weinen, sie wollte selbst ein Kind sein, nicht Mutter, sie wollte unbeschwert sein, leicht, dieses kleine Stück Fleisch passte nicht in ihr Leben, sie ertrug es nicht länger, die aufmunternden Worte, der Optimismus, der ihr entgegenschlug, keine Sekunde mehr. Während die Tränen aus ihr herauskamen, beschloss sie, die Schule abzubrechen und nach Schweden zu gehen. Weit weg von all dem. Suza versteckte sich unter ihrer Decke, im Nebenzimmer schrien Kinder. Eines schrie nach ihr. Sie hörte nichts mehr, gar nichts, kein Kindergeschrei unter der Decke, keine Mutter, die sie anflehte zu bleiben, kein schlechtes Gewissen, nichts mehr. Nur Stockholm, neue Stadt, keine Vergangenheit, Eis am Meer im Winter, kein Kind.

Sie wollte nichts wissen. Sie ging einfach, ihre Mutter ließ sie, gab ihr noch Geld, sie wusste, dass es sinnlos war, Suza aufzuhalten, sie kannte ihre Tochter. Suza ging.

Sie schaute älter aus, als sie war, deshalb konnte sie arbeiten, sie jobbte in Bars, dann lange mit Behinderten, dann mit den Blinden. Keiner sollte sie finden, ihr Leben war anderswo.

Ihre Tochter war jetzt erwachsen. Maurice war tot. Er hatte sie wieder nach Deutschland gebracht. Sie war wieder da, ganz in der Nähe ihrer alten Wohnung, sie war mitten in diesem Tunnel, blind, sie konnte nichts sehen.

Suza blickte unauffällig auf dieses Gesicht. Die Nase fehlte. Wie hässlich er war. Dieser Mann in dem Auto, sein Bein, eingeklemmt, Maurice war tot. Wie schön dieser Gedanke. Er war tot, tat nichts mehr. Suza war glücklich, sie ignorierte ihr schlechtes Gewissen, sie genoss es, die Vorstellung, dass sie wieder frei war, allein, ohne ihn, dass er nichts mehr bestimmte in ihrem Leben, dass sie tun konnte, was sie wollte. Dass sie hingehen konnte, wohin sie wollte. Sie war glücklich, lachte innerlich, laut, sie jubelte, aber ihr Gesicht ließ sie traurig aussehen, immer noch geschockt. Sie griff nach Uschi, hielt sich blind an ihrer Schulter fest.

- Ich glaube, ein Reifen ist geplatzt, der Wagen ist umgekippt. Maurice war nicht angeschnallt. Was ist mit ihm? Stimmt es?
- Er ist tot.
- Er hat sich nie angeschnallt. Warum hat er sich nicht angeschnallt? Warum?

Uschi schwieg. Suza tat bestürzt, keiner sagte etwas, sie beobachtete Uschi, wie sie unangenehm berührt zu Bertram sah. Er hielt sein Bein, saß in seinem Sitz, rührte sich nicht von der Stelle.

- Wo ist der Typ mit dem Schnurrbart?
- Er kommt gleich. Er war bei den Notrufsäulen, er hat Hilfe gerufen. Es wird alles wieder, wie es war.
- Ich will es nicht verlieren.
- Was?
- Mein Bein, ich will es nicht verlieren. Nicht auch noch das Bein.

- Wirst du nicht.
- Woher willst du das wissen?
- Ich weiß es einfach. Hilfe ist bestimmt schon unterwegs, sie werden dich da herausholen, das Auto aufschneiden, dich retten. Alles wird gut.
- Ich spüre es nicht mehr. Ich kann nicht sagen, wie lange es noch geht, wie lange es noch durchblutet ist, mein Bein, Uschi. Ich weiß, wie das funktioniert, ich bin Arzt, verstehst du. Wenn es nicht schnell geht, dann müssen sie es abschneiden. Das ist so.

Suza mischte sich ein.
- Wie heißen Sie?

Er schaute sie an, überlegte, schaute in ihre blinden Augen, länger, als er in andere geschaut hätte.
- Bertram. Das neben Ihnen ist Uschi. Meine Frau.
- Ich bin Suza.
- Suza?
- Ja. Sie kommen da heil wieder heraus.
- Suza? Die blinde Fotografin?
- Ja.
- Sie sind das?
- Ja.
- Die blinde Fotografin?
- Ja, ich bin das. Wir haben gestern die Ausstellung in der Solhalle eröffnet. Maurice ist mein Manager.
- Und er ist tot?

Suza schwieg. Uschi antwortete für sie.
- Ja.

Suza schaute in Bertrams Richtung, sie wollte nicht über Maurice sprechen, lenkte ab.
- Was ist mit Ihrem Bein?
- Ich spüre es nicht mehr. Es wird taub. Keine Schmerzen mehr. Ich spüre nichts. Es stirbt.

Uschi unterbrach ihn.

- Das ist gut, Bertram. Dass du nichts spürst, das ist ein gutes Zeichen. Entspann dich, sie kommen bald, du wirst sehen, alles wird wieder.
- Warum sagst du das? Es wird nicht wieder.
- Aber Bertram.
- Ich bin Arzt, Uschi.
- Aber.

Walter kam zurück, fiel ihr ins Wort.
- Die Notrufsäulen funktionieren nicht. Und nirgends Handyempfang, nichts. Ich kann niemanden erreichen. Wir bleiben hier.

Bertram fluchte, er streckte seinen Körper so weit er konnte aus dem Wagen, schaute den Mann an, sein Gesicht, den Bart.
- Was soll das heißen?

Walter schaute Uschi an, nickte mit dem Kopf, deutete in Bertrams Richtung, er grinste.
- Erklär du es ihm.
- Es kommen bestimmt gleich andere Autos, sie werden Hilfe holen. Wir sind in einem Tunnel. Autos fahren bei einem Portal hinein und kommen beim anderen wieder heraus, und sie werden verdammt noch mal bei uns vorbeikommen, Hilfe holen, uns hier rausholen.

Walter hörte nicht auf, er starrte Bertram an, bohrte in offenen Wunden.
- Warum haben Sie keine Nase?

Uschi drehte sich zu ihm um, aber sie schwieg, schaute ihn nur an, schaute ihm zu, wie es böse aus seinem Mund kam.
- Sie haben da ein richtiges Loch im Gesicht. Ich habe so etwas noch nicht gesehen. Erschreckend. Ob man sich an so einen Anblick gewöhnen kann? Kann man das? Unglaublich, was für eine Nase.

Er lachte laut, übertrieben. Suza stellte sich direkt vor ihn hin, schob ihren Körper zwischen ihn und das Auto, zwischen ihn und Bertram.
- Lassen Sie das. Warum tun sie das?

Walter ignorierte sie, schob sie zur Seite, lachte. Bertram schrie innerlich, er sagte nichts, suchte etwas, das er nach ihm werfen konnte, er fand nichts, er schwieg, presste seine Zähne fest aufeinander, seine Lippen waren hart. Suza versuchte es wieder.
- Sie haben doch keinen Grund, diesen Mann zu kränken. Lassen sie uns nach einem Ausweg suchen, wie wir ihm helfen können.

Walter machte weiter. Suza war nicht wichtig.
- Es schaut nicht so aus, als würden Sie Ihr Bein aus diesem Auto bekommen. Ihre Frau hat wohl recht, es ist nicht normal, dass kein Auto kommt, irgendetwas stimmt nicht. Horrorfilm, mein Lieber. Mann mit kaputtem Bein steckt im Unfallwagen fest, keine Hilfe, der Verletzte ist nervös, fürchtet um sein Leben, die Notrufsäulen kaputt, sie nehmen ihm sein Bein. Scheißgeschichte. Mann ohne Nase, Geistertunnel, huhuuu.

Suza schrie laut auf.
- Stopp!

Walter antwortete ruhig.
- Warum?

Suza flüsterte fast.
- Warum tun Sie das?
- Das ist ganz einfach, gute Frau. Ich habe ein Verhältnis mit einer verheirateten Frau. Ich kann sie nicht haben, nicht ganz jedenfalls. Verstehen Sie das, das ist nicht einfach, da ist man frustriert, hat sich nicht im Griff. Das Leben ist beschissen, ich bin unzufrieden. Und dieser Mann hier ist einfach hässlich, er hat keine

Nase. Sie können das leider nicht sehen, aber wenn Sie könnten, würden Sie mich verstehen.
- Wie heißen Sie?
- Das ist nicht wichtig.
- Wir könnten die Notrufsäulen in der anderen Richtung ausprobieren.
- Könnten wir das?

Uschi mischte sich wieder ein, sie wollte dieses Gespräch beenden, wollte nichts mehr hören davon.
- Ich mache das. Eine funktioniert, ich bin mir sicher, es kann nicht anders sein.

Bertram versuchte sie aufzuhalten.
- Bleib hier, Uschi.
- Ich gehe. Du brauchst dein Bein. Die Blinde bleibt bei dir.

Aus Walter kam wieder dieses Lachen, laut und dreckig, ätzend.
- Die Blinde und das Biest.

Bertram schaute ihn an, er bemühte sich, ruhig zu bleiben, er schaute ihm direkt in die Augen, er spürte sein Bein nicht mehr.
- Ich werde Ihnen wehtun.
- Da fürchte ich mich aber schon. Wie wird denn das wohl werden, wenn der Mann ohne Nase zuschlägt, wenn er aus seinem hübschen Auto hüpft und den vorlauten Polizisten auf die Nase haut. Ich bin nämlich Polizist, müssen Sie wissen.

Bertram war völlig ruhig. Er schaute Walter an.
- Sie sind jetzt besser still.

Uschi beugte sich wieder in den Wagen.
- Lass das jetzt, Bertram, versuch lieber, deinen Fuß aus diesem Auto zu bekommen, ich finde eine Notrufsäule, die uns nach draußen bringt.

Walter verdrehte die Augen und säuselte.

- Süß.

Suza packte ihn am Arm. Sie schleuderte ihre Hand durch die Luft und traf den Mann mit dem Schnurrbart am Oberarm, ihre Finger griffen zu, hakten sich in das fremde Fleisch.
- Halten Sie jetzt den Mund, halten Sie jetzt endlich Ihren verdammten Mund. Bitte.

Dann war es still. Walter zog seine Mundwinkel nach unten, rollte mit den Augen, schnitt Grimassen, aber er blieb still, sagte nichts mehr. Bertram legte seinen Kopf nach hinten, atmete langsam ein und aus, konzentrierte sich auf sein Bein, er schwieg, er spürte es nicht mehr, der Schmerz war weg.

Uschi rannte zur Notrufsäule. Suza blieb neben Walter stehen, sie überlegte, was sie tun sollte, was eine Blinde tun würde. Ihr Manager war eben gestorben, man erwartete Trauer von ihr, Entsetzen in ihrem Gesicht. Er lag tot in ihrem Auto, rührte sich nicht mehr. Sie musste etwas tun, etwas Passendes.

- Bitte schauen Sie noch einmal in meinem Wagen nach. Walter ignorierte sie.
- Bitte. Vielleicht ist Maurice gar nicht tot, vielleicht ist er nur verletzt, ohnmächtig, vielleicht schlägt sein Herz noch. Sie müssen noch einmal zu ihm gehen.

Suza berührte Walter wieder am Arm, dieses Mal sanfter, flehend fast. Er schaute sie an, schaute in ihr Gesicht, in ihre Augen, er überlegte. Er sah Uschi, wie sie den Hörer in der Hand hielt, wie sie ihn wegwarf, ihn wieder in die Hand nahm, ihn gegen die Wand schlug, zweimal, dreimal. Er hörte sie schreien, fluchen. Er schaute in Suzas Augen, er hörte die Ventilatoren, er dachte an Maradona.

Wieder fragte er sich, was er hier überhaupt tat, warum er nicht einfach gegangen war. Das alles betraf ihn nicht. Er schaute in Suzas Augen, auf die kaputten Autos, wie sie da lagen, wie Uschi auf die Notrufsäule einschlug, wie ihr Mann sein Bein begrabschte, wie die Blinde an ihm vorbeisah.

Suza wusste, was ihre Augen tun mussten, ihre Lider, alles in ihrem Gesicht funktionierte perfekt. Walter glaubte ihr, das sah sie. Ihre Hand lag auf seinem Arm. Ihre Finger drückten leicht.

Bitte, sagten sie.

Von mir aus, antwortete er.

Der Schwarze war tot, egal, wie oft er ihn schütteln, an ihm zerren würde. Er hatte schon einige Tote gesehen, er wusste, wie es war, wenn sich nichts mehr rührte, wenn die Haut kalt wurde, bläulich. Er ging zu ihm hin und schaute ihn an. Er war kaputt, nichts mehr war ganz. Er ließ sich Zeit, schaute durch das Fenster, musterte ihn, das was noch übrig war von ihm. Eine Minute, zwei. Wie friedlich er dalag. Mausetot. Dann ging er zurück zu ihr.

Er ist tot, sagte er, kein Zweifel. Sie hatten Glück. Er nicht.

Er sah, wie sie zu weinen begann. Es begann es aus diesen blinden Augen zu rinnen. Es war ihm unangenehm. Suza merkte es, sie presste alle Tränen, die sie in sich finden konnte, nach außen, sie wollte, dass es echt aussah, auch wenn sie innerlich Feste feierte, wenn sie vor Glück kaum atmen konnte, wenn etwas abfiel von ihr, etwas, das sehr schwer gewesen war. Sie drückte die Tränen nach außen.

Walter sah sie ihre Wangen entlangrinnen, er schaute weg, wollte das nicht sehen, ihre Trauer, wie sie sich gehen ließ, er schaute nach Uschi. Er spürte wieder seine Schwere, heftiger als jemals vorher, er hätte kotzen können, davonlaufen, es war ihm unerträglich, er hätte das alles gerne beendet. Einfach den Stecker herausgezogen. Alles kaputtgeschlagen, alle, alles. Jede Leichtigkeit war weg. Nur noch dieses vertraute Gefühl, seine Traurigkeit und das Gift, das aus ihm spritzte, weil alles unerträglich war, sinnlos. Nichts mehr war übrig. Kein Stück Glück, keine Aussicht darauf.

Er schaute Suzas Tränen zu, wie sie kleiner wurden, wie sie verebbten, wie sie sie wegwischte. Er schaute Uschi zu, wie sie wütend zurückkam, er hörte sie, wie sie fluchte, er hörte Bertram, wie er angestrengt ein- und ausatmete, er schaute Uschi an, Bertram, dieses Gesicht, die Blinde, der Tunnel, die Autos. Wie sie ihren Mann tröstete, versuchte ihn zu beruhigen. Wie die Blinde weinte. Wie einsam er war in diesem Moment. Wie er überlegte. Wie er sich entschied.

Er wollte Spaß.

Dieter & Claudia

Wie gut der Wein war.

Und diese Frau neben ihm. Er blieb sitzen in dem weißen Saab. Neben Claudia, die Flasche in der Hand, die ihre traf. Wie sie anstießen, wie sie tranken in großen Schlucken. Wie der Schnee fiel und die Windschutzscheibe bedeckte, wie er sie einschloss in dem Wagen zu zweit, wie er die Welt aussperrte, der Schnee. Wie alles gut war mit ihr in dem fremden weißen Auto.

Immer wieder schalteten sie kurz den Scheibenwischer an, kurz nur, sie schauten, was passierte, und ließen sich wieder einschneien. Flocke für Flocke. Es war warm im Saab. Sie unterhielten sich, sie redeten wie Vertraute, lachten zusammen, wurden betrunken, Schluck für Schluck, lernten sich kennen, spielten, vertrieben sich die Zeit wie Kinder auf dem Weg in den Urlaub.

Dieter vergaß seine Angst. Er schaltete das Radio lauter, als der Verkehrsfunk über den Stau auf der verschneiten Alpenstraße berichtete, über die liegengebliebenen Lkws und Autos mit Sommerreifen, die nach dem schrecklichen Unfall am Tunnelportal den Verkehr in beiden Richtungen blockierten. Die Stimme sprach von einem kilometerlangen Stau, freiwillige Helfer waren auf dem Weg, Decken und warme Getränke sollten verteilt werden.

Dieter trank. Er drehte das Radio leiser, sah den Flocken zu, wie sie alles zudeckten. Er schaute Claudias Armband an. Er war mutig in dieser Nacht. Er sprach mit dieser schönen Frau, er hatte keine Angst vor ihr, redete, vergaß, was draußen war, wie sein Leben war. Nur sie. Und der Schnee.

– Wenn ich es berühre, muss ich dir einen Anhänger schenken. Das ist doch so, oder?
– Ja, das ist ein Bettelarmband.
– Wie lange hast du es schon?
– Seit ich ein Kind bin. Mit dreizehn habe ich es bekommen, ich habe später Glieder einsetzen lassen. Ich mag solche Dinge.
– Funktioniert es?
– Was meinst du?
– Das Betteln. Haben dir schon viele Leute etwas geschenkt?
– Schon lange nicht mehr. Ich finde es aber trotzdem schön, das steht für das Kind in mir. Das bin ich. Immer noch nicht erwachsen.

Sie lachte, er nahm ihre Hand und berührte es, drehte es in seiner hin und her.
– Darf ich den Würfel haben?

- Diesen Würfel?
- Ja. Für ein Spiel.
- Du willst spielen mit mir, jetzt, hier?
- Ja, ein Kinderspiel. Du musst wissen, ich bin auch nicht erwachsen, noch lange nicht.
- Klingt gut.
- Also, man würfelt. Vorher vereinbart man, was bei den einzelnen Zahlen passiert. Was man machen muss.
- Machen muss? Flaschen drehen? Sind wir vierzehn? Wieder lachte sie.
- Es ist ganz einfach. Ein Beispiel. Wenn du drei würfelst, musst du die nächste Flasche Wein holen, wenn du vier würfelst, hole ich sie, eins, zwei, fünf und sechs bleiben frei. Wir entscheiden gemeinsam, so wie es uns einfällt, egal was, alles ist möglich. Und der Würfel entscheidet.
- Das ist ein gutes Spiel.
- Sag ich doch.

Dieter half, machte den Würfel los.
- Es fühlt sich plötzlich alles so gut an.
- Das ist der Alkohol.
- Das glaube ich nicht.
- Dann bin ich es.

Dieter schwieg kurz, drehte den Würfel zwischen seinen Fingern.
- Ja.
- Ja, was?
- Du bist es.

Claudia schaute ihn verlegen an, sie sah, wie sein Herz schlug unter seinem Hemd, sie schaute weg, in sein Gesicht, seine Augen trafen sie, sie schaute nach unten, auf den Würfel, lächelte.
- Lass uns spielen. Draußen liegt eine Leiche. Mein Ex-Freund hat mich ausgesetzt wie einen Hund. Es schneit. Du würfelst.

- Gut. Wir scheißen auf die Leiche. Und auf den Ex-Freund. Bei eins, zwei oder drei musst du mir dein größtes Geheimnis verraten.
- Langsam, langsam. Du fängst an, du verrätst zuerst, was du so treibst, ist ja schließlich deine Idee.
- Das gilt für uns beide, gleiche Chancen für beide. Bei vier, fünf und sechs erzähle ich dir mein Geheimnis, bei eins, zwei oder drei erzählst du deines und als Draufgabe hole ich auch den Wein. Das ist ein Angebot, oder? Dein größtes Geheimnis, heute, hier auf der schönsten Alpenstraße Europas. Ja oder nein? Ich hole den Wein. Reimt sich.
- Die Flaschen sind doch noch nicht leer?
- Noch nicht, aber wir sollten nichts riskieren, stell dir vor, die da draußen räumen alles weg und wir sitzen hier. Unvorstellbar, oder? Ohne Wein, stundenlang eingesperrt, abgeschieden von der Welt.
- Gut.
- Also los?

Claudia schüttelte den kleinen Würfel lange in ihrer Hand, sie lächelte ihn an, warf den Würfel auf ihren Schoß. Es war eine Vier. Sie lachte ihn an.

- Das gefällt mir.
- Scheiße.
- Ich höre.

Dieter schob seinen Körper aufgeregt im Sitz hin und her, er war nervös, Blut stieg in sein Gesicht.

- Das ist nicht so einfach. Das ist ein harter Brocken. Du könntest dafür den Wein holen. Dann erzähle ich es dir. Ohne kann ich das nicht.

Er trank.

- So schlimm?
- Ja.
- Gut, ich gehe.

Sie schaltete den Scheibenwischer an, schaute, was draußen vor sich ging, öffnete leise die Türe, schlich sich aus dem Wagen, zum erstbesten Karton, griff sich zwei Flaschen und kehrte zurück. Niemand kümmerte sich um sie, alle scharten sich um den Lkw. Sie kroch zwischen den Schneeflocken zurück in den Saab.
- Hier bin ich.
- Danke.
- Lass hören.

Dieter zögerte immer noch, sein Handy läutete, er schaltete es aus, drückte einfach den Knopf, schaute Claudia an.
- Du darfst nicht lachen über mich.
- Werde ich nicht.
- Ich hab das noch niemandem erzählt.
- Warum mir?
- Weil du eine Vier gewürfelt hast. Da kann man nicht zurück, das ist Ehrensache, entweder man spielt oder man spielt nicht. Du hast gewonnen.
- Klar, deswegen.
- Und weil du mit mir Wein trinkst. Weil du mich gerettet hast, weil ich auf seinen Kopf getreten bin, weil meine Kabine weg ist, weil ich fast gestorben wäre, weil ich unter diesem Lkw liegen könnte statt zu würfeln mit dir. Weil du mein Engel bist.
- Engel sind blond.
- Ich habe nicht viel Erfahrung mit Frauen.
- Du machst das ziemlich gut.
- Bitte versprich mir, dass du nicht lachst.
Claudia lachte.
- Versprochen.

Sie prustete Luft zwischen ihren Lippen hervor, klopfte ihm auf seinen Schenkel.
- Ich lache nicht.

Dieter lachte nicht mit, ernst schaute er sie an.
- Bitte.

Sie beruhigte sich, bemühte sich, sie sah, dass er es ernst meinte, dass es ihm schwerfiel.
- Versprochen. Ich reiße mich zusammen.
- Gut.
- Ja.
- Also. Du hast eine Vier gewürfelt, ich verrate dir mein Geheimnis.

Er zögerte immer noch.
- Genau so ist es. Und ich werde nicht lachen.
- Jetzt?
- Augen zu und durch.

Dieter flüsterte, hielt die Flasche Wein ganz fest, presste seine Augen zusammen.
- Ich bin noch Jungfrau. Ich bin einunddreißig Jahre alt und ich habe noch mit keiner Frau geschlafen, noch nie, mit keiner. Das ist kein Scherz, das ist die Wahrheit. Lach jetzt nicht, bitte.

Claudia schwieg, schaute ihn nur an. Sie lächelte sanft, ein wenig nur, sie wollte ihm ein gutes Gefühl geben, wollte um keinen Preis, dass er dachte, sie würde sich lustig machen über ihn. Sie nahm seine Hand, schaute ihn an, liebevoll. Sie sah seine Angst, dass er sich vor Kränkungen fürchtete, vor neuen Wunden. Sie kannte das. Sie berührte ihn. Er spürte ihre Hand, nahm ihr Lächeln, es fühlte sich gut an. Sie tat ihm nicht weh, sie schaute nur, war einfach da und ließ ihn so sein, wie er war. Es war leise im Saab. Nur sein Geheimnis. Sanft ließ sie seine Hand los.
- Ich glaube dir.
- Warum?
- Warum solltest du mich anlügen?
- Ich könnte mir dein Vertrauen erschleichen. Frauen haben keine Angst vor harmlosen Männern. Ich könnte

dich in Sicherheit wiegen, dich anschließend ausrauben, vielleicht auch vergewaltigen. Du weißt ja, was heutzutage alles passieren kann.
- Zweimal hintereinander täusche ich mich nicht.
- Bist du dir sicher?
- Ja.
- Und du bist nicht entsetzt?
- Nein.
- Warum nicht?
- Warst du immer allein?
- Mit meiner Mutter.
- Wohnst du bei ihr?
- Ich will weggehen, aber es ist alles nicht so einfach, sie braucht mich.
- Was brauchst du?
- Ich?
- Ja, du.
- Ich mache Musik. Ich möchte Zeit dafür. Vielleicht auch eine Frau irgendwann. Es ist schwierig, Frauen. Ich kann mir das gar nicht mehr vorstellen. Früher war das einfacher, da war die Sehnsucht größer. Aber man gewöhnt sich daran. Alleinsein.
- Du solltest nicht bei deiner Mutter leben.
  Er lachte übertrieben. Dann schwieg er.
- Du solltest dein eigenes Leben haben.
- Sie ist alt. Und sie ist allein, ich helfe ihr. Ich habe nie etwas anderes getan. Sie ist alt. Sie ist meine Mutter. Verstehst du?
- Du bist eine liebenswerte Jungfrau.
- Das hat mich noch nicht weit gebracht.
- Vielleicht ja doch.

Dieter nahm ihre Flasche, wollte sehen, ob da noch Wein war, berührte ihre Finger. Ihm wurde warm, ein wohliges

Gefühl, ihre Haut. Wie sie seine Hand genommen hatte vorher, sie gehalten hatte, wie es sich angefühlt hatte, wie fantastisch es gewesen war. Er schloss kurz die Augen, spürte sie, erinnerte sich, sehnte sich danach, dass sie noch einmal seine Hand nahm.

Ist dir kalt, fragte sie.

Nicht mehr, sagte er.

Der Schnee bedeckte die Windschutzscheibe, auch aus den Seitenfenstern konnte man nicht sehen, die Flocken war groß und breit, beschützten, versteckten sie. Draußen passierte die Welt, ohne sie.

Dieter erschrak. Gerade wollte er nach Claudias Fingern greifen, sich an ihnen festhalten, sich an ihnen hochziehen, bis zu ihrem Mund, da klopfte es an die Scheibe. Er zuckte zusammen, riss die Augen auf, wirbelte herum. Jemand wischte den Schnee weg, deutete, er solle das Fenster herunterkurbeln. Claudia nahm ihm den Wein aus der Hand, versteckte die Flaschen unten. Dieter kurbelte.

Eine Frau hielt Decken im Arm, ein Mann bot ihnen Tee an.

Es wird noch lange dauern, hieß es.

Egal, sagte Dieter.

Er lachte gequält und nahm zwei Decken, den Tee schlug er aus. Claudia grinste.

- Das ist eine gute Nacht.
- Ich lebe.
- Und du bist Jungfrau.

Wieder schauten sie sich an und wieder berührten sich ihre Finger, als sie ihm die Flasche Brunello zurückgab. Seine Finger auf ihren, ihre auf seinen. Wieder war da dieses Gefühl. Wieder verdunkelte der Schnee den Innenraum, verbarg sie, machte sie zu Komplizen.

Jetzt bist du dran, sagte er und gab ihr den Würfel.

Das ist nicht nötig, sagte sie. Ich erzähle dir mein Geheimnis, du hast es dir verdient. Ich vertraue dir.

Er spürte, wie sie von Minute zu Minute mehr in ihn eindrang, wie er sie eindringen ließ in sich, wie sie behutsam nach unten stieg, ihn eroberte, unentdecktes Land betrat, wie sie ihm Mut machte. Mit einem Lachen im Gesicht. Sie drehte sich zu ihm und begann zu erzählen.

Dieter hörte zu, er machte einen großen Schluck aus seiner Flasche, als die Tür aufging.

Claudia wollte es ihm erzählen, sie wollte, dass er es wusste, warum sie diese Angst vor Männern hatte, sie wollte es ihm sagen. Das mit ihren Brüsten. Ihm konnte sie vertrauen, er würde sie verstehen.

Dann stand die Tür offen. Neben ihr schrie das Kind.

Sie sah den Griechen mit dem Jungen im Arm.

Melih

Er sagte es ihr.

Er konnte es nicht länger für sich behalten, damit leben, ihr in die Augen schauen, sie alleine lassen mit ihrem Gefühl, ihrer Ahnung, ihren Fragen, sie hintergehen jede Minute des Tages, jede weitere Minute, die er noch geschwiegen hätte.

Er sagte es ihr. Tákis schrie.

Er musste es tun, egal, was passieren würde. Er bat sie, ihn ausreden zu lassen, ihn nicht zu unterbrechen, sie solle ihm die Chance geben, sich zu erklären. Er wollte, dass sie ihn verstand, dass sie ihm verzieh, er wollte nicht länger mit der Wahrheit allein sein, ohne sie.

Draußen war der Schnee. Ein Helfer hatte ihnen Decken gebracht, Tákis war in Sicherheit, sie würden wohl den Rest der Nacht hier verbringen, der Schnee würde sie nicht weglassen, er würde sich leichter fühlen.

Melih redete, Dina hörte zu.

Es fiel ihr schwer, aber sie sagte nichts, schwieg, die Worte und die Wut sammelten sich langsam in ihrem Mund, sie hielt ihn verschlossen, spürte, wie sich alles zusammenbraute, wie es herauswollte, immer mehr, immer heftiger. Sie presste ihre Lippen aufeinander. Es wurde immer mehr, ihr Mund ging beinahe über, aber er bat sie, ihn ausreden zu lassen, und sie wartete.

Dass er so lange geschwiegen hatte. Dass er ihr nicht vertraut hatte. Sie starrte ihn verständnislos an, verletzt.

Melih versuchte ihre Blicke zu deuten, ihr Gesicht, ihr Mund konnte die Beschimpfungen kaum noch halten, die innen in ihr warteten, die freigelassen werden wollten, losgelassen auf ihn. Sie hätte ihn erwürgen können, sie war sein schlimmster Feind in diesem Moment, alles, wovor er Angst hatte.

So fühlte es sich an.

Melih redete, erklärte, versuchte Verständnis in ihr zu wecken. Er spürte sie, er fürchtete, dass gleich der Himmel auseinanderbrechen würde, dass ihn Dina zurück nach Griechenland treten würde, dass sie explodieren würde, er kannte sie. Trotzdem redete er weiter, erzählte jedes Detail, er hatte keine Angst mehr vor ihr, mit jedem Wort ging es ihm besser, er befreite sich.

Sein Sohn war sicher. Er hatte ihn vom Rücksitz gehoben, ihn nach vorne gebracht zu dieser Frau, sie war es ihm schuldig, sie würde auf Tákis aufpassen, solange der Tornado durch das kleine Auto fegte. Tákis hatte geschrien, seine Arme nach ihm ausgestreckt, aber er hatte ihn der Frau auf den Schoß gelegt. Er hatte die Anhalterin angefleht, kurz auf ihn Acht zu geben.

Er ist alles, was ich habe, hatte er gesagt. Bei ihr ist er nicht sicher im Moment. Bitte, hatte er gesagt.

Sie spürte seine Sorge um das schreiende Kind in seinem Arm. Es war in seinen Augen, in seiner Stimme, überall.

Ich würde nicht bitten, wenn es nicht wirklich wichtig wäre.

Er flehte, seine Augen, sein ganzes Gesicht, der Schnee in seinen Haaren, auf dem Kind. Claudia sagte ja, nahm ihn.

Er küsste den Jungen und ging, warf die Tür ins Schloss und ging nach hinten.

Dina verstand nicht, was er tat, sie wollte ihn stoppen, aber er war zu schnell, sie sah zu, wie er das Kind in den Saab legte. Sie deutete ihm, rief aus dem Fenster, aber sie blieb sitzen, ließ ihn, wartete ab. Er war ein guter Vater, der beste, den sie kannte, er hätte das Kind niemals verletzt, er hätte alles für Tákis getan, alles. Melih und Tákis. Dina rollte ihre Augen. Dann kam er zurück.

- Was tust du? Drehst du jetzt völlig durch?
- Ich muss mit dir reden. Jetzt.
- Was hast du mit Tákis gemacht?
- Er muss das nicht hören.
- Wer sind diese Leute? Bist du wahnsinnig?
- Er muss das nicht hören, Dina.
- Was?
- Was ich dir sagen will. Bitte versuch, ruhig zu bleiben. Dina. Ich liebe dich.
- Hör auf damit. Was fängst du jetzt damit an. Mit Liebe. Ich bitte dich seit Monaten, mit mir zu reden, und du bringst deinen Mund nicht auf. Und jetzt, hier, irgendwo auf dem Berg, irgendwo in der Kälte reitet dich die Einsicht. Und Tákis. Was tust du?
- Ich kann es nicht länger für mich behalten, Dina.

- Was?
- Versprich mir, dass du bis zum Ende zuhörst.

Dina versprach es. Sie wartete, rollte die Augen. Melih nahm ihre Hand und fing an, sie hörte zu. Melih erzählte von Anfang an, alles.

Als er fertig war, schwieg sie, ihre Hand hatte sie ihm genommen. Sie presste ihre Lippen aufeinander, spürte die Wut, wie sie ohnmächtig war, sich nicht dagegen wehren konnte, wie die Wut herauswollte aus ihr.

Melih sah sie an. Er hatte es endlich getan, ihr alles gesagt, keine Geheimnisse mehr. Er hatte keine Angst. Er wartete. Dann sah er ihre Faust, wie sie in sein Gesicht kam.

Alles wurde schwarz um ihn.

Suza

Sie ging los.

Ihr Stock berührte in gleichmäßigen Abständen den Tunnelboden, ein kleines Klappern, das immer leiser wurde. Nur die Lüftung und das Klappern. Sie wollte Hilfe holen, so lange gehen, bis etwas passierte, bis ein Auto kam, bis zum Tunnelausgang, bis zu dem jungen Mautner. Er würde die Rettung rufen. Sie ging.

Die blinde Fotografin mit dem weißen Stock. Sie drehte sich nicht um, sie wusste, wie lange sie gehen musste, bis sie außer Sichtweite war, bis man sie nicht mehr hören konnte. So lange würde sie noch mit ihrem Stöckchen spielen. Sie spielte ihre Rolle perfekt. Auch Experten hatten sie nicht enttarnt, nichts verriet sie, kein falscher Blick, keine Bewegung war zu viel.

Sie wusste nicht mehr warum, warum sie wieder gelogen hatte. Maurice war tot, sie hätte die Wahrheit sagen können, zurück in ihr altes Leben gehen, es war plötzlich möglich geworden, einfach so. Doch sie war geblieben.

Noch nicht, dachte sie. Später.

Sie hatte keine Zeit zu überlegen, alles ging so schnell, der Reifen platzte, sie war angeschnallt, er nicht. Wie oft hatte sie ihn darum gebeten, wie oft hatte er gesagt, dass ihm nichts passieren würde, sie solle sich beruhigen und still sein. Sie blieb still, sie hielt sich fest, das Auto landete auf dem Dach. Sie hätte auch sterben können. Das wusste sie. Aber es kam anders.

Nichts, das weh tat, keine Schramme, und Maurice tot neben ihr. Suza wusste nicht, wie es weitergehen sollte, wie alles werden würde ohne ihn, ohne die schwarzen Hände auf sich. Sie ging durch den Tunnel. Immer noch kein Auto, alles still, nur ihre Schritte. Die anderen konnten sie nicht mehr sehen, der Tunnel machte eine Kurve, sie ging weiter, ohne Hast, sie überlegte, schwang den Stock durch die Luft, dachte an ihre blinden Schweden, an Maurice, wie er sie geliebt hatte zum ersten Mal. Wie er sie geschlagen hatte. Sie ging immer weiter, nur die Lichter an der Decke, die Lüftung, der weiße Streifen am Boden, kurz wieder das Bild, wie sich der Wagen drehte, wie er gegen die Tunnelwand prallte.

Dann wie es wieder still war, der Mann ohne Nase, wie sie verstohlen zu ihm hinschaute, unentwegt dieses ekelhafte Gesicht, wie er um Hilfe bettelte. Wie sie versuchte, den Mann mit dem Schnurrbart zu beruhigen, wie sie sich anbot zu gehen.

- Jemand muss Hilfe holen. Ich spüre mein Bein nicht mehr. Schnell. Bitte.
- Ein Bein mehr oder weniger. Sie schaffen das. Machen wir jetzt bitte kein Theater hier. Ist doch lächerlich, Sie leben ohne Nase, was ist da schon ein Bein?

Walter spuckte seine Worte mitten in Bertrams Gesicht, boshaft, aggressiv, er wollte ihm wehtun. Es machte ihm Spaß, er genoss es. Damit er sich selbst spürte, damit er etwas empfand, etwas, das ihn ablenkte von sich.
- Bitte, holen Sie Hilfe. Wenn Sie laufen, könnten Sie in vierzig Minuten am Tunnelportal sein, in einer Stunde. Sie sind schneller als wir alle. Es kommt niemand, kein Auto, es müsste längst schon jemand da sein, Sie müssen Hilfe holen, schnell, gehen Sie, bitte.
- Nein, ich bleibe hier. Ist nicht mein Bein.

Uschi schaute ihn an.
- Aber wir müssen Hilfe für ihn holen. Er verliert es sonst.
- Dann geh doch. Hol Hilfe für deinen Nasenmann. Ich bin nicht im Dienst.

Bertram kochte innerlich. Er zitterte, schaute nicht auf, er hasste ihn, seinen Bart, alles, was er sagte, tat, dieses Arschloch, dieses miese, kleine Dreckschwein.
- Dann gehe ich.
- Uschi, nicht, nein. Bleib bitte hier. Nicht du, ich brauche dich hier, bitte. Lass mich nicht allein. Geh nicht.

Walter hörte nicht auf.
- Die Auswahl ist jetzt nicht mehr groß, mein Lieber. Die da ist blind. Also wer soll jetzt Hilfe holen, wenn deine Frau bei dir bleiben soll, bei ihrem kleinen Hasen, bei ihrem kleinen Nasenhasen.
- Er braucht einen Arzt. Wenn wir nichts tun, verliert er sein Bein. Er spürt es nicht mehr. Nicht auch noch sein Bein, das ist zu viel, das darf nicht sein. Nein, das nicht. Geh jetzt. Hol Hilfe, verdammt, und hör auf mit dem Scheiß.
- So redet aber keine Dame.
- Sein Bein, verdammt. Wenn jetzt nicht gleich etwas passiert, dann drehe ich durch!

- Oh, oh. Das bedeutet nichts Gutes für den Nasenmann.

Uschi war außer sich, sie spürte, dass Bertram ihm an die Kehle gehen wollte, dass Walter nicht damit aufhören würde. Dass etwas passieren würde.
- Ich gehe.
- Bitte nicht, bleib bitte. Uschi.
- Wenn sonst niemand hier imstande ist, Hilfe zu holen, dann muss ich es tun. Willst du noch ein Körperteil einfach wegwerfen, es dir abschneiden lassen, es in deinem Scheißauto liegen lassen? Willst du das? Warum kapierst du das nicht? Es kommt niemand, es müsste längst jemand hier sein, irgendein Auto, von irgendeiner Seite. Hier stimmt etwas nicht, das ist nicht normal. Du verlierst dein Bein.
- Bitte, Uschi.

Walter saß auf der Kühlerhaube und grinste.
- Was für ein Drama.
- Schluss jetzt, sonst ...!
- Was sonst?

Uschi schwieg. Bertram hatte Angst, er wollte nicht, dass sie ging.
- Uschi, bitte.

Walter äffte ihn nach, er spürte, wie Bertram überlief, die Wut in ihm, Hass.
- Uschilein, bitte bitte, bleib bei mir, die Nase juckt so. Bitte, Uschilein. Geh nicht weg, bitte bleib, wir machen's uns fein, ist doch schön hier, Uschi.

Uschi, sie wollte auf ihn losgehen, doch Suza nahm ihren Arm, hielt sie fest, stellte sich zwischen die beiden. Sie spürte, wie Uschi auf ihn losgehen wollte, sie hielt sie, nahm beide Arme, hielt sie ganz fest, beruhigte sie, sprach langsam, eindringlich, wiederholte es immer wieder.
- Ich gehe. Ich gehe. Ich gehe.

Suza ging. Sie ließ sich nicht aufhalten. Die vielen Bilder in ihrem Kopf, so viel Vergangenheit, so viel Zukunft, die wieder ihr gehörte.

Ich schaffe das, hatte sie gesagt und sich umgedreht.

Sie war allein, entfernte sich von den anderen, sie ging um die Kurve, klappte den Stock zusammen, sie war jetzt weit genug weg von ihnen, keiner konnte sie mehr hören. Dann rannte sie los. Sie war sportlich, ein kleiner, zäher Leib, trainiert und ausdauernd. Sie wollte laufen, sich einfach nur spüren, ihren Körper, sich, sonst nichts, ihr Herz, wie es schlug, ihre Beine, wie sie über den Asphalt schwebten, ihre Arme, alles von sich. Der weiße Stock in ihrer Hand, ihre Schuhe hatte sie in der anderen, sie lief in ihren Strümpfen, schnell, noch schneller. Sie spürte ihre Zehen auf dem Asphalt, sie war glücklich in diesem Moment, vergaß alles, was vorher war, rannte einfach. Fünf Minuten, zehn, ihre Beine wild in der Luft.

Dann begegnete sie Ruben.

Er lag schwer atmend mitten auf der Straße.

Ruben

Ruben hatte sich kurz hingelegt.

Er konnte nicht weiter, hatte keine Luft mehr, legte sich einfach hin. Kurz nur. Keiner würde kommen, kein Auto, keiner, der ihn überfahren würde, mitten auf der Straße im Tunnel, über ihm die Lichter. Eine kleine Pause, dachte er, dann mit neuer Kraft weiter, eine Rast für seinen kaputten Körper.

Monatelang hatte er ihn nicht bewegt, hatte sein Kopf keine Befehle ausgegeben. Alles schlief ein in ihm, seine Muskeln, alles wurde klein und unnütz, er lag in seinem Bett und schlief, tief. Er merkte nicht, wie sie ihn bewegten, wie sie sich bemühten, Übungen mit seinen Beinen machten, mit seinen Armen, Stromstöße durch ihn schickten. Sie bemühten sich, aber immer weniger rechneten sie damit, dass er wieder aufwachen würde.

Wenn, dann schwer behindert, hatte der Arzt zu Lisbeth gesagt. Sein Gehirn sei zu lange ohne Sauerstoff gewesen, man müsse damit rechnen. Falls er überhaupt noch einmal aufwache.

Lisbeth war auf seinem Besucherlederstuhl gesessen und hatte versucht, ihm zu folgen, versucht, ihr Herz festzuhalten, das wie wild in ihr raste, davonlaufen wollte. Sie hatte Ruben eben noch geküsst, wenige Tage war es her, sein Mund auf ihrem. Sie wollte diese Lippen zurück, die kleinen Bewegungen, die sie machten. Seine Lippen, wie sie jetzt still in diesem Bett lagen. Sie hätte alles gegeben, damit er wieder aufwachte, damit die Zeit einfach zurückging, damit alles nie passiert wäre. Alles hätte sie gegeben. Das sagte ihr das Herz, das in ihr raste. Er war ihr Glück, hatte sie gefangen, verzaubert. Er war so liebevoll, so froh um alles, was sie ihm gab, er vergötterte sie. Es war Liebe, die sein musste. Sie waren sich begegnet und kamen nicht mehr voneinander los.

Schicksal, hatte Ruben gesagt.

Sie war alles, was er sich wünschte, was er sich je gewünscht hatte. Er hätte sie getrunken, sie aufgegessen, sie wundgestreichelt. Alles an ihr war gut für ihn. So vieles davon hatte er vorher nicht gekannt. Was Liebe wirklich sein konnte. Mehr, als er jemals gehabt hatte.

Davor war zweiundzwanzig Jahre lang seine Ehe. Nur ein paar Zungenküsse mit anderen Frauen an zwei schwierigen Tagen, nicht mehr. Da war seine Ehefrau, die Kinder, immer wieder die Kinder, die ihn aufhielten, alles so trostlos, die Beziehung zu ihr, so leer. Wie unglücklich er war, wie viele lange Jahre, wie schwer ihm alles fiel, das

Leben mit ihr, das Unglück, das sie beide teilten. Ohne Ausweg. Keinen, den er gesehen hätte, weil die zwei Kinder ihm die Sicht versperrten.

Seine Kinder, auf die er Acht gab, die er begleitete beim Älterwerden. Und er blieb, ertrug, war Vater und schlecht gebuchter Schauspieler. Er verdiente gerade so viel, dass es reichte, nicht mehr. Kein Drehtag, kein Engagement, nur kleine Auftritte und seine Stimme regelmäßig im Radio, und später Ulrich.

Als er Lisbeth traf, vergaß er alles.

Ich liebe es, sagte sie an einem Morgen im Bett. Wie du bist.

Sie lag auf ihm und bat ihn, Gedichte vorzutragen. Sie verbiss sich in seine Stimme und ließ nicht los, hörte zu, als käme Gold aus seinem Mund. Sie war dankbar. Er spürte sich wieder. Sie liebte ihn. Sie küsste ihn im Schwimmbad, sie ging unter und tauchte wieder auf, sie saß an seinem Bett, sie begriff nicht, warum alles zu Ende war, sie redete mit ihm, er antwortete nicht.

Und dieser Arzt sagte ihr, dass er im besten Fall behindert bleiben würde. Sie spürte ihr Herz, wie es irgendwo in ihr stolperte, stürzte und zerbrach. Einfach liegen blieb in Teilen.

Ruben wachte ohne sie auf. Lisbeth war nicht mehr da.

Und auch sein Herz brach, fiel auseinander wie ihres, lag herum, erinnerte ihn jeden Tag an sie, brachte ihn zum Weinen. So viele Tage dieser Schmerz in ihm, der Wunsch zurückzugehen, ins Wasser, tief nach unten. Tausendmal wollte er sie anrufen, tausendmal legte er wieder auf. Er konnte es nicht.

Ruben lag im Tunnel.

Er fragte sich, was gewesen wäre, hätte er es getan, hätte er sie wiedergesehen, was passiert wäre, ob sich diese Lippen wieder berührt hätten. Er fragte sich oft, doch der

Hörer war immer unerreichbar weit weg von ihm. Ihre Telefonnummer verschwand aus seinem Kopf, die Stadt war ohne Empfang, der zuständige Satellit nicht auf seiner Bahn. Er rief sie nicht an. Auch sie ihn nicht. Lisbeth war nicht mehr da. Dafür seine Ex-Frau, seine erwachsenen Kinder. Sie besuchten ihn, kamen immer wieder an sein Bett, schauten ihn an, wie er schlief, gingen hilflos fort und kamen wieder, sie hielten ihm die Hand, seine Kinder. Als er wach war, lachten sie ihn an. Die Kinder, nicht Lisbeth. Zum ersten Mal seit hundert Jahren war da jemand außer ihnen, der ihm wirklich wichtig war, jemand, den er lieben konnte, der ihn liebte, weil er so war, wie er war.

Und dann kam alles anders.

Kein Auto weit und breit. Wie er einfach im Tunnel lag.

Er starrte auf die Lampe, die über ihm hing, in das Licht, atmete, seine Glieder von sich gestreckt, das Geld neben sich im Rucksack, den Riemen in seiner Hand. Immer wieder sein Blick darauf, wenn er sich zur Seite drehte und sich vergewisserte, ob es noch da war, sein neues Glück. Ein Trost, kein Ersatz, eine kleine Ablenkung vielleicht, Geld. Nicht Liebe.

Trotzdem hielt er es fest, als er etwas hörte.

Schritte, Füße auf dem Boden, jemand, der durch den Tunnel lief mit großen, leichten Bewegungen. Etwas, das näher kam plötzlich aus dem Nichts. Statt eines Fahrzeugs dieses Atmen, diese Füße, fast lautlos, keine Schuhe, nur Füße und Atmen. Er blieb liegen, rührte sich nicht, hörte hin, hielt die Luft an, hörte, rührte sich nicht.

Die Füße kamen immer näher, er schloss seine Augen, er stand nicht auf, blieb einfach liegen, rührte sich nicht, hielt seinen Rucksack fest. Dieses Atmen schon fast bei ihm, kraftvoll jetzt, die Beine, eine Frau, leichtfüßiger als ein Mann, ihr Atmen eleganter, seine Augen geschlossen. Sie stoppte. Er atmete aus, laut und entspannt, er bewegte sich, wollte sie nicht erschrecken, wollte nicht, dass sie ihn für tot hielt.

Seine Augen waren immer noch geschlossen, nur wie er dalag, den Gurt seines Rucksacks fest umklammerte. Sie war neben ihm, über ihm, seine Augen blieben zu. Sie schaute ihn an, schaute auf ihn hinunter, er hörte sie, sie bewegte sich nicht.

Warum lief eine Frau durch diesen Tunnel? Er hatte keine Vorstellung, überlegte, ob er seine Augen aufmachen sollte, was passieren würde, wer sie wohl war, wie sie aussah. Er war ganz ruhig, er hatte keine Angst, nichts konnte ihm passieren, nicht in diesem Moment. Er machte seine Augen auf.

Sie war genau über ihm mit ihrem Gesicht, sie war schön, ihre Augen schauten direkt in seine.

Uschi

Ihr Gewissen war schwer.

Sie stand neben dem Auto, blickte der blinden Frau nach, die Hilfe holte, sie schaute ihren Mann an, den Mann mit dem Schnurrbart. Dann hinauf zu den Lichtern. Sie versuchte zu denken, sie hatte Angst, sie standen mitten in einem Tunnel, niemand kam, kein Auto, keine Hilfe, in dem Auto vorne lag ein toter Mann. Bertrams Bein steckte fest, sie waren allein, kein Telefon funktionierte, niemand, der kam. Alles war kaputtgegangen, entstellt, nirgendwo mehr Nasen, wo sie sein sollten. Sie überlegte. Sie musste sich entscheiden.

Bertram flehte sie an mit seinen Augen. Er wollte ihre Liebe, er wollte, dass sie ihn rettete, dass sie ihn aus dem Wrack rettete und mit ihm davonflog, er wollte es so, wie es früher gewesen war, er wollte, dass sie so tat, alles

ignorierte, was sich verändert hatte, er wollte die Wirklichkeit nicht, Bertram wollte glücklich sein mit ihr.
Er schaute Uschi an. Es schnürte ihm den Hals zu. Der Mann mit dem Schnurrbart spuckte Gift, er steckte seine Finger in Bertrams Wunden und rührte um.
Ich muss es tun, dachte Uschi.
Sie kletterte zurück auf ihren Sitz und nahm Bertrams Hand.
Alles wird gut, sagte sie.
Sie wiederholte es immer wieder, sie übertönte Walters Stimme, sprach laut und beruhigend auf Bertram ein. Er begann zu weinen, kaum hörbar. Er spürte ihre Hand, wie sie kalt und beiläufig in seiner lag, widerwillig, pflichtbewusst. Er spürte es, er weinte, kaum sichtbar.
Wie rührend, sagte Walter. Er spuckte aus. Ich kotze gleich, sagte er.
Uschi hielt die Hand. Sie dachte an Florenz, dass sie hätte bleiben sollen, dass ihr Leben anders geworden wäre. Sie wünschte sich einen Schalter, der sie dorthin zurückbrachte. Sie wollte weg hier, weit zurück, Jahre. Sie hielt Bertrams Hand, sie war seine Frau. Sie hatte ihn geheiratet, sich für ihn entschieden, für die Sicherheit, gegen die Liebe. Sie musste jetzt für ihn da sein, konnte nicht weggehen. Sie wusste nicht, was richtig war, was sie tun sollte, sie schwieg, sagte nichts, drückte nur die Hand. Sie saß neben ihm, spürte seine Finger, ihre.
Walter schaute aggressiv, stand ganz nahe bei ihnen. Bertram drückte ihre Hand, er hielt sich fest an ihr. Er fühlte sein Bein nicht mehr, spürte ihre Finger auf seinen, sein Bein starb, langsam.
Uschi dachte an Florenz. Walter dachte an Ina, an alles, was dann war. Bertram dachte über Uschi nach. Sie war abwesend. Redete nicht mit ihm. Starrte nur, spielte mit seinen Fingern. Sie war anderswo.

In Florenz war die große Liebe gewesen. Ihre einzige, dachte sie.

Nichts war je wieder so gewesen. Aber sie hatte sich für Bertram entschieden. War einfach gegangen. Er war die Heimat, die sie brauchte. Nicht Leidenschaft, nicht Liebe und Chaos, Bertram. Sie hatte es für besser gehalten. Nach vier Monaten in Florenz ist sie zurückgegangen und hat ihn angerufen, den Sohn des Primars. Sie verabredete sich mit ihm und schlief mit ihm, sie wollte diesen Italiener vergessen, ihn aus ihrem Herz werfen, sie wollte die Kontrolle zurück über sich, sie ging zurück, zu Bertram, weit weg von Florenz.

Bertram merkte nichts, er nahm sie, wie sie war. Sie rief ihn an, verführte ihn, sie kam wie Schnee in sein Leben, war einfach da, in seinem Bett, auf seiner Haut. Ich liebe dich, sagte sie.

Sie hatte wieder die Kontrolle, sie steuerte, gab, was sie bereit war zu geben, nicht mehr. Sie mochte ihn. Er war so bemüht, tat alles für sie, war schön, hatte Geld. Uschi begann Florenz zu vergessen, es aus ihrem Kopf zu streichen. Sie bauten dieses Haus, sie heirateten, waren glücklich, sie waren ein schönes Paar, vier Jahre lang. Bis Bertram im Garten seine Nase verlor. Dann wurde alles anders.

Es entglitt ihr.

Sie hielt seine Hand. Bertram würde auch sein Bein verlieren.

Sie dachte an seine Prothese, die zu Hause in ihrer Kommode lag, hinter der roten Spitzenunterwäsche.

Ihre Finger zuckten nervös.

Bertram

Der Primar war ein Arschloch.

Bertram hasste ihn. Bis zum Schluss änderte sich nichts daran. Bertram begrub ihn, er weinte nicht, er schüttete Erde auf den Sarg und verkaufte alles, was er geerbt hatte. Er wollte nichts mehr, das ihn an seinen Vater erinnerte. Er machte alles zu Geld, gab es aus.

Der alte Mann hat ihm sein Leben schwer gemacht, ihn fast zerstört, ihn verantwortlich gemacht für sein Unglück, ihn Mörder genannt. Er hat nicht mehr geredet mit ihm, kein Wort. Bertram flehte ihn an, aber der Primar redete nicht, nichts, bis zu seinem Tod.

Du hast sie umgebracht, schrie er, die Spucke tropfte ihm aus dem Mund. Das war der letzte Satz, den Bertram hörte.

Sein Flehen hat der Primar nicht gehört, sein Weinen, seinen Schmerz. Bis zum Schluss. Bertram zog aus mit sechzehn, ein Jahr, nachdem seine Mutter gestorben war, er lief davon, flüchtete vor dem Mund seines Vaters, der Mörder zu ihm sagte, mit hasserfüllten Lippen. Er lief und ging nicht zurück. Ein Jahr hatte er das Schweigen ertragen, die Blicke, die Einsamkeit. Dann ist er gegangen, hat nichts mitgenommen, wollte nichts, ist einfach gegangen, hat nicht zurückgeschaut.

Kein Wort von ihm. Nur am Todestag der Mutter eine Postkarte, auf der stand: Mörder. Jedes Jahr seit damals. Nichts sonst. Bis zum Schluss nicht. Kein Wort aus dem Primar. Nur die Postkarten.

Der Primar war ein Arschloch.

Bertram war fünfzehn, als es passierte.

Sie hatte Geburtstag. Er hatte lange dafür gespart. Seine Mutter war alles für ihn, er wollte etwas Besonderes für sie, wollte, dass sie dieses Geschenk nie vergessen würde, sie sollte sich immer daran erinnern. An ihn. Immer, wenn sie einen Berg sah. Wie er sie bewunderte, wie schön sie war. Er strahlte, als er ihr den Gutschein gab, ein Alpenrundflug. Sie freute sich und er fuhr mit ihr zu dem kleinen Flughafen, der Primar hatte sich geweigert. Er fand die Idee fürchterlich, sie war begeistert. Er beleidigte sie, sie nahm Bertram an der Hand und fuhr.

Bertram war der bessere Mann.

Sie war glücklich an diesem Tag, sie streckte ihren Kopf aus dem Wagenfenster, sang unbeschwert auf der Landstraße Richtung Sonne. Bertram wusste, wie traurig sie manchmal war, so oft hörte er sie weinen, heimlich in ihrer Küche, er wusste, wie es war in ihr. Sie saßen nebeneinander in dem Auto. Zum letzten Mal. Er blieb unten, sie stieg in das Flugzeug.

Ich schaue dir zu, sagte er, breite deine Flügel aus.

Danke, sagte sie und flog.

Bertrams Augen folgten ihr hinauf in den Himmel, sie folgten seiner Mutter. Er hatte ihr eine Freude gemacht. Sie war so froh, seit Langem wieder. Er blieb unten, er hatte Höhenangst, sie flog, er schaute ihr zu.

Das Flugzeug zerschellte an einem Felsen. Es drehte nicht ab, flog auf den Berg zu, drehte nicht ab, zerbrach in Stücke. Egal, wie laut Bertram schrie. Es flog einfach auf diesen Berg zu, als würde es angezogen, als müsste es dort hin, als würde der Berg es einatmen. Es prallte gegen den Stein und zerbrach, fiel weit nach unten, blieb liegen. Und Bertram schaute zu.

Sie war tot.

Er begrub sie, weinte, ertrug seinen Vater, sein Schweigen, wollte ihn töten, sich töten, einfach verschwinden mit ihrem Foto in der Hand. Unerträglich sein Leben so viele Jahre, Schweigen, schweres Gewissen, der Vater, die Hölle.

Bis Uschi kam.

All die Jahre die Postkarten zu ihrem Todestag. Mörder, schrieb er.

Wie sie gelacht hatte im Auto, wie ausgelassen sie gewesen war an diesem Tag, und er, wie allein ohne sie, als sie nicht mehr da war, jahrelang. Wie sie geflogen und nicht zurückgekommen war.

Wie er die Erde auf seinen Vater warf.

Wie er Arschloch sagte, als der Pfarrer das Weihwasser nach unten schüttete. Er hatte ihn gehasst. Warum er trotzdem Arzt wurde, wusste er nicht. Vielleicht wollte er, dass er wieder sprach mit ihm, wieder redete, aufhörte, diese Postkarten zu schreiben. In Rekordzeit hatte er sein Studium beendet, alles getan, was nötig gewesen wäre. Doch kein Wort. Mörder, schrieb er. Bertram legte die Karte zu den anderen.

Er war erfolgreich, arbeitete hart, war verschlossen, fast immer allein, nur gelegentlich waren da Frauen, immer nur kurz, für eine Nacht, unverfänglich: Er wollte sich nicht binden, er wollte niemanden verlieren.

Doch dann rief Uschi an. Sie gab sich nicht zufrieden mit einer Nacht, sie wollte mehr, sie wollte seine Frau sein. Er verliebte sich, sie heirateten, bauten dieses Haus, er verlor seine Nase. Jetzt sein Bein. Der Tunnel, der Mann mit dem Oberlippenbart. Uschi. Sie hielt seine Hand.

Damals. Sie tat ihm so gut, sie war für ihn da, ging nicht weg, sie war so beharrlich, ließ sich nicht vertreiben. Sie holte ihn aus seinem Zimmer, zeigte ihm, wie es draußen war, half ihm zu vergessen. Er war dankbar, gab ihr alles, was er hatte, auch sein Herz. Uschi nahm es. Sie hielt es in der Hand. Sie saß neben ihm in diesem Tunnel und überlegte, ob sie es noch wollte, ob sie es ihm zurückgeben sollte, es zerdrücken sollte zwischen ihren Fingern. Es glitt zwischen ihren Fingern hin und her.

Bleib, sagte seine Hand.

Sie blieb sitzen neben ihm, sie streichelte weiter seine Finger, sie versuchte ihn zu beruhigen, versuchte zu verbergen, was in ihr vorging, was er ohnehin schon wusste.

Bertram kannte sie. Er hatte es von Anfang an gewusst, aber er hatte nichts gesagt, sie so genommen, wie sie war, alles, was sie bereit war zu geben. Mehr konnte er nicht bekommen. Er gab sich zufrieden damit, auch wenn es weh tat, wenn er oft wach lag neben ihr und sich mehr wünschte, viel mehr, alles von ihr, jeden Zentimeter ihrer Haut, ihr Herz, ganz, nicht nur dieses kleine Stück, das sie für ihn bereithielt.

Fest drückte er ihre Hand, ließ sie nicht los.

Er wollte nicht ohne sie sein, allein mit seinen Postkarten, seinen Computern und Kameras, er wollte nicht mehr zurück, nicht ohne sie sein, er wollte, dass sie bei ihm blieb, er wollte sie nicht verlieren, nicht jetzt, nicht wegen seines Beins, nicht wegen eines Mannes, gar nicht. Kein Grund war gut genug.

Das Bein starb, Stück für Stück nach oben. Wenn er nicht bald in ein Krankenhaus kommen würde, würden sie ihm noch mehr nehmen, Fuß, Bein, Knie, Oberschenkel. Mit der Säge. Bertram hatte Chirurg werden wollen, er wusste, wie das funktionierte, er wusste, was übrig blieb, wie es aussah. Er hatte Angst davor.

Er ließ ihre Hand nicht los.

Schau mich an, sagte er.

Uschi reagierte nicht, er sagte es noch einmal, drückte fester, sie drehte sich zu ihm, ließ ihre Finger bei seinen, schaute ihn an, lächelte, obwohl sein Griff zu fest war.

Ich werde ihm wehtun, sagte er.

Dieter & Claudia

Das Kind schrie.

Er heißt Tákis, hatte der Grieche noch gesagt, bevor die Tür zugegangen war.

Tákis schrie auf Claudias Schoß, lag da, schrie, rot im Gesicht, hörte nicht auf. Melih ging.

- Wer war das?
- Die haben mich mitgenommen. Ich habe ihr Auto gestoppt. Er hat angehalten. Deshalb denkt er, ich schulde ihm etwas.
- Warum schreit er so?
- Ich weiß nicht. Vielleicht hat er Hunger, oder er will zu seiner Mutter. Vielleicht findet er es nicht gut, hier bei uns zu sein.
- Was machen wir jetzt?
- Wir bringen ihn dazu einzuschlafen, wir trinken Wein, schauen dem Schnee zu.
- Wie er schreit.
- Ja.
- Er wird einschlafen. Und dann erzählst du mir dein Geheimnis.

Sie zog ihre Augenbrauen nach oben, lächelte ihn an, schaute wieder hinunter auf das Kind, es schrie, sie blieb ruhig, sie machte das gut, fand Dieter. Er beobachtete sie, jede Bewegung, die sie machte, alles, was sie tat, um das kleine Ding zu stoppen, es zum Schweigen zu bringen, liebevoll.

Claudia begann zu singen, ein Kinderlied, sie wiegte Tákis, flüsterte, sang. Weißt du wie viel Sternlein stehen. Tákis schrie. Auf dem blauen Himmelszelt.

Der Junge beruhigte sich langsam. Der Grieche hätte keine Bessere finden können, dachte Dieter. Tákis' Schreien klang erschöpft, er legte seinen Kopf auf Claudias Bauch, er begann seine Lage zu akzeptieren, sein Weinen wurde leiser und verschwand ganz. Claudia sang leise, alles, was aus ihrem Mund kam, war wie Medizin, für Tákis, für Dieter. Er schlief ein.

Sie nahm stolz die Flasche, lächelte, trank, schaute Dieter an, strahlte. Tákis auf ihrem Schoß. Dieter schaute ihn an. Wie er schlief auf ihren Beinen. Er wäre lieber mit ihr allein gewesen, er wäre gerne auf diesen Beinen gelegen mit seinem Kopf. Wie einfach es gewesen wäre. Nur ein halber Meter war zwischen ihm und ihr. Er schaute das Kind an, schwieg, blickte auf ihre Schenkel, ihr Kleid war ein kleines Stück nach oben gerutscht.

Hast du Kinder, fragte er.

Nein, sagte sie. Dass es sich noch nicht ergeben habe in ihrem Leben, aber dass sie sich wünsche, etwas würde wachsen in ihr. Dass sie das Glück finden würde, einen Mann, der sie liebte, den sie liebte. Sie sprach leise, verlegen.

Dieter hörte zu, Tákis schlief. Je länger sie redete, desto selbstverständlicher war es, dass er auf ihr lag, der kleine schlafende Körper. Immer wieder strich sie mit ihren Fingerkuppen zärtlich über seinen Kopf. Dieter spürte sie auf sich, verfolgte die langen knochigen Finger. Er hörte ihr zu, wünschte sie sich auf seinen Körper, überall hin.

Ihre Hand glitt langsam nach oben über ihren Bauch, noch höher, sie griff unter ihren Pullover. Dieter folgte ihr mit seinen Augen.

Dann saß sie da mit einem Silikonkissen in ihrer Hand. Das Kind schlief. Sie warf das Kissen hoch, fing es wieder auf.

Ich vertraue dir, hatte sie gesagt.

Dieter konnte kaum glauben, was er sah, was sie tat. Ihre Hand war kurz verschwunden, sie hatte gewühlt unter dem Wollpullover und war mit dem Kissen wieder zurückgekommen.

Das ist meine Brust, sagte sie. Sie lächelte vorsichtig.

Dieter schwieg, schaute nur, dachte an Brustkrebs, an Amputation, an ein tragisches Frauenschicksal. Er schaute das Kissen an, das Kind, Claudia, in ihr Gesicht. Er mochte sie immer noch, dieses Kissen konnte ihn nicht verwirren, eine Hand voll Silikon.

Sie erzählte. Dass es immer schon so war, schon als Kind, als sie zu wachsen begannen. Ihre Brüste. Claudia spürte das Kind auf sich, den Wein, die Lust, es ihm zu erzählen, ohne Scham zu sein, es endlich jemandem zu erzählen.

Sie trank.

- Du darfst nicht lachen.
- Versprochen.
- Es ist ungewöhnlich.
- Es ist kein Krebs?
- Nein nein. Kein Krebs, nein.
- Gut, das freut mich. Aber was dann?
- Völlig harmlos. Einerseits. Aber fatal andererseits. Es hat alles verändert, alles kaputt gemacht. Ich bin anders als andere Frauen.
- Das ist gut.
- Das ist nicht gut.

Sie zog ein Handtuch aus ihrer Tasche, deckte Tákis zu, streichelte ihn.
- Soll ich raten?
- Ja.
- Du hast keine Brüste?
- Wie kommst du darauf?
- Weil du Silikon unter deinem Pullover hast.

Claudia schwieg. Sie wurde ernst, ihr Lachen verschwand.
- Sie haben unterschiedliche Größen. Kennst du dich aus mit Brüsten?
- Nein.
- Meine linke Brust ist klein, ein A-Cup, meine rechte ist groß, ein C-Cup. Ich bin entstellt. Immer schon, zwei verschieden große Brüste. Titten. Ich bin ein Monster.
- Das glaube ich nicht.
- Glaub mir.
- Das sind doch nur Brüste.
- Das sind doch nur Brüste. Du redest so, weil du Jungfrau bist, weil du keine Erfahrung hast. Keinem Mann gefällt das. Das ist abartig, verstehst du, das greift man nicht gerne an, das will keiner.

Dieter schwieg kurz.
- Ich kann mir das vorstellen, wie es aussieht.
- Kannst du? Kannst du nicht. Nein.
- Abartig ist es bestimmt nicht. Abartig ist das, was heute an meiner Kabine vorbeigekommen ist. Ein Mann ohne Nase, nur zwei Löcher. Das war abartig, glaub mir.
- Den kenne ich.

Dieter lachte.
- Du kennst den, genau den?

Claudia war ernst. Sie lachte nicht, antwortete.
- Ich denke nicht, dass es noch andere gibt ohne Nase in dieser Gegend. Eigentlich kenne ich seine Frau. Sie ist sehr hübsch. Er war es früher auch. Dann hat er sie sich abgesägt.
- Seine Nase?
- Ja.
- Abgesägt?
- Irgendetwas in dieser Art, jedenfalls hat er sie verloren. Ich kenne nur seine Frau. Ich kannte sie.

- Sie saß neben ihm im Wagen.
- Er ist Arzt.
- Was ist mit ihm?
- Nichts.
- Er sieht scheiße aus.
- Ja.
- Und sie?
- Egal.
- Und deine Brüste.
- Was ist damit?
- Sie sind bestimmt schön. Ich bin mir sicher.

Claudia schwieg.

Walter

Er musste bleiben.

Am liebsten wäre er einfach gegangen, hätte die beiden alleine gelassen. Jede Minute kam dieser Gedanke wieder in seinen Kopf, jede Minute musste er diese Entscheidung wieder treffen. Bleiben, gehen. Bleiben.

Er genoss es, mit seinen Worten in die Wunde zu treten, ihn zu demütigen, sich damit die Zeit zu vertreiben, ihm wehzutun, sie zu verspotten. Er stand an das Auto gelehnt, mit beiden Händen am Dach abgestützt, er beugte sich nach unten, er konnte alles sehen, jeden Finger, der berührt wurde. Walter ging nicht weg, er blieb. Er reagierte nicht auf die Bitten der beiden, auf die Drohung des Nasenmanns. Er blieb, starrte in den Innenraum des Wagens, rührte sich nicht, schwieg. Keiner sprach. Er starrte.

Es war still im Tunnel, nur die Ventilatoren, die Blinde holte Hilfe, es war nur noch eine Frage der Zeit, bis sie kommen würden, bis alles zu Ende ging. Walter hasste sein Leben. Er hatte von Anfang an die falschen Schuhe angehabt. Schon als Kind war er mit Sandalen im Schnee gewesen, mit Bergschuhen am Strand. Sein Leben war immer schon verkehrt gewesen, nicht gut genug, das Glück kam stets nur kurz, ging dann wieder, ließ ihn allein mit sich, mit der vertrauten Traurigkeit.

Depressive Verstimmungen, hatte man ihm gesagt, die Vorstufe zur ausgewachsenen Depression. Er habe noch Glück, sagte man ihm, man könne auf Medikamente verzichten, er könne es alleine schaffen, eine Psychotherapie würde helfen. Walter bedankte sich bei dem Arzt und betrank sich. Wie gerne hätte er einfach Medikamente gegessen.

Er war Maurer und am Wochenende Türsteher. Für ihn war es nicht vorgesehen, in der eigenen Vergangenheit herumzuwühlen und nach Gründen zu suchen. Er trank und spülte seine Gefühle nach unten, dorthin, wo sie herkamen. Und am Wochenende holte er sich die Mädchen ins Bett, sie lenkten ihn ab.

Türsteher waren begehrt damals. Jede dritte wollte ihn, sie lungerten beim Eingang herum, statt zu tanzen, sie zeigten ihre Ärsche, Haut, Titten, sie wollten vom König der Türsteher genagelt werden, am besten noch direkt vor Ort, auf der Toilette, hinter der Diskothek, beim Lieferanteneingang, im Auto. Oder er nahm sie mit zu sich. Immer andere, keine, die er schon gehabt hatte, keine, die ihn schon gehabt hatte. Er fickte sie und sie ließen sich ficken von ihm und gingen zurück auf die Tanzfläche, gingen betrunken nach Hause. Manche schämten sich, versuchten ihn abzuwaschen. Er schämte sich nie.

Walter stand am Eingang, er war so etwas wie ein Held unter den Türstehern, alle hatten Respekt vor ihm, keines der Mädchen hätte gewagt, schlecht über ihn zu reden, keine, egal wie beschämt sie waren.

An manchen Wochenenden hatte er drei Frauen, er hatte sie nackt, halbnackt, angezogen von hinten, sie gaben sich ihm hin, er berührte sie, wühlte in ihnen herum, fickte sich seine Traurigkeit fort. Jede neue Brust in seinem Mund ließ ihn vergessen, jede neue Möse machte ihn glücklich für einige Minuten, er fühlte sich stark, hatte Kraft, er wurde begehrt, er genoss die Leidenschaft, die nackten Körper, die kleinen festen Ärsche vor sich, unter sich. Er war gierig, war süchtig danach, wie sie rochen, wenn sie zuckten auf ihm, wenn sie gluckste, während sein Glied in sie eintauchte. Sie rochen nach Haut, nach Lust. Dieser Duft, wenn er ihnen die Hosen herunterriss, die Höschen zerfetzte.

Er hatte keiner wehgetan, niemals. Es war nur Ficken. Nicht Liebe. Sie wussten das. Mehr konnte er nicht. Auch wenn ihn manche darum baten, er konnte nicht. Sie gingen und er war wieder allein in seinem Bett, auf seiner Baustelle, mit seinem Bier in der Hand.

Knapp zweihundert Frauen in drei Jahren. Vier verschiedene Diskotheken. Das war alles, bevor sein Vater starb, bevor er mit dem Bier aufhörte, bevor er mit dem Fressen anfing. Bevor Ina kam. Als er allein war, als sein Vater weg war, hörte er auf zu ficken, er begann zu fressen und wurde fett. Von Tag zu Tag mehr. Er hatte etwas Neues gefunden, um die Schwere unten zu halten. Er stopfte es oben in sich hinein und drückte es mit jedem Schlucken tiefer. Es gehörte alles zusammen. Der Alkoholentzug, das Essen, die Frauen, die nicht mehr da waren, sein Körper, der anschwoll, Ina.

Sie hätte ihm beinahe die Liebe gezeigt, beinahe. Aber irgendwann konnte er auch sie nicht mehr ertragen, musste sich befreien von ihr, etwas ändern. Er kaufte diese Torte und aß sie, mit Genuss, vor ihren Augen, bis zum letzten Stück. Es dauerte nur drei Monate, bis sie ging.

Das hast du dir selbst zuzuschreiben, sagte sie.

Er antwortete nicht, er sah ihr zu beim Tragen. Sie beeilte sich, er schaute, sie ging die Treppen hinunter, er schloss zufrieden die Tür. Er setzte sich in die Küche. Ina war weg. Er saß lange einfach nur da, tat nichts, schaute nur. Sie war weg, er war allein, der Kühlschrank war neben ihm, der Wurststand mit dem Bier war unten vor dem Haus. Walter blieb einfach sitzen, tat nichts.

Er wollte etwas verändern, etwas Neues finden. Aber er fand nichts. Noch nicht. Er lag lange wach im Bett, saß am Küchentisch, aß Karotten, ging spazieren, lag wieder im Bett. Nichts passierte. Nur die Schwere in ihm und nichts, das sie ihm nahm. Nächtelang lag er wach, schlief nicht, rührte sich nicht, lag einfach in seinem Bett, schaute an die Decke. Er blieb wach. Zu lange.

Irgendwann konnte er nicht mehr anders, nicht mehr schlafen, nur noch wach sein, obwohl er müde war, obwohl sein Körper schrie nach Schlaf, nach Ruhe, es ging nicht mehr. Seine Augen klebten an der Decke und zählten die Sekunden, die vorbeigingen. Nächtelang. Nur wenige Stunden Schlaf, ab und zu, wenn die Erschöpfung zu laut war, ihn in die Knie zwang.

Er war wach. Und er spürte sein Unglück.

Er wollte nichts mehr dagegen tun, es einfach hinnehmen, es spüren, auch wenn es weh tat, er wollte sich nicht mehr wehren. Bis er zusammenbrach. Bis sie ihn aufsammelten, einpackten, mitnahmen, ihn stationär behandelten, ihn zum Schlafen brachten, weil sein Körper es forderte.

Er war mitten in der Stadt zusammengebrochen, war einfach liegen geblieben vor dem Dom, hatte nichts mehr gesagt, sich nicht gewehrt, war einfach eingeschlafen. Sie hatten ihn mitgenommen, ihn aufgeweckt, ihn untersucht und ihn wieder zum Schlafen gebracht. Er wollte nicht, aber sie entschieden für ihn. Er wollte wieder gehen, aber sie ließen ihn nicht, sie schalteten das Licht ab.

Als er aufwachte, schickten sie ihn nach Hause, empfahlen ihm, ein Schlaflabor aufzusuchen, sich von Experten untersuchen zu lassen. Sie waren besorgt.

Er zog sich an und ging. Er lag auf seiner Couch und spielte mit der Visitenkarte in seiner Hand. Institut für Schlafforschung. Wieder blieb er wach, wieder für Tage. Kurz bevor er erneut zusammenbrach, ging er hin. Er wusste nicht, was passieren würde, ging einfach hin, schwach, ohne Kraft, bat um Hilfe.

Sie nahm ihn auf.

Ich kann nicht schlafen, sagte er.

Dann sind Sie hier richtig, sagte sie.

Er verliebte sich bereits beim Aufnahmegespräch. Sie war wundervoll. Er schaute sie nur an, ihre Gesichtszüge, ihre Lippen, die Augen, sie war wie eine Erscheinung. Er hatte drei Nächte lang nicht geschlafen. Er konnte nicht mehr. Er wusste nicht, was es war, aber es war da, sie, wenn sie den Mund aufmachte, wenn die Worte aus ihrem Mund kamen, ihr Körper, dieses Gesicht, wie sie strahlte, wie sie ihn anlächelte, wie sie ihn zum Brennen brachte, sein Herz zum Schlagen. Nur weil sie da war, redete. Schon im ersten Moment war es so. Er konnte sich nicht wehren, sie nahm ihn, er ließ sich nehmen, sie lächelte, er blieb, verliebt.

Ein stationärer Aufenthalt würde die Chancen auf Heilung verbessern, sagte sie. Ihre Stimme war wie ein Streicheln.

Er blieb, wurde krankgeschrieben, gab sich in ihre Hände.

Er tat alles, was sie sagten, sie schlossen ihn an Geräte an, überwachten ihn, zeichneten ihn auf, alles von ihm. Sie schauten ihm zu, wie er schlief, zu schlafen versuchte.

Zum ersten Mal in seinem Leben spürte er es, dieses Gefühl. Ungläubig nahm er es, weil es jeden Tag wiederkam, wenn er sie sah. Er vergaß, dass es schwer war in ihm. Wenn er wach lag, dachte er an sie, jeden Augenblick. An alles von ihr, an jedes Wort, an jeden Teil von ihr. Er blieb, er wurde zum Lieblingspatienten, er war das Frühlingsbeet ihrer Forschung, und mehr noch.

Sie erzählten ihm von einem Experiment in den Sechzigerjahren, von einem jungen Studenten, der elf Tage und Nächte ohne Schlaf verbracht hatte, der Weltrekord im Wachsein sozusagen, sie erzählten ihm von den Risiken. Dass seit damals kein weiterer Versuch unternommen worden war, dass es gefährlich sei, dass aber die Erkenntnisse, die aus einem weiteren Versuch gewonnen werden könnten, unbezahlbar wären. Sie war so schön, als sie es ihm erklärte.

Er hörte ihr zu, er hätte alles für sie getan. Wach sein war das Geringste, was er für sie tun konnte. Er stimmte zu. Ein Experiment, begleitet von den renommiertesten Schlafforschern des Landes.

Sie gab ihm die Hand, dankte ihm, schaute ihm in die Augen dabei. Er spürte dieses Pochen in seiner Brust, sein Herz, wie es sich im Kreis drehte, ihre Haut. Er hielt die Hand, so lange er konnte, er behielt sie, ließ sie nicht los.

Ihre Hand in seiner, zu lange.

Ein Experiment, begleitende Untersuchungen, neue Erkenntnisse, Veröffentlichungen in Fachzeitschriften. Ein Mann, der nicht schlief. Eine Frau, die ihm dabei zusah. Er genoss es. Sie auch. Zwölf Tage lang.

Sie hielt ihn wach, redete mit ihm, spielte mit ihm, ging mit ihm spazieren, weckte ihn auf, wenn er einzunicken drohte. Sie war beinahe ununterbrochen bei ihm, kümmerte sich um ihn, brachte ihn dazu, wach zu bleiben, zeichnete auf, testete, schrieb. Er blieb wach. Zwölf Tage, zwölf Nächte mit dieser Frau.

Wie schön sie war, wie sie immer schöner wurde von Tag zu Tag, wie sie alles wurde für ihn, zu allem, was er sich wünschte. Er dachte an sie. Nicht an das, was in ihm war, nicht an seine Traurigkeit. Sie vertrieb die Schwere, sie war die Erlösung, sie wollte er haben. Zwölf Tage ohne Schlaf, nichts mehr war wichtig, alles verschwamm, sein Kopf wurde ein Meer. Er war erschöpft, sie enthusiastisch, er fantasierte, sah sie in allen Farben.

Sie war verheiratet, sie mochte ihn, sie spürte, was er für sie empfand, sie konnte sich dem nicht entziehen, sie versuchte, stark zu sein, kühl, sie versuchte seine Gefühle zu ignorieren, glücklich zu ihrem Mann zu gehen nach der Arbeit. Sie konnte es nicht.

Auch sie verfing sich, biss sich fest, saugte, wollte bei ihm sein, ganz nah an seiner Haut. Sie saugte sich fest an ihm. Anstatt nach Hause zu gehen, blieb sie bei ihm, schaute ihm zu, wie er wach war, sie ansah, bewunderte.

Alles war so einfach. Er war so einfach, alles an ihm, sein Oberlippenbart, sein Wesen, seine Gefühle. Er fing sie ein, hielt sie, band sie an sich, zwölf Tage lang. Und länger. Wie er besessen war von ihr. Zwölf Nächte. Und viele mehr.

Er verließ das Institut. Und sie sahen sich wieder.

Sie traf ihn, er traf sie, sie berührten sich, sie genossen es, waren gierig, taten alles, um es wieder und wieder zu bekommen.

Egal, was es kostet, dachte sie.

Wie schön sie ist, dachte er.

Sie ließen sich nicht los. Es gab nur noch sie beide, alles andere war unwichtig.

Es ist Liebe, sagte er.

Was ist schon Liebe, sagte sie.

Sie küssten sich an den unmöglichsten Orten, fielen übereinander her, leckten sich wund, schrien gemeinsam, spürten sich. Uschi, Walter.

Sie hatte begonnen, ihren Mann zu betrügen.

Walter unterstützte sie dabei, verführte sie, versperrte ihr den Rückweg. Sie war verstört, sie wollte das nicht, trotzdem tat sie es. Sie küsste den Polizisten. Er küsste sie. Sie gab ihm ihre Zunge. Sie fühlte sich gut, sie spürte ganz tief in sich, dass es richtig war.

Suza & Ruben

Ich ruhe mich aus, sagte er.

Er wollte nicht, dass sie fragte, er antwortete zuerst. Sie kniete sich hin, war über ihm, nur wenig entfernt von seinem Gesicht, ihre Augen, die offen und klar nach Antworten suchten.

- Ich bin Suza.

Er schwieg, er schaute sie an, blieb aber liegen, er schaute in ihr Gesicht, beide sagten kein Wort, nichts. Eine kleine Zeit lang. Dann begann Ruben zu lächeln, ein zartes, leichtes Lächeln für sie. Er hatte keine Angst, er wusste, dass sie nicht gegen ihn war.

- Ich heiße Ruben. Ich muss mich ausruhen, ich bin bis vor ein paar Monaten im Koma gelegen, es geht alles noch sehr langsam.

Auch Suza lachte. Rubens Mundwinkel gingen weit nach oben, die Wangen waren rund.

- Das ist die Wahrheit.

Sie war plötzlich über ihm, sie lachte ihn an, sie ging im Tunnel spazieren wie er, sie tat nichts, was ihn beunruhigte.

- Sie waren im Koma?

- Ja. Ein Seebad ist über mir zusammengebrochen, ich wurde nach unten gedrückt, bin fast ertrunken. Sie haben mich wieder hinbekommen. Aber ich bin noch nicht ganz fit.
- Wie lange waren Sie im Koma?
- Vier Monate.
- Vier Monate?
- Ja.
- Das ist lange.
- Die Zeit verging sehr schnell.
  Ruben lachte, Suza auch.
- Und dann sind Sie einfach aufgewacht?
- Ja.
- Und jetzt haben Sie sich hier hingelegt, um sich auszuruhen?
- Ja.
- Verständlich. Sie sind bestimmt müde.
- Der Tunnel ist ganz schön lang.
- Ja.
- Legen Sie sich doch zu mir, Sie sind doch bestimmt auch müde.
- Haben Sie keine Angst?
- Wovor?
- Vor Autos.
- Nein. Aus meiner Richtung kommt niemand, und aus Ihrer auch nicht, wie es aussieht. Nur Fußgänger im Tunnel heute.
  Wieder lachten sie, unbeschwert.
- Ich sollte Hilfe holen. Weiter hinten hat es einen Unfall gegeben, ein Mann ist verletzt. Deshalb bin ich hier.
- Um Hilfe zu holen?
- Ja.
- Legen Sie sich kurz zu mir, machen Sie schon.

Suza überlegte nicht, zögerte nicht, sie bettete sich einfach neben ihn. Sie lag neben diesem Mann im Tunnel, ihre Beine ausgestreckt, ihr Blick auf die Lichter über ihr. Sie lag da, hörte hin, sie sollte Hilfe holen, aber sie war stehengeblieben, hatte sich hingelegt, mitten auf die Straße, irgendwo in einem Tunnel, er hatte sie dazu eingeladen. Verrückt, dachte sie. Sie genoss es. Sie begann sich zu unterhalten mit ihm, sie fand es gut, alles begann anders zu sein in diesem Moment, ihr Leben, alles, dieser Mann, er brachte sie zum Lachen.
- Sie haben eine schöne Stimme.
- Ich verkaufe Mixer damit.
- Mixer?
- Ja, Mixer.
- Und ich bin sonst eigentlich blind. Aber ich habe es satt. Ich will nicht mehr.
- Blind sein?
- Ja.
- Verstehe ich.
- Schön, dass ich Sie sehen kann. Ich meine, Sie anschauen kann. Sie sind seit Ewigkeiten der Erste, den ich anschaue. Einfach so. Ohne mich zu verstellen. Es fühlt sich gut an.
- Warum sind Sie blind sonst?
Suza überlegte, schwieg kurz.
- Wegen dem Geld.
- Verdient man gut, wenn man blind ist?
- Sehr gut. Ich mache Ausstellungen, Kunstfotografie. Ich bin ein aufgehender Stern.
- Ein blinder Stern also.
- Nicht wirklich.
- Aber doch irgendwie, oder?
- Ja.
- Sie betrügen?

- Ja.

Suza drehte sich zur Seite, er auch, sie schauten sich an. Ruben hinterfragte sie nicht, er nahm es einfach so, wie sie es ihm hinlegte, er war nicht neugierig, er erzählte von sich.
- Wie finden Sie diesen Tunnel? Jetzt, wo Sie wieder sehen können?
- Das ist ein guter Tunnel.

Ruben schwieg kurz.
- Ich möchte nicht gefunden werden.
- Warum nicht?
- Ich möchte es einfach nicht. Gefunden werden. Von niemandem. Es ist schön hier.
- Verbergen Sie etwas?
- Jeder verbirgt etwas.
- Was ist es bei Ihnen?
- Ich habe einen Geldtransporter ausgeraubt.

Suza lachte laut auf.
- Erfolgreich?
- Ja.
- Und das Geld ist in dem Rucksack?
- Genau.
- Warum erzählen Sie mir das?
- Warum nicht? Sie sind doch blind, oder?
- Stimmt.
- Der Unfall in der Tunnelmitte, ist es schlimm?
- Ein Mann ist eingeklemmt. Mein Manager ist tot.
- Tot? Ihr Manager?
- Ja.
- Schlimm?
- Nein.
- Er ist bei dem Unfall gestorben?
- Ja, und das ist gut so.
- Gut so?
- Ja.

- Und jetzt?
- Liegen wir hier.
- Ich muss weiter, ich will nicht, dass mich jemand findet. Kurz noch, dann muss ich weiter, aufstehen, weitergehen, verschwinden irgendwo.
- Darf ich dich duzen?
- Gerne.
- Wo willst du hin?
- Egal. Irgendwohin, wo ich noch nicht war, wo mich keiner kennt. Wo mich keiner findet.
- Das klingt gut.
- Kennt man dich? Ich meine, als Künstlerin?
- Wir waren sehr erfolgreich im letzten halben Jahr.
- Wir?
- Maurice und ich, mein Manager. Er hat mich erfunden.
- Dich erfunden?
- Ja.
- Und jetzt ist er tot.
- Ja.
- Er hat dich erfunden? Wie Geppetto Pinocchio?
- Ja, aber Geppetto stirbt nicht, er ist einer von den Guten.
- Und dein Manager war das nicht?
- Nein.
- Du wirst ihn nicht vermissen?
- Nein.
- Und du willst nicht länger blind sein?
- Nein.
- Wie weit ist es in deine Richtung?
- Weit.
- Wir könnten gemeinsam gehen.
- Gerne.
- Das mit dem Koma war mein Ernst. Ich bin nicht so schnell, mein Körper muss das erst wieder lernen, die Muskeln, weißt du.

- Ja.
- Draußen schneit es.
- Ich mag Schnee.
- Wir müssen in deine Richtung.
- Warum?
- Da war ein Unfall vor dem Tunnel, ein Lkw blockiert alles.
- Ist das so? Deshalb kommt also kein Auto.
- Deshalb bin ich hier. Ich habe meinen Saab geopfert. Ich konnte ja nicht warten, bis die Polizei kommt.

Suza setzte sich auf.
- Unglaublich.
- Was?
- Du.
- Du auch.

Ruben stand auf, nahm ihre Hand und zog sie hoch.
- Bist du dir sicher? Dass du mit mir in diese Richtung kommst? Du wolltest doch Hilfe holen?
- Ich bringe ja dich mit.

Beide schmunzelten, schauten sich kurz an, dann gingen sie los. Wort für Wort durch den Tunnel. Warum sie nicht weiter gerannt war, warum sie keine Hilfe geholt, nicht nach Rettung geschrien hatte, wusste sie nicht. Sie ging mit Ruben.

Sie spürte, dass die Entscheidung richtig war.

Bertram

Er war einsam.

Fast so wie früher, als seine Mutter starb. Er verließ kaum das Haus, die Praxis war seit dem Unfall geschlossen. Er wollte so nicht ordinieren, konnte nicht. Mit einer Plastiknase. Er blieb in seinem Haus, verbrachte unzählige Stunden im Internet, Tage. Er wartete auf Uschi, bereits fünf Minuten, nachdem sie aus dem Haus gegangen war, er wartete darauf, dass sie zurückkam, er zählte die Stunden, kochte für sie, wollte sie verwöhnen, er wollte sie vergessen machen, was passiert war. Er wollte, dass alles wieder so war wie früher. Er kochte mit Leidenschaft. Sie bat ihn, damit aufzuhören, jedes Mal wieder.

Ich esse abends nicht, ich weiß, du meinst es gut, aber bitte lass es. Sperr deine Praxis wieder auf und hör auf zu kochen. Bitte.

Sie rührte das Essen nicht an, setzte sich nicht einmal, ließ den gedeckten Tisch im Wohnzimmer allein, zog sich zurück. Bertram aß ohne sie. Er nahm seine Nase ab. Immer, wenn er allein war. Er konnte sich nicht an den Fremdkörper in seinem Gesicht gewöhnen. Für sie trug er sie, er bemühte sich, dass sie ihn nicht ohne Prothese sah, dass sie sich nicht vor ihm ekeln musste. Er wusste, dass sie das tat, auch wenn sie ihm immer wieder versicherte, sie habe sich an den Anblick gewöhnt. Er glaubte ihr nicht, er spürte, wie sie war, wie anders sie ihn ansah, berührte. Alles an ihr hatte sich verändert. So wie alles an ihm. Er traf kaum noch Freunde, ging nicht mehr ins Restaurant, keine Vernissagen mehr, keine Society-Fotos. Er zog sich zurück, er hatte Angst vor der Welt, vor den Blicken, er ging ihnen aus dem Weg. Uschi arbeitete viel, noch mehr als früher. Sie begleitete ihn nicht auf seinem Weg in die Isolation. Uschi ging ins Institut. Immer wieder von ihm weg.

Bertram setzte sich in sein Arbeitszimmer, vor seinen Computer. Dort war jetzt sein Zuhause, seine Arbeit, sein Leben, dort verbrachte er die Tage und Nächte. Online, ohne Uschi.

Das Beste vom Besten hatte er sich angeschafft, drei große Bildschirme, blitzschnelle Rechner, topaktuelle

Software. Bertram schaute sich die Welt an, die Frauen, die auf dieser Welt waren. Er durchwühlte das Internet auf der Suche nach Haut, er schaute sich alles an, gab ein kleines Vermögen dafür aus.

Pornos, den ganzen Tag nackte Frauen, Männer, Geschlechtsteile, Stöhnen im Arbeitszimmer, laut, lustvoll. Bertram genoss es. Keiner konnte ihn sehen, keiner störte sich daran, was er tat, wie er aussah. Er saß nackt in seinem Ledersessel, trank Wein und onanierte. Er bestimmte, er entschied, wählte aus, er fühlte sich mächtig, stark, ob er schön war oder nicht, war nicht wichtig. Er onanierte dreimal täglich, viermal. Wenn Uschi nach Hause kam, fuhr er die Systeme rasch herunter, er bemühte sich um sie, er hoffte auf ihren Körper, umwarb sie, wollte sie verführen, er scheiterte.

Nur manchmal tat sie es, ihm zuliebe. Er wusste das. Sie brachte es hinter sich und stellte sich schlafend. Er berührte sie sanft, hoffte, dass sie seine Berührungen erwidern würde. Oft wartete er die ganze Nacht. Seine Hand an ihrem Rücken, wie sie sich langsam und zart bewegte. Sie war seine Frau, sie war der wundervollste Mensch, den er kannte, sie hatte er ausgewählt, ihr hatte er sich geöffnet. Das konnte sich nicht einfach ändern. Er ließ das nicht zu, er gab nicht auf, er wusste, dass er Sicherheit für sie war. Dass sie ihn brauchte, sein Vermögen, den Status. Das war ihr wichtig. Er wusste, dass sie das nicht weggeben würde, einfach so. Er hoffte es. Er brauchte sie.

Er dachte an sie, wenn sie fickten vor ihm auf dem Bildschirm. Manchmal schloss er die Augen und dachte daran, wie schön sie war, wenn sie nackt war, wie weich ihre Haut, wie warm das Fleisch zwischen ihren Beinen. Er tat es mit ihr in Gedanken, er rieb seinen Schwanz und spritzte sein Sperma auf einen der Bildschirme. Es rann über die fremden Körper, er klickte die Stimmen weg, beendete das Stöhnen, ließ seine Augen geschlossen. Er dachte an sie, an Uschi, er sah sie vor sich, wie sie auf ihm saß, wie sie heftig atmete, wie sie zuckte, ihr ganzer Leib, wie sie erschöpft und glücklich auf ihm saß, ihn anlachte, nackt. Wie sein Glied langsam weich wurde. Wie er seine Augen wieder aufmachte.

Er bemühte sich, sich nicht zu hassen dafür. Sich nicht widerwärtig zu finden, er erlaubte es sich. Den ganzen Tag in seinem Arbeitszimmer, nur kurz in der Küche, wenn Uschi kam, im Wohnzimmer, bis sie sich zurückzog, ihn bat, sie alleine zu lassen. Den ganzen Tag vor den Bildschirmen und nachts, wie er durch das Haus streifte.

Ein Doppelhaus. Bertram hatte immer davon geträumt, irgendwann die andere Hälfte zu vermieten, dann seine Praxis zu schließen und nur noch Heimwerkerkönig zu sein. Doch Uschi wehrte sich gegen diese Vorstellung, sie wollte das nicht, wollte den Garten für sich, keine Nachbarn so nah, keine fremden Menschen. Er hatte ihr immer nachgegeben, doch nach dem Unfall kam die Idee mit den Kameras.

Er ging von Zimmer zu Zimmer, es war Nacht, Uschi schlief, er plante seine Zukunft, Kameras im Schlafzimmer, im Bad, im Wohnzimmer, überall. Er würde einen Mieter suchen. Er fand sich abartig, aber er genoss es.

Der liebe Bertram wird euch zuschauen.

Er flüsterte durch die leeren Räume, er fand sich genial, er begann den Umbau im Kopf zu planen, suchte die perfekten Positionen für die Kameras, überlegte, wie er sie verstecken könnte, plante verspiegelte Oberflächen, suchte nach Möglichkeiten, Platz für die kleinen Geräte zu schaffen, sie unsichtbar zu platzieren. Er hatte Spaß daran. Es war sein Haus. Uschi würde es nie erfahren. Die Umbauten begannen, als sie das Haus verließ, und endeten, bevor sie zurückkam. Sie merkte nichts. Die Kameras waren an ihren Plätzen, die Live-Bilder auf den Schirmen waren brillant. Keiner ahnte irgendetwas. Uschi arbeitete, er blieb zu Hause. Sie küsste ihn auf die Stirn und er kaufte sich polnische Nutten im Internet. Alles war wunderbar.

Bis er ihr sagte, dass er jetzt endlich vermieten wolle, dass es Unsinn wäre, das Haus einfach leerstehen zu lassen.

Das haben wir doch nicht nötig, sagte sie.

Doch, sagte er.

Wir haben genug Geld, sagte sie.

Noch, sagte er.

Dann ging sie. Sie mochte die Vorstellung nicht, ihr Glück mit anderen teilen zu müssen, sie wollte das nicht, sie hatte Opfer gebracht für den Luxus, der ihr so wichtig war. Das war nicht fair. Sie war wütend.

Ihm war es egal, ihr Schmollen, ihr Zorn. Er freute sich auf seine Mieter, er war aufgeregt, es war sein Projekt, es war seine neue Aufgabe, eine Herausforderung, etwas, das er unter Kontrolle hatte. Er fühlte sich gut, fast so wie früher.

Und er spürte, dass sie ihn hasste dafür.

Ich liebe dich, sagte er.

Sie schlug die Tür zu und ging.

Melih

Dina schrie ihn an.

Sein Gesicht tat weh, sein Oberarm, sie hatte seine Wange getroffen, zweimal, die Stirn, er hatte sich nicht gewehrt. Melih fühlte sich erleichtert, er hatte die Wahrheit gesagt, alles andere würde sich ergeben, er spürte ihre Hände, Dina war außer sich. Tákis war in Sicherheit.

Melih dachte an Griechenland, daran, wie sie sich kennengelernt hatten, wie leicht alles gewesen war, wie sehr sie ihn gewollt hatte, wie sehr er sie. Dann Tákis. Wie sich alles veränderte, wie sie sich dagegen wehrte, wie sie ihm drohte, ihn zu töten, ihn herauszuschneiden aus ihrem Leib, sein Kind. Wie entschlossen sie war, so, dass er keine andere Wahl hatte. Er musste ein Haus besorgen für sie. Schnell, egal woher. Er musste sie in dieses Haus setzen, sie in ein neues Bett legen, sie zufriedenstellen.

Du hast einen Monat, hatte sie gesagt.

Er war nur ein kleiner dummer Grieche, er hatte nicht genug Geld, was sie verlangte, war eigentlich unmöglich, und sie wusste das. Sie wollte dieses Kind nicht. Er verstand es nicht. Wie man sich gegen das eigene Leben stellen kann, gegen ein Kind.

Für sie war es ein Frauenrecht. Sie war kalt, er war verzweifelt. Er machte Zusatzschichten, kochte auf privaten Veranstaltungen, er tat alles, aber es reichte nicht. Bei Weitem nicht. Es ging nicht. Die Zeit lief dahin, der Monat ging zu Ende, sie hatte bereits den Termin in der Klinik vereinbart.

Verabschiede dich von deinem Sohn, sagte sie.

Warum tust du das, fragte er.

Ich kann nicht anders, antwortete sie. Ich will so nicht leben.

Er musste es tun. Er antwortete auf vier Anzeigen, er tat es einfach, er musste ein Haus mieten. Das mit dem Geld würde sich später regeln. Er musste es tun. Er log, er tat so, als würde Geld keine Rolle spielen, er stellte sich ins beste Licht, sich, Dina.

Sie ist Hebamme, sagte er.

Haben Sie ein Foto von ihr, fragte der Arzt.

Melih bemühte sich, ihn nicht dauernd anzuschauen, nicht ständig auf seine Nase zu starren. Er ging mit dem Arzt durch das Haus, willigte ein, sich auch um den Garten zu kümmern. Der Arzt schaute lange das Foto von Dina an, er hielt es in seiner Hand, wanderte mit dem Bild von Zimmer zu Zimmer.

Ihrer Frau wird es hier gefallen, sagte er.

Melih schwitzte, schaute zu Boden, nicht in sein Gesicht, er war nervös, er brauchte dieses Haus. Und er bekam es. Die Miete war horrend, die Kaution hatte er in bar mitgebracht, alles, was er erspart hatte. Der Arzt gab ihm die Schlüssel.

Ich freue mich, sagte er.

Melih ging zurück zu Dina. Sie wollte es zuerst nicht glauben, sie fragte ihn einige Male, ob er betrunken sei, wer ihm den Schlüssel gegeben habe, wem das Haus gehöre, wie um alles in der Welt das möglich sei.

Sie stand in dem Wohnzimmer und war sprachlos. Platz, sie hatte endlich Platz, mehr, als sie brauchte. Sie umarmte Melih, sie war glücklich, sie hatte bekommen, was sie wollte. Melih bekam Tákis.

Das können wir uns nicht leisten, sagte sie.

Melih beruhigte sie, hielt sie im Arm. Sie begann zu weinen.

Das wird schon, sagte er.

Bertram folgte der rührenden Szene am Bildschirm. In seiner Hand war ein Glas Wein. Die Bildqualität war hervorragend, der Ton ebenso.

Das ist besser als Porno, dachte er.

Claudia

Sie arbeitete mit Lauro.

Sie war in Florenz, er hatte ihr den Job vermittelt. Er hatte sich in Uschi verliebt. Claudia hatte sich in Lauro verliebt. Uschi und Claudia wohnten zusammen.

Sie teilten sich ein Zimmer, sie waren in Florenz, um Italienisch zu lernen, ein Kurs, gemeinsame Deklinationen, Vokabeln, Abende in Bars. Ihre Betten standen eng beieinander, sie freundeten sich an, redeten nächtelang, waren unterwegs, teilten ihre Gedanken, auch wenn sie beinahe nichts gemeinsam hatten. Gar nichts.

Sie waren wie Nacht und Tag. Uschi war die Nacht. Sie wäre lieber gestorben, als im Museum zu arbeiten. So etwas kam nicht in Frage für sie, keine Sekunde lang.

Ich bin keine Aufseherin, sagte sie.

Ich auch nicht, sagte Claudia.

Aber Claudia brauchte das Geld. Sie freute sich über Lauros Tipp, dass er ihr half, für sie Worte einlegte im Palazzo. Lauro, sie hatten ihn in einer Bar kennengelernt.

Er umschwärmte beide, machte Komplimente, zeigte ihnen sein Florenz, versteckte Gassen, wunderbares Essen in tiefen Kellern, er war perfekt, ein Mann, wie man ihn sich wünscht, schön, humorvoll, geistreich, doch nur nachts.

Am Tag war er Aufseher im Palazzo Vecchio. Er stand herum, saß auf blauen Stühlen, passte auf, dass niemand etwas berührte, mitnahm, kaputt machte. Drei Jahre lang machte er das schon, fünfmal in der Woche, der Palazzo war seine Liebe, die Kunst an den Wänden, die Möbel, die alten Steine.

Er schulte Claudia ein, während Uschi in der Sonne auf der Piazza della Signoria schön war. Lauro war wunderbar, zeigte ihr seine Welt, ging mit ihr von Raum zu Raum, Stiegen hinauf und hinunter, Claudia schaute ihm zu, fand ihn bezaubernd. Er war alles, was sie sich wünschte. Er mochte sie. Und er gestand ihr, dass er sich verliebt habe, unsterblich, dass es keinen Weg mehr zurück gebe für ihn, dass ihn die Liebe mitgerissen habe, dass sein Herz für sie brenne. Für ihre Mitbewohnerin. Für Uschi. Dass er an nichts anderes mehr denken könne. Da war nur Uschi in seinem Kopf. Nur sie. Uschi, nicht Claudia.

Sie schluckte, ihr Herz hüpfte, stolperte, als er es ihr sagte. Sie schaute ihn an, sie hasste ihre Mitbewohnerin, sie liebte sein Gesicht, seine Lippen, als er es sagte, seine Haut, seine Backenknochen, sie hätte alles genommen, es eingesteckt, aufgeleckt, alles von ihm. Aber er sprach von Uschi. Sie wollte das nicht hören, nichts davon, auch nicht Uschis Erzählungen einige Tage später, die intimen Details, die Beschreibung seines Körpers.

Claudia war eifersüchtig, sie wollte das nicht, aber sie hörte zu, saugte auf, was Uschi ihr zuwarf, sie war gierig, wollte alles wissen von ihm. Alles, was er sagte. Wie schön er war, wie weich und warm.

Uschi wusste nichts von ihrer Eifersucht, sie verliebte sich in Lauro, soweit sie dazu fähig war.

Liebe ist keine Rechenaufgabe, sagte Claudia, du kannst das nicht steuern, niemand weiß, wo es hingeht, wenn es erst einmal angefangen hat.

Was für ein Blödsinn, sagte Uschi.

Trotzdem gab sie sich hin, kurz, unbesonnen. Sie erlebte etwas, das ihr neu war, fremd, und sofort bekam sie Angst, sie brauchte die Kontrolle zurück, sie musste sich schützen, sie konnte nicht anders und lief weg.

Liebst du ihn, fragte Claudia.

Was ist schon Liebe, sagte Uschi.

Vier Monate versuchte sie es. Claudia litt. Sie wäre gerne an Uschis Stelle gewesen, sie hätte ihn glücklich gemacht. Er sie. Uschi nahm sich nur, was sie brauchte, bediente sich, und als sie genug hatte, ging sie, spuckte aus, was zu viel war in ihr. Irgendwohin auf den Boden den kleinen Italiener, den Aufseher, der Fresken malte.

Claudia verachtete sie dafür. Wie sie monatelang mit ihrer Eifersucht umgegangen war, sie verborgen hatte, gelitten. Er wäre gut für sie gewesen, er hätte ihr nicht wehgetan, hätte sie genommen, wie sie war, er hätte sie verstanden, hätte auf sie aufgepasst, wäre für sie da gewesen, sie für ihn.

Claudia war sich sicher. Uschi auch.

- Das ist doch kein Beruf.
- Doch, ist es. Und außerdem malt er Fresken.

Es war Morgen in Florenz, sie lagen im Bett, standen nicht auf, redeten, Uschi erzählte, Claudia hörte zu. Uschi hatte genug von Lauro.

- Wer braucht schon Fresken?
- Ganz Florenz ist voll mit Fresken.

Claudia war wütend. Sie hasste Uschi dafür, was sie mit ihm machte, dass sie ihn einfach genommen hatte und jetzt wieder wegwarf, dass sie ihn angezogen hatte wie eine Jacke und ihn jetzt wieder auszog. Einfach so.

- Wir sind im einundzwanzigsten Jahrhundert, und er ist nicht Michelangelo. Er passt nur auf ihn auf. Er ist Museumswärter. Das ist nicht meine Zukunft.
- Du liebst ihn nicht.
- Doch.
- Warum redest du dann so?
- Weil ich das nicht kann. Mit Gefühlen allein werde ich nicht glücklich. Das ist zu wenig.
- Du brichst ihm das Herz.
- Jeder muss auf sein eigenes Herz aufpassen.
- Das kannst du nicht tun.
- Ich kann.

Uschi ging, kam nicht zurück.

Lauro wollte es nicht glauben. Ohne eine Erklärung war sie gegangen. Er wusste nur das, was Claudia ihm sagte, von Uschi bekam er kein Wort, keine Anschrift, nichts, das sie ihm zurückgebracht hätte. Kein Zeichen, keine Geste, nichts.

Nur Claudia, die ihn im Arm hielt, seine Tränen auffing, ihn tröstete.

Sie hatte ihn jetzt für sich, kaputtgeliebt, zerstört. Sie bekam die Reste, die Knochen, sie nagte sie ab, bis sie glänzten, bis nichts mehr da war, das sie lieben konnte. Nichts. Lauro litt. Uschi war einfach weg. Auch aus Claudias Leben, sie hat sie nie wieder gesehen, nur noch in Zeitungen später, mit dem schönen Arzt, auf schönen Veranstaltungen.

Sie schrieb Uschi eine Postkarte aus Florenz, eine einzige. Vorne zu sehen war der Saal der Fünfhundert, ein imposanter Raum im Palazzo Vecchio. Auf diesen Saal hatte sie aufgepasst, als Lauro ihr vor die Füße geflogen war.

Er hat sich umgebracht, stand auf der Rückseite der Postkarte. Sonst nichts.

Lauro lag im Saal der Fünfhundert, kalt auf dem Steinboden, zerschlagen, kaputt. Die Touristen schrien, bekreuzigten sich, sie hatten ihn gesehen, wie er über das Geländer gestiegen war, wie er sprang, fiel, aufschlug. Claudia schaute nach oben, lief. Er war sofort tot.

Er war der einzige männliche Aufseher im Palazzo, alle mochten ihn. Wie oft er oben am Geländer gestanden war, hinuntergeschaut hatte. Wie sie ihn angesehen hatten, alle Damen in allen Stockwerken, wie sie ihn angelacht hatten, wie er das kleine Herz des Palazzos gewesen war, das allen Freude brachte.

Wie imposant, sagte er. Tutto. Wie er dastand und Claudia das 16. Jahrhundert erklärte, wie er über die Balustrade nach unten schaute, seine Augen in den großen Saal warf, auf die Wandbilder, auf die kriegerischen Szenen, auf die Pferde, die sich aufbäumten, auf die vielen Männer, die starben. Er sprach über jedes Pferd, jede Bewegung, jede Farbe. Immer wieder. Wie er oben stand und

Claudia zuwinkte, als sie durch den Saal schlenderte, zu ihm nach oben schaute, lächelte. Schnell kletterte er auf die Brüstung.

Wie er nach unten flog.

Er wollte in der Nähe der Kunst sein, wollte sie studieren, die Werke, sie verstehen, Muße finden. Das war ihm genug, neben seiner eigenen Malerei. Er war ein glücklicher Italiener in Florenz. Bis Uschi kam. Sie nahm ihn und gab ihn wieder her. Nur wusste er danach nicht mehr, wohin er sollte, wo er herkam, wie die Welt ohne sie war, dass sie schön war, gut.

So ist das Leben, sagte Uschi und fuhr über die Grenze.

So ist das Leben, dachte Claudia, als sie von dem Unfall mit der Nase hörte.

Sie blieb noch ein halbes Jahr in Florenz, zog in eine neue Wohnung, trauerte, war einsam, dann ging auch sie zurück. Sie brauchte lange. Sie hatte ihn geliebt, aber er hatte Uschi geliebt. Sie hatte ihn gewollt, sie hatte ihn nicht bekommen.

Uschi rief Bertram an und warf die Postkarte aus Florenz in den Müll, sie wollte sich nicht erinnern. Sie schüttete altes Spaghettisugo hinterher und gab den Deckel darauf. Alles war wieder gut. Nichts war passiert. Uschi war jetzt glücklich. Bertram hatte sich in sie verliebt, er würde sie zum Essen abholen, sie würde seine Frau werden, er würde ein Haus bauen für sie.

Uschi und Bertram. Lauro war tot.

Claudia weinte. Als Lauro endlich aus ihrem Kopf gegangen war, kaufte sie sich ihr erstes Silikonkissen. Sie wollte, dass sich etwas veränderte, sie wollte schön sein, sie warf ihre weiten Pullover auf den Müll, sie wollte, dass man auch sie begehrte, sie versuchte es. Das Kissen war ein Ausweg, eine Operation kam nicht in Frage.

Sie stand vor einem Spiegel im engen T-Shirt und versuchte das Kissen zu entdecken. Sie konnte es nicht, ihre Augen suchten auf ihrer Brust, aber es lag versteckt in ihrem BH. Keiner ahnte etwas. Sie sah aus wie eine normale Frau, tat alles so wie die anderen.

Fast so.

Bertram & Walter

Keiner kam.

Walter blieb, er konnte nicht gehen, er schaute in den Wagen, schaute ihm zu, wie er wimmerte, nichts mehr sagte, stöhnte, verzweifelt. Uschi ging auf und ab, sie wünschte sich weit weg, wünschte sich ihr Leben anders, nicht an diesem Ort, keinen Mann ohne Nase, keinen Unfall, nicht in diesem Tunnel.

Sie begann zu schreien. Einfach so, nur hohe Töne, hysterisch. So wie Schweine schreien.

Sie beruhigte sich nicht, ließ sich gehen, schrie, hörte kurz auf, schrie weiter. Walter schaute zu ihr hinüber, fragend, aber Uschi schrie, sie zog einen Schuh aus, unterbrach wieder kurz ihr Schreien und schlug mit dem Schuh auf das Auto, sie prügelte auf alles ein, was ihr unterkam, auf verbogenes Blech, kaputte Scheinwerfer. Leidenschaftlich, außer sich.

Bertram starrte sie entsetzt an, sie reagierte nicht auf sein Rufen, sein Mund stand offen, er drehte sich zur Seite. Walter saß plötzlich neben ihm. Er war einfach ins Auto gestiegen. Der Mann mit dem Schnurrbart.

Ich muss mich in Sicherheit bringen, sagte er. Deiner Frau scheint es nicht gut zu gehen.

Er lachte laut.

– Uschi, bitte hör auf damit, bitte lass das, das bringt doch nichts, wir müssen jetzt ruhig bleiben. Es ist alles nicht so schlimm, das wird schon wieder.

Walter mischte sich ein, sprach leise, flüsterte fast, eindringlich.
– Sie hört dich nicht. Schau sie dir an.
– Uschi, bitte!
– Das wird nicht mehr. Armes Auto. Wie sie es nur fertig bringt, es zu schlagen, einfach darauf einzuschlagen, das süße, kleine Auto. Furchtbar, findest du nicht? Warum tut sie das?

Bertram schwieg. Walter schaute ihn belustigt an. Uschi schrie immer noch, schlug. Bertram, Uschi, wie sie beide nicht wussten, was passierte, was zu tun war. Wie durcheinander sie waren, wie verzweifelt.

Dann hörte Uschi plötzlich auf. Sie stand vor dem Wagen, starrte die beiden Männer an. Walter neben Bertram, sie redeten miteinander, sie konnte es nicht glauben. Er hatte sich in den Wagen gesetzt, sprach mit ihrem Mann, grinste sie an. Er saß neben ihm, grinste, redete mit ihm. Sie konnte es nicht fassen und begann wieder zu schreien. Sie wusste nicht, was sie sonst hätte tun sollen. Sie wollte, dass es aufhörte. Dass alles einfach aufhörte.
– Warum bist du nicht zu Hause geblieben?

Bertram drehte sich überrascht zu Walter.
– Was?
– Warum du nicht zu Hause geblieben bist.
– Warum sollte ich mit Ihnen reden? Steigen Sie aus.

Er schaute wieder zu Uschi, gestikulierte wild mit seinen Händen, riss seine Augen auf, zog die Augenbrauen wild nach oben. Sein Gesicht war eine Fratze.
– Uschi, was ist mit dir, sag etwas, Uschi. Hör auf.

Walter schüttelte den Kopf.

- Das wird nichts mehr. Reden wir doch ein bisschen, dann vergeht die Zeit. Du und ich.
- Nein, hören Sie auf jetzt, gehen Sie einfach.
- Wenn du meinst. Aber ich habe in irgendeiner Psychozeitung gelesen, dass Gespräche oft gut tun. Meine Ex hat diese Sachen gelesen, Ina hieß sie. Sie hat immer gesagt, man kann sich alles ausreden, es gibt für alles eine Lösung. Für jedes Bein, für jede Nase und für alles, was sonst noch ist.
- Gehen Sie.
- Warum sträubst du dich so?

Bertram schwieg, hielt sein Bein, schaute Uschi an, er war wütend, er wollte, dass sie damit aufhörte, er wollte zurück zu seinen Bildschirmen, weg von hier, er wollte Walter schlagen, ihm wehtun.
- Du wärst besser zu Hause geblieben.
- Wieso hätte ich das tun sollen?
- Schau in den Spiegel.
- Ich denke, es ist genug jetzt. Meinen Sie nicht?
- Noch lange nicht.
- Was wollen Sie noch?

Walter schwieg kurz, dann wurde seine Stimme friedlicher, freundschaftlich fast.
- Ja, weißt du, es ist so. Ich wäre gerne glücklich. Weißt du, das ist alles nicht so einfach. Ich habe da etwas in mir, das mich quält, etwas Schweres.

Bertram stoppte ihn, seine Stimme zitterte leicht.
- Bitte. Hören Sie auf. Mein Bein steckt fest. Ich werde es wahrscheinlich verlieren. Ihr Unglück ist mir egal. Verstehen Sie das?
- Du bist wütend?

Walter starrte mitten in sein Gesicht.
- Du bist so verdammt hässlich.

Bertram schwieg.

- Wie hält sie das nur aus? Jeden Tag. Dieses Gesicht.
- Gehen Sie doch einfach.
- Lässt sie sich noch ficken von dir?

Bertram hielt sich zurück, sein Bein hielt ihn. Er beherrschte sich, er wusste, was es bedeutete, dass es aufgehört hatte zu schmerzen, er wusste, dass sie es ihm abnehmen würden, wenn nicht bald Hilfe kam. Walter legte nach.

- Ich müsste kotzen. Und glaub mir, ich habe schon viel gesehen. Ich bin Polizist. Wenn ich deine Frau wäre, ich würde kotzen, Tag und Nacht, immer wenn ich dich anschauen müsste, dein Gesicht. Aber irgendwie glaube ich nicht daran, dass sie es tut, dass sie dich wirklich fickt. Warum sollte sie, sie ist schön, du bist hässlich.
- Lassen Sie es.
- Nein.
- Lass es.
- Er duzt mich?
- Ich werde dir wehtun.
- Mich packt schon wieder die Angst, ich schreie gleich, genau wie dein Frauchen da draußen.
- Sie gehen zu weit.
- Jetzt siezt er mich wieder. Ist es ihm entglitten, dem Herrn Doktor? Peinlich.

Bertram sagte nichts mehr.

- Ja was denn, was hat der Mann, was ist mit dir, jetzt reiß dich zusammen, es ist doch nur ein Fuß. Einer weniger, bleibt ja noch der andere.

Bertram hasste dieses Arschloch am Beifahrersitz, er überlegte, was er tun sollte. Er drehte sich zu ihm, schaute ihn an, schaute ihm freundlich ins Gesicht, wandte sich nicht ab, schaute ihn an, ohne etwas zu sagen. Uschi schlug immer noch mit dem Schuh auf das Auto ein, ging um den Wagen herum, prügelte das Blech, schaute den beiden Männern von hinten zu, wie sie miteinander rede-

ten, sich anschauten. Sie konnte es nicht ertragen, alles in ihr wehrte sich.
- Ich liebe meine Frau. Und Sie sollten jetzt besser gehen.
- Ich liebe meine Frau, ich liebe meine Frau, Sie sollten jetzt besser gehen, besser gehen.
  Walter äffte ihn nach, verspottete ihn.
- Du liebst sie, sagst du. Und sie bescheißt dich. Wenn eine Frau so aussieht und mit dir zusammen ist, darf man sich nicht wundern.
  Bertram schwieg.
- Du sagst, du liebst sie, das steht in deinen Schafsaugen. Ich bin mir nur nicht sicher, ob sie das wirklich verdient hat, deine Liebe. Wir sollten sie fragen.
  Walter rief nach ihr, schrie, winkte heftig mit seinen Armen, er lachte, schnitt Grimassen.
- Komm zu uns, Uschilein.
  Bertram unterbrach ihn.
- Warum sind Sie hier?
- Das weißt du doch.
- Was wollen Sie hier, warum tun Sie das?
  Walter lehnte sich zurück, er genoss es, er wollte ihm wehtun, wollte, dass es tief ging, stecken blieb, ihn kaputt machte von innen.
- Ich wollte mit deiner Frau Urlaub machen. Sie hat sich das so ausgedacht. Du bleibst zu Hause, hat sie gesagt, du würdest nicht mitkommen, hat sie gesagt. Du würdest deine Nase nicht finden, hat sie gesagt. Ich wollte ja gar nicht. Aber sie hat mich überredet, richtig genötigt hat sie mich. Ein ganzes Wochenende durchficken wollte sie, gebettelt hat sie. Ein echter Teufelsbraten, deine Frau.
  Bertram sprach mit leiser, fester Stimme, schaute ihm unbeeindruckt in sein Gesicht.
- Warum tun Sie das?

- Warum bist du doch mitgekommen, ohne Nase? Findest du das cool, findest du dich hübsch, gefällst du dir? Warum bist du nicht zu Hause geblieben, warum, warum, warum, verdammter Wichser!
- Jetzt sollten Sie gehen.
- Aber warum denn, man sieht hier so gut zu Uschi hinüber, sie schreit so lustig, Logenplätze. So kenne ich sie gar nicht, hat sie das öfter? Bei mir ist sie immer ganz sanft und liebevoll.
- Gehen Sie einfach.
- Ich kann nicht, ich habe mich verliebt.
- Bitte.
- Ich kann nicht, sie fickt so schön.
- Das wird nicht gut ausgehen.
- Nicht schon wieder, bitte, sonst wird es peinlich. Wenn man keine Nase hat und nur ein Bein, sollte man nicht drohen. Aber ich erklär's dir noch einmal. Ich weiß, dass ich gehen sollte, dass es nie so wird, wie ich es möchte. Sie will dein Geld. Und trotzdem fickt sie mich. Ich verstehe es nicht ganz, aber vielleicht besteht ja doch eine Möglichkeit, vielleicht scheißt sie ja doch auf dich, vielleicht bedeutet das Gequietsche da draußen, dass sie sich gerade doch anders entscheidet. Vielleicht.
- Sie wissen nicht, was Sie da reden.
- Du verlierst dein Bein, damit punktest du nicht. Nase und Bein, das ist wirklich hart. Das ist auch ihr zu viel.
- Sie wird bei mir bleiben.
- Wird sie?
- Nase, Bein, noch ein Bein, wenn Sie wollen, sie wird bleiben.
- Warum?
- Weil ich sie liebe.
- Aber du bist hässlich, schaust aus wie ein Arschloch. Deine Liebe ist ein Witz, was will sie damit?

- Wir leben in einem sehr schönen Haus.
- Du weißt nicht, mit wem du da zusammen bist. Sie betrügt dich, bescheißt dich, kapier das endlich, sie fickt einen anderen, sie hintergeht dich. Sie hat ein Verhältnis mit mir, seit über einem Jahr.
- Ich weiß.
- Du weißt das?
- Ja.

Walter schwieg kurz.
- Du hast keine Angst, dass sie dir wegläuft?

Bertram schüttelte zufrieden den Kopf.
- Du bist ein perverses Arschloch.

Bertram stöhnte kurz, sein Bein zuckte, noch einmal spürte er den Schmerz, ein letztes Aufbäumen, er antwortete nicht, hielt sein Bein mit beiden Händen.
- Wie krank bist du eigentlich?

Bertram schwieg.
- Sie weiß nicht, dass du es weißt.
- Nein.

Bertram lächelte überlegen. Walter schüttelte den Kopf.
- Das ist abartig.

Walter drehte seinen Oberkörper hin und her, er suchte nach Uschi, er konnte sie nicht sehen, er drehte sich wieder zu Bertram, seine Augen immer noch auf der Suche nach ihr. Er war nervös jetzt, fühlte sich plötzlich unwohl, er verlor die Kontrolle.
- Warum bist du dir so sicher, dass sie bleibt?

Bertram sagte nichts.
- Du kannst dir nicht sicher sein. Du hast ja keine Ahnung, wie sie abgeht unter mir. Was für ein Weib. Wie unzufrieden sie sein muss, wie unglücklich. Du kannst dir nicht sicher sein. Sie liebt mich. Ich sie. Du bist ja nicht normal, was ist bloß los mit dir?
- Ich kenne meine Frau.

Walter rief nach Uschi, laut, er blieb sitzen, aber er schrie nach ihr, drehte sich in alle Richtungen, er brauchte ihre Hilfe, er brauchte Unterstützung, wollte sie spüren, wollte, dass sie sich erinnerte an seine Haut, er wollte sie für sich, er wollte mit ihr zusammen sein, sie tat ihm so gut, sie war alles, was er wollte, er rief nach ihr. Sie antwortete nicht.
– Gehen Sie jetzt. Oder es wird Ihnen leid tun.
– Nein.

Walter konnte nicht.
Sein Herz wäre gebrochen sonst. Er musste bleiben. Sonst hatte er nichts. Nur die Hoffnung, dass es nicht zu Ende war an diesem Abend. Da war sonst niemand in seinem Leben, niemand, der auf ihn wartete, dort, wohin er zurückkehren würde. Alles, was er hatte, war hier. Diese Frau, sie hatte wieder Licht gemacht in ihm, hatte die bösen Hunde eingeschläfert, immer wieder. Er wollte sie, brauchte sie, er blieb sitzen neben diesem hässlichen Schwein.
Dann spürte er sie. Sie kam von hinten. War plötzlich neben ihm.

Melih & Bertram

Melih dachte zurück.
Langsam beruhigte sie sich wieder. Dina hatte ihn geliebt dafür, für all den Platz, den sie bekam, sie war glücklich, sie fragte nicht, woher das Geld kam, womit er es bezahlte, dieses neue Glück. Sie wollte es nicht wissen. Sie hatte Angst vor seiner Antwort, sie ließ es, wie es war, sie genoss es einfach.
Melih freute sich auf Tákis, er berührte ihren Bauch, sooft er konnte, er dachte nicht an Geld. Er dachte nur

an sein Kind, dass er es retten musste um jeden Preis, es bewahren musste davor, im Müll zu landen, irgendwo in einer Tonne. Die Vorstellung war ihm unerträglich, dass sie es herausschneiden würden aus ihr, es wegwerfen. Er tat, was er tun musste. Das Haus war die Rettung.

Seine Finger tänzelten über ihren Bauch. Melih und Dina lagen nackt im Bett, die Sonne kam in den großen Raum, sie liebten sich.

Bertram starrte auf Dinas Brüste. Er verfolgte jede Bewegung, sah jedes Detail, wollte alles wissen, verfolgte die beiden, er hörte ihnen zu, er war bei ihnen, er war der Commander, er hatte die Kontrolle, den Joystick in der Hand. Melih streichelte Dinas Bauch, Dina atmete lange, glücklich ein und aus.

In der ersten Zeit war alles gut. Melih wusste nichts von Bertram, nicht, dass er alles sah, was bei ihnen war, zwischen ihnen. Nur das Kind war wichtig, Dina, seine Arbeit im Restaurant. Alles war so gut, wie es sein konnte. Über Geld wurde nicht gesprochen.

Heile Welt, dachte Bertram vor seinen Bildschirmen.

Melih kochte in einem griechischen Haubenrestaurant, er war durch Zufall in diese Küche gekommen, zuerst nur als Abwäscher, dann half er aus, dann entdeckten sie ihn zwischen den schmutzigen Tellern. Die Gäste liebten, was er kochte, ihre Gaumen applaudierten so laut, dass Melih Sous-Chef wurde, dann Küchenchef. Innerhalb eines Jahres wurde er zum Star. Seine neuen, unverschämten Ideen, seine traditionelle Küche, raffiniert verfeinert, so völlig anders, sie liebten ihn dafür. Auch Bertram.

Vor seinem Unfall war er Gast dort gewesen, er war gemeinsam mit Uschi dem Gourmetführer gefolgt. Bertram wusste, wer ihm gegenübersaß, als sich der Grieche um sein Haus anstellte, er wusste, dass es dieser neue Koch war, und er wollte ihm beim Kochen zusehen. Das und mehr.

Melihs Finger auf Dinas Bauch. Melih in der Küche, wie er Omelette mit Schafkäse und Rucola machte. Melih wieder im Bett mit Dina, seine Finger auf ihrem Bauch.

Wie Bertram eine Flasche Wein öffnete, als Melihs Finger weiter nach unten tanzten, zwischen Dinas Beine. Wie Bertram den Fingern folgte, dann seiner Hand, seinem Unterleib.

Dina schrie, stöhnte, kam gierig in dem lichtdurchfluteten Schlafzimmer. Melih genoss es, sie so zu spüren, er liebte sie, wenn sie glücklich war. Er war zufrieden, dachte an Tákis.

Bertram onanierte mit Wein im Mund.

Alle waren glücklich. Bis das Geld ausging.

Nach drei Monaten konnte Melih die Miete nicht mehr aufbringen. Er sammelte alles zusammen, was er hatte, aber es reichte nicht. Er begann schlecht zu schlafen, auf das Unausweichliche zu warten. Er rechnete jeden Tag damit, aber er verbarg seine Sorge vor Dina. So gut er es konnte.

Er legte Zusatzschichten ein, arbeitete, zählte immer wieder sein Geld, doch die Miete überstieg alles Mögliche. Melihs Leichtigkeit verflog, zurück blieb Angst, die Sorge, in jedem Augenblick aus dem Paradies geworfen zu werden.

Dina war beschäftigt damit, das Leben in dem großen Haus zu genießen, sie merkte noch nicht, dass etwas anders war, dass Melih etwas vor ihr verbarg.

Aber Bertram tat es.

Er saß vor seinen Bildschirmen im Arbeitszimmer, nackt, ohne Nase. Er folgte jeder Geste, beobachtete Melih und Dina beinahe jede Minute, die die beiden zu Hause verbrachten. Er bemerkte die Veränderung in Melihs Verhalten, er sah, dass er liebloser kochte, nervös war, er merkte, dass ihn etwas belastete, alles in seinem Verhalten deutete darauf hin. Bertram wusste, was es war.

Seit zwei Monaten hatte er keine Miete mehr von Melih bekommen. Er genoss es, ihm zuzusehen, wie er sich quälte, wie er täglich mit seinem Anruf rechnete, wie er jedes Mal zusammenschrak, wenn das Telefon läutete, wie er sich ins Haus schlich, schnell, heimlich, um niemandem zu begegnen. Bertram schaute zu. Dina genoss ihr Leben. Melih wartete auf das Unglück. Bis es kam.

Melih hielt mit blassem Gesicht den Hörer in der Hand. Bertram bat ihn zu sich ins Nachbarhaus. In Melihs Augen war diese Angst, Bertram konnte sie sehen.

Ich komme, sagte er.

Ich erwarte Sie, sagte Bertram.

Ich muss noch kurz weg, sagte Melih zu Dina.

Er hatte sich diesen Moment über Wochen ausgemalt, sich vorgestellt, was passieren würde, was er sagen würde, er hatte nach Alternativen gesucht, Auswegen, aber keine gefunden.

Melih klingelte. Bertram bat ihn über die Gegensprechanlage nach oben. Melih dachte an Dina, wie sie in der wunderschönen Küche für ihn kochte, wie sie in der Badewanne lag, ihn anlächelte. Er stellte sich ihr Gesicht vor, wenn er ihr sagen würde, dass sie wieder ausziehen müssten.

Er hörte Bertram, der ihm aus dem Arbeitszimmer den Weg wies mit lauter Stimme, er verwarf die Bilder aus seinem Kopf, die Bilder von Dina, in denen sie auf ihn einschlug, ihn beschimpfte, ihm drohte, den kleinen Tákis zu ertränken, wenn er auf der Welt wäre.

Er ging über die Treppe nach oben.

Bertram begrüßte ihn freundlich. Melih war verunsichert, er sah keine Anzeichen von Groll in Bertrams

Gesicht. Er setzte sich und bekam ein Glas Wein. Er versuchte, nicht auf die Prothese zu starren.

- Sie wissen, warum ich Sie hergebeten habe?
- Ja, ich glaube schon. Es ist etwas schwierig im Moment, aber es wird sich ändern. Es tut mir leid, Sie werden alles bekommen, was ich Ihnen schulde, gebe Sie mir nur noch etwas Zeit, bitte, ich werde Sie nicht enttäuschen.
- Sie sind ein sehr guter Koch.
- Sie waren schon lange nicht mehr bei uns.
- Ich bin nicht mehr so gerne unter Menschen, verstehen Sie?
- Ja.
- Meine Nase.
- Ja.
- Ich bin gerne nackt.

Melih schwieg, schaute verwirrt. Er wusste nicht, was er sagen sollte, er wollte diesen Mann überzeugen, ihn weiter in dem Haus wohnen zu lassen, er musste, er hatte keine andere Wahl.

- Ohne Prothese, meine ich. Wenn meine Frau nicht zu Hause ist, verstehen Sie?
- Ja.
- Wenn mich niemand sieht, nehme ich sie ab.
- Sie bekommen Ihre Miete.
- Später.
- Geben Sie mir etwas Zeit, ich treibe das Geld auf, meine Frau fühlt sich so wohl hier, es ist nur im Moment …
- Ihre Frau ist schön.
- Ja, ist sie.
- Mir gefallen Frauen, die etwas fester sind.
- Ich habe eine sehr gute Frau. Ich möchte, dass sie in diesem Haus bleibt, dass sie hier wohnen darf, ich besorge das Geld.

– Ich möchte auch, dass Ihre Frau hier bleibt. Sie hat schöne Brüste. Schöne, große Brüste hat Ihre Frau.

Melih schaute ihn verständnislos an, feindselig kniff er seine Augen zusammen. Kurz zweifelte er, ob er richtig gehört hatte.

– Wir sprachen von der Miete.

Bertram blickte abwesend in seine Bildschirme.

– Ja ja, die Miete. Sie könnten etwas für mich tun.

Melih bemühte sich zu vergessen, was sein Vermieter über Dinas Brüste gesagt hatte, es zu ignorieren.

– Ich könnte kochen für Sie.

Melih setzte sich aufrecht hin, euphorisch war er, kurz sah er eine Möglichkeit, dem Schlimmsten zu entrinnen, doch das war es nicht.

– Das ist reizend. Aber es ist nicht nötig.
– Wir müssen in diesem Haus bleiben. Ich habe keine Wahl. Wir müssen. Sie bekommen Ihr Geld.
– Ich will kein Geld.

Melih war sich wieder nicht sicher, ob er richtig verstanden hatte, er beugte sich weiter nach vorne, drehte sein Ohr in die Richtung seines Vermieters und wartete.

– Ich will kein Geld. Sie haben mich richtig verstanden.
– Nicht?
– Nein.
– Was dann?
– Sie müssten nie wieder Miete bezahlen. Sie könnten umsonst in dem Haus wohnen.

Melih trank einen großen Schluck, er wartete ab, der Mann mit der Prothese schaute ihn an.

– Meine Frau wollte unbedingt ein Haus. Ich habe es für sie getan. Eigentlich habe ich es für meinen Sohn getan.
– Haben Sie mich verstanden? Haben Sie verstanden, was ich gesagt habe?
– Nein, ich denke nicht.

– Wenn Sie mit mir zusammenarbeiten, können Sie im Haus wohnen bleiben.
– Was wollen Sie von mir?

Bertram ließ sich Zeit, ließ Melih auf dem Besucherstuhl schwitzen, er genoss es zu sehen, wie er sich wand, er zögerte es hinaus. Nur langsam sprach er weiter, Stück für Stück warf er es ihm hin, er beobachtete sein Gesicht, jede Regung, die Wut, die aufstieg und in seinem Mund liegen blieb, hinter seinen Lippen schrie, verebbte, starb.

– Ich möchte, dass Sie mit Ihrer Frau schlafen, dass Sie es tun, wenn das Licht eingeschaltet ist, dass Sie es tun, sooft es geht, sooft Sie sie dazu bringen können, ich will, dass Sie mir etwas bieten für mein Geld.

Bertram hob die Hand, legte einen Finger an seine Lippen.

– Nein, sagen Sie nichts, ich erkläre es Ihnen, hören Sie mir einfach zu, bis zum Ende. Wenn Ihnen nicht gefällt, was Sie hören, können Sie ja gehen.

Melih schwieg, er wusste nicht, was er sagen hätte sollen, er konnte nicht glauben, was dieses Schwein vor ihm sagte.

– Ihre Frau gefällt mir, sie ist so anders als Uschi. Ich möchte mehr von ihr sehen, verstehen Sie? Ich habe Kameras in Ihrer Wohnung, überall, in jedem Zimmer. Ich sehe alles, was Sie tun, ich höre Sie, Sie sind hier auf meinem Bildschirm, Sie und Ihre Frau, wenn Sie aufwachen, wenn Sie einschlafen, wenn Sie nach Hause kommen, wenn Sie auf der Toilette sitzen, alles, was Sie tun. Ich will sie schreien hören, Ihre Frau. Ich will, dass Sie regelmäßig mit ihr schlafen, öfter als bisher, ich will ihre Brüste sehen, ihre Vagina. Ich will nicht, dass sie sich zudeckt, ich will alles sehen, verstehen Sie das? Nicht zudecken. Sie werden das für mich tun. Es ist so öde hier alleine in dem Haus. Ich muss mich unterhalten, das verstehen Sie doch? Sagen Sie nichts. Bleiben Sie sitzen. Sie haben keine Wahl, das wissen wir beide. Weil Ihre Frau so herrisch ist. Ich habe gehört, was sie sagte, über das Haus und das Kind, dass Sie nur Vater werden, weil Sie sie in mein Haus gebracht haben. Schrecklich, was sie da mit Ihnen gemacht hat. Es bleiben Ihnen wirklich nicht viele Möglichkeiten offen. Und das ist gut so, das ist sehr gut. Deshalb spreche ich auch so offen, verstehen Sie? Ich will Ihnen helfen, als Ausländer hat man es nicht leicht hier. Sie können sich also glücklich schätzen. Ich könnte sie anrufen, Ihre Frau. Sie würde sich bestimmt freuen. Schauen Sie her, hier auf diesen Monitor, da ist sie.

Bertram drehte den Bildschirm in Melihs Richtung. Dina lag in der Badewanne mit geschlossenen Augen.

- Wie schön sie aussieht, wenn sie glücklich ist. Wie sie wohl ist, wenn Sie ausziehen müssen? Aber Sie kennen sie ja besser als ich. Es ist also ganz einfach, oder? Sie zahlen keine Miete mehr. Und dafür ficken Sie Ihre Frau. Das ist Ihr Glückstag.

Bertram schaute mit einem Lächeln in den Bildschirm.

- Was für ein Weib.

Dann schwieg er, schaute abwechselnd auf Dina und Melih. Er schüttete Wein in Melihs Glas, Melih starrte auf den Bildschirm, die Worte fehlten ihm. Er wollte über den Schreibtisch springen, in seinen Hals beißen, ihn aufreißen, seinen Kopf auf den Schreibtisch schlagen, bis er nichts mehr sagen könnte.

Er hatte zugehört, war sitzen geblieben. Er rührte sich nicht, sah Dina, wie sie zufrieden in der Wanne lag. Ihr Bauch, wie er aus dem Wasser ragte. Melih wollte ihn töten. Mehr noch. Aber er blieb sitzen und trank Wein mit Bertram. Lange Schlucke.

Melih unterdrückte alles, was schrie in ihm, er blieb sitzen, sprang nicht über den Schreibtisch, biss nirgendwohin, kein Blut spritzte. Er schluckte alles hinunter, Glas für Glas. Sie saßen da und schauten Dina zu, Bertram und Melih. Sie tranken.

Melih schwieg, er ordnete seine Gedanken, er versuchte zu fassen, was vor ihm lag, was dieses Schwein ihm hingeworfen hatte, er versuchte die Teile zusammenzufügen, zu verstehen. Dina war auf dem fremden Bildschirm, sie summte ein griechisches Volkslied, das er ihr beigebracht hatte. Melih goss Wein in sich. Bertram nickte verständnisvoll und schenkte ihm nach. Melih trank. Dann verabschiedete er sich mit einem Nicken und ging.

Ohne ein Wort ging er die Treppe hinunter, machte die Tür zu. Er schwieg, auch als Dina ihn drängte, ihm zu sagen, wo er gewesen sei, er schwieg. Er lächelte sie nur an, verführte sie und steckte seine Finger in sie. Während sie kam, fragte er sich, wo die Kameras waren. Er sah sie nicht.

Dina schrie. So wie Bertram es sich gewünscht hatte.

Ihre Decke hatte er ganz nach unten gezogen.

Dina stöhnte.

Melih tat es für Tákis.

Ruben & Suza

Suza spazierte neben ihm.

Immer wieder ging sie rückwärts, genau vor ihm her, schaute ihn an, in seine Augen.
- Es ist so schön, dass ich dich sehen darf, dass ich nicht aufpassen muss. Dass ich ohne Stock gehen darf.

Sie rannte plötzlich los, zur Seite hin, auf die Tunnelwand zu, sie rannte schnell, unmittelbar vor der Betonwand stoppte sie. Ihr Gesicht war wenige Zentimeter vom Beton entfernt. Ruben lachte.
- Das macht Spaß, oder?

Suzas Augen waren voller Freude, sie strahlte Ruben an.

- Stell dir vor, ich wäre blind.
- Dann könntest du im Zirkus Karriere machen.

Suza kam zu ihm zurück, ging wieder neben ihm. Das Lachen verschwand.
- Ich weiß nicht, was ich machen soll, wie ich weitermachen soll.
- Wie viel kostet eine Fotografie?
- Fünftausend Euro, zehntausend.
- Wie viele verkaufst du?
- Viele.
- Schwierige Entscheidung.
- Eigentlich will ich nicht mehr. Ich kann nicht mehr, verstehst du. Blind sein, mich verstellen, sobald ich das Haus verlasse, immer die Vorhänge zu, immer Angst, entdeckt zu werden. Nichts Falsches machen, mich verstellen.
- Klingt nicht gut.
- Nein.
- Ich kann mir vorstellen, wie das ist.
- Ich kann nicht mehr.
- Das verstehe ich.
- Hast du keine Angst, dass sie dich erwischen?
- Doch, habe ich. Aber ich denke, dass mich keiner gesehen hat. Das Auto stand vor der Bank. Ich bin einfach hin und habe mir meinen Koffer genommen. Da war niemand. Sie haben es nicht bemerkt, sie sind nicht zurückgekommen, auch später nicht, niemand hat nach mir gesucht, nach dem Geld. Trotzdem habe ich Angst.
- Die haben doch Kameras?
- Ich weiß.
- Und?
- Ich habe ein Luftdruckgewehr. Habe ich meinem Sohn gekauft, als er fünfzehn war, aber meine Ex-Frau hat es verboten. Ich habe es aufbewahrt und später heimlich geschossen, gemeinsam mit ihm. Wir haben

Tauben von Bäumen geholt. Ich war richtig gut darin. Bin ich immer noch.
- Die Kameras waren also die Tauben?
- Ja. Das Fenster war nur einen kleinen Spalt offen, ich war hinter dem Vorhang.
- Und peng?
- Zweimal peng. Zwei Kameras.
- Und dann?
- Bin ich losgerannt.
- Und niemand war auf der Straße?
- Nicht um diese Uhrzeit. Es war Mittag.
- Auf den Balkonen, hinter den Fenstern?
- Keine Balkone in dieser Straße. Nein, ich denke nicht, dass da jemand war.
- Keiner hat etwas gemerkt? Der Transporter ist einfach abgefahren?
- Alles war ruhig, keiner ist zurückgekommen.

Suza und Ruben gingen nebeneinander her, sie unterhielten sich wie alte Freunde.
- Was hast du gemacht, bevor du Mixer verkauft hast?
- Ich bin Schauspieler.
- Du bist gut.
- Warum? Glaubst du mir nicht?

Suza ging wieder rückwärts vor ihm her, schaute ihn durchdringend an, lächelte aber dabei.
- Doch. Ich glaube dir. Trotzdem bist du gut.
- Ich habe mich sehr bemüht.
- Wie viel Geld ist es?
- Viel. Sehr viel.
- Was machst du damit?
- Ich könnte mir Bilder kaufen, von dieser blinden Fotografin.

Er grinste. Seine Lunge ignorierte er, das Atmen, das laut war neben seinem Lächeln.

- Ernsthaft. Was machst du jetzt?
  Ruben ging, überlegte, atmete.
- Ich will aus diesem Tunnel. Und ich will nicht gefunden werden. Mehr weiß ich noch nicht. Alles andere passiert, hat meine Großmutter gesagt. Schicksal.
- Schicksal?
- Ja.
- Und deine Kinder?
- Sind erwachsen.
- Deine Frau?
- Ex-Frau.
- Deine Freundin?
- Ist ertrunken.
- Ertrunken?
- Fast.
- Fast?
- Sie hat mich verlassen, als ich im Koma war.
- Du warst tatsächlich im Koma?
- Ich dachte, du glaubst mir.
- Ich bemühe mich. Ist nicht immer ganz einfach. Ein spannendes Leben, das du da hast.
  Suza lachte.
- Ich glaube dir. Weil deine Stimme so schön ist, so ehrlich.
- Vier Monate lang war ich weg, lag ich in einem Bett. Man hatte ihr gesagt, dass ich behindert sein würde, falls ich aufwache.
- Und das warst du nicht?
  Wieder lachte sie.
- Du hast ein sonniges Gemüt.
- Ich bin gerade sehr glücklich.
- Aber dein Manager ist eben gestorben. Du hast gesagt, er sitzt tot im Auto.
- Trotzdem sonnig, mein Gemüt.

- Ich mag dich. Frag mich nicht warum. Es ist so.
Suza schaute ihn vertraut an.
- Frag mich, was ich fotografiere.
Rubens Mundwinkel gingen wieder nach oben. Diese Frau war so erfrischend, er musste sie anlächeln, musste tun, was sie sich wünschte.
- Was fotografierst du?
- Hotelzimmer.
- Fünftausend Euro für ein Foto von einem Hotelzimmer?
- Genau. Es sind Fotos von Zimmern mit Spuren. Bewohnte Zimmer ohne Menschen. Ich versuche ihre Spuren sichtbar zu machen, ich ertaste mir mein Bild, mache die Dinge lebendig, belebe einen toten Raum.
- Steht das so im PR-Text?
Suzas Zähne waren weiß und groß, ihr Lachen flog durch den Tunnel.
- Ich mag meine Bilder. Die Idee war von mir, nicht von ihm. Warum die Leute so viel Geld dafür bezahlen, ist mir auch ein Rätsel.
- Deine Bilder sind bestimmt schön. Vielleicht kaufe ich mir wirklich eines.
Ruben klopfte mit der flachen Hand auf seinen Rucksack. Suza wurde ernst.
- Wir müssten bald da sein.
- Wo?
- Bei den anderen. Der Unfall. Bei dem Verletzten.
- Wie weit ist es noch?
- Ein paar Minuten, denke ich. Schaut alles gleich aus hier. Und ich war noch blind, als ich in deine Richtung gegangen bin.

Ruben schwieg. Er überlegte. So viele Gedanken gingen durch seinen Kopf, er wollte Weite, hinaus aus diesem Tunnel, er fühlte sich beengt, bekam kaum Luft, er wollte nicht an noch eine Unfallstelle kommen, wieder an-

gehalten werden, in Gefahr geraten, entdeckt zu werden.
Er ging, so schnell er konnte, er dachte nach über Suza,
ihren Manager, über die Bilder, die sie machte, über seine
Nachbarin, das Geld, über die Hotelzimmer. Das Gespräch
mit Suza lenkte ihn ab.
- Deine Fotografien?
- Was ist damit?
- Du fragst wildfremde Menschen, ob sie dich in ihre
  Zimmer lassen, um sie zu fotografieren, um darin herumzuschnüffeln, alles anzugreifen? Das ist ungewöhnlich.
- Ich greife nichts an. Beim Fotografieren bin ich allein,
  ich schaue mir das einfach an, lasse es wirken auf mich.
  Bis ich mein Bild gefunden habe. Ich mag meine Arbeit.
- Ich mochte meine auch. Ich habe Mixer verkauft.
- Das hast du schon gesagt. Und du bist Schauspieler,
  das hast du auch gesagt.
- Als Schauspieler war ich nicht besonders erfolgreich.
  Mit Ulrich war das anders. So heißt der Mixer.
- Ulrich?

Ruben erschrak, er sah die kaputten Autos vor sich, er
blieb stehen und starrte.
- Dein Manager?
- Ja. Und ich bin blind, vergiss das nicht.
- Dein Stock?

Suza klappte ihn auf, klapperte wieder. Sie gingen auf
die Unfallstelle zu.
- Verstehst du? Die wissen nicht, dass ich sehen kann.
  Niemand weiß das. Ich bin blind.
- Deshalb hast du ja den Stock, oder?
- Genau.
- Wir gehen einfach weiter, nicht stehenbleiben, einfach
  weitergehen, wir gehen vorbei, wir sagen, wir holen
  Hilfe, nicht stehenbleiben.

- Das können wir nicht.
- Ich muss. Ich kann nicht warten, bis die Polizei kommt.
- Da ist tatsächlich Geld in deinem Rucksack?
- Nicht stehenbleiben.

Sie gingen ganz nahe an die Autos heran, sie sahen Uschi von hinten, sie beugte sich auf der Fahrerseite in den Wagen, steckte ihren Kopf durch das Fenster, redete mit Bertram. Sie hörte die Schritte nicht, Suzas, Rubens.

Ein kleines Stöhnen kam aus dem Wagen, leise, zwei Stimmen. Das Klappern von Suzas Stock kam näher. Suza blieb stehen, sie hielt Ruben fest, zerrte an seinem Arm, zog, stellte sich vor ihn, hielt ihn auf. Sie ging zur Beifahrertür, Ruben folgte ihr. Sie beugte sich nach unten, steckte ihren Kopf ungeschickt in den Wagen, hielt sich am Blech fest, ihre Hände suchten Halt, fuchtelten in der Luft herum. Rubens Augen streiften die kaputten Autos. Suza begann zu schreien.

Lange starrte sie Walter an und schrie.

Er saß am Beifahrersitz. Direkt vor ihr sein Gesicht. Es war voll Blut. Er sagte nichts. Suza schrie. Ihre Augen waren weit offen.

Ich dachte, Sie sind blind, sagte Bertram.

Uschi

Bertram und Walter.

Sie sah die beiden Männer im Auto sitzen. Sie stand vor dem Wagen, in ihrem Kopf waren so viele Dinge, sie musste sich entscheiden, sie sah, wie er mit ihm redete, sie wusste, dass etwas passieren würde, sie wusste es. Walter war wütend. Er wollte mehr, als sie geben konnte, er würde alles kaputt machen. Sie sah seinen Mund, wie er auf- und zuging, wie er mit Bertram redete, wie er ihn anstarrte, ihn provozierte. Sie schrie einfach so laut sie konnte. Etwas anderes fiel ihr nicht ein.

Sie stand vor dem Wagen und schaute ihnen zu, sie wusste nicht, was sie tun sollte, wie sie es verhindern könnte. Sie sah Bertrams Gesicht, seine Augen, wie kalt sie waren, sie sah Walters Mund, wie er sich bewegte. Sie nahm den Schuh und begann auf das Auto einzuschlagen. In ihrem Kopf war es laut, mit jedem Schlag auf das Auto fiel ihr etwas ein, kam ein Stück Vergangenheit zurück. Ihr Blick auf Walter, seinen Mund, seinen Oberlippenbart. Wie sie ihn zum ersten Mal gesehen hatte.

Kurz bevor die Nase im Garten verlorenging.

Er kam ins Institut und bat um Hilfe für seine Schlafprobleme. Er war so einfach, so direkt, so anders als Bertram. Er willigte ein, diesen Versuch zu machen, eine Studie, er sagte, er könne ohnehin nicht schlafen. Er gefiel ihr, seine Art, die traurigen Augen, sie mochte ihn, schrieb über ihn, eine Serie von Artikeln, erforschte ihn, wühlte in ihm herum, begleitete ihn Tag und Nacht.

Irgendwann hatte sie sich vorgestellt, wie es wäre, seine Zunge zu spüren, seine Hände. Sie dachte an Walter, als sie bei Bertram im Krankenhaus saß, sie rief ihn an, redete mit ihm, spürte, wie er sich verliebte in sie, wie ihre Gefühle durcheinandergerieten. Wie sie langsam von Bertram wegtrieb. Zu Walter hin.

Sie wollte nicht, dass die Dinge sich veränderten, dass die Nase nicht mehr an ihrem Platz war, dass ihr Mann nicht mehr schön war, dass nichts mehr stimmte. Dass sie nicht mehr sicher war. Sie traf Walter heimlich, sie genoss ihn und irgendwann nahm sie sich seine Zunge. Bertram schloss seine Praxis und vergrub sich. Walters Zunge wanderte auf und ab auf ihr, sie wurde selbstverständlich für sie, kam immer öfter in ihren Mund, wurde ein Teil von ihr.

Sie gewöhnte sich an die heimlichen Stunden mit ihm, sie stahl sich die Zeit, genoss Walters Liebe auf sich. Sie brauchte ihn, seine Hände, sein Gesicht. Bertram berührte sie nur noch selten, ab und zu, aus Pflichtgefühl, wenn sie ihren Ekel bezwang. Sie versuchte ihn zu ertragen, die Plastiknase, sie zu vergessen, die dunklen Löcher über seinem Mund. Sie wünschte sich ihre Welt zurück, doch sie kam nicht. Sie traf Walter. Sooft sie konnte, sooft es ihr möglich war. Sie nahm sich, was ihr zustand.

Bertram ging nicht mehr aus dem Haus. Ein gemeinsames Gesellschaftsleben gab es nicht mehr, keine Ausstellungen, keine Restaurants, nichts mehr. Er lief durch das Haus, ungewaschen, oft in hässlichen Trainingsanzügen, manchmal nackt. Irgendwann hörte er auf, sich um sie zu bemühen, für sie zu kochen, sie zurückzugewinnen. Er gab sie auf, nahm, was sie bereit war zu geben, gab sich zufrieden mit einem Teil von ihr. Er ließ sie gehen. Egal wohin, er hielt sie nicht auf. Und Uschi ging. Zu Walter, zu ihrem Oberlippenbart, zu ihrem neuen Mund, der jetzt vor ihr auf- und zuging. Ein Mund, und darüber eine Nase.

Sie schlug auf das Auto ein, sie schrie.

Sie wusste nicht mehr weiter. Walter saß neben Bertram. Redete mit ihm. Er hatte sich einfach in das Auto gesetzt, hatte alle Regeln gebrochen. Sie schaute die beiden Männer an. Sie hatte keine Kontrolle mehr. Bertram würde sein Bein verlieren, Walter würde über sie sprechen, ihm alles erzählen. Sie schrie, laut, schlug zu mit ihrem Schuh. Sie wollte, dass es aufhörte, dass es einfach aufhörte. Sie schrie, schlug, Walter schnitt Grimassen, rief ihren Namen, in Gedanken schlug sie auf ihn ein, auf Bertram, auf alles, das ihr im Weg stand, auf alles, das ihr Leben schwer machte.

Sie spürte Walters Blicke, sie wollte ihm nicht wehtun, sie wollte das nicht, sie wollte in dieses Hotel mit ihm, wollte seine Zunge, seine Hände. Sie wollte dieses Wochenende, wünschte sich, allein zu sein mit ihm, ohne Probleme, ohne Streit, ohne Bertram, ein unversehrtes Gesicht, eine Nase.

Sie hätte Bertram erwürgen können dafür. Dass er mitgekommen war, dass er darauf bestanden hatte mitzufahren, ohne Nase. Sie verstand nicht, warum er das tat. Er schaute sie an, er sprach mit Walter.

Er sah durch die kaputte Windschutzscheibe in ihre Augen. Er wirkte so ruhig, so überlegen, sein Gesicht hinter der Scheibe so gelassen, so, als wäre alles wie früher, als wäre alles gut, als würde sein Bein nicht feststecken, nicht sterben in diesem Moment. Er schaute sie an, seine Augen waren stark, sie sah nur diese Augen, nicht die Löcher darunter. Er war ganz ruhig, bewegte sich kaum, er saß in seinem Sessel und schaute sie an.

Es ging sehr schnell.

Seine Augenbrauen hoben sich für einen Moment, ein Auge schloss sich, seine Mundwinkel gingen nach oben, kurz nur. Er zwinkerte ihr zu, während sie auf das Auto einschlug, während Walter alles kaputt machte. Alles, was sie noch hatte. Er zwinkerte ihr zu und plötzlich war es ihr klar.

Er wusste Bescheid. Er wusste von ihm, wusste, wo sie war, wenn sie ging, er wusste es, alles. Es war in diesem kleinen Grinsen. Bertram sprach mit ihm, Walter mit Bertram. Sie konnte sie nicht hören, sie wollte nicht wissen, was Walter sagte, was Bertram, sie war außer sich, sie wollte nur, dass es aufhörte, dass es einfach aufhörte.

Sie schlug zu.

Zweimal, dreimal, bis er sich nicht mehr bewegte, nichts mehr sagte, bis es still war. Sie hatte den Feuerlöscher aus der Halterung genommen, war kurz aus Bertrams Blickfeld verschwunden, um den Wagen herumgegangen. Sie wollte, dass es aufhörte. Sie schlug zu. Walter hatte keine Zeit zu reagieren, auszuweichen, das Metall kam in sein Gesicht, an seine Stirn, schnell, dunkel.

Bertram sagte nichts, schaute zu, hielt sein Bein, sagte nichts, er hörte nur das Geräusch, das Walters Kopf machte. Es war dumpf. Etwas brach. Dann war es still.

Uschi machte den Feuerlöscher mit einem Taschentuch sauber und stellte ihn zurück in die Halterung, vorsichtig, leise.

Nichts war laut. Alles war wieder gut.

Melih & Dina

Jedes Mal, wenn sie mit ihm schlief.

Wenn sie masturbierte, in der Wanne mit dem Duschkopf, wenn seine Finger in ihr waren, auf ihren Brüsten. Er konnte es sehen, alles von ihr, ihre Haut, immer. Wie sie es genoss, begehrt zu werden in dem schönen Haus, seine Lust, wie er sie verführte, wie er bei jeder Gelegenheit Dinge mit ihr ausprobierte, neue Dinge. Wie er sie zum Schreien brachte. Wie er sie liebte. Er tat, was er tun musste.

Ich hatte keine Wahl, sagte er und nahm ihre Wut. Sie saßen im Auto. Schnee fiel. Sie hörte ihm zu, er erzählte ihr alles. Satz für Satz.

Ich konnte nicht anders, ich liebe dich.

Dann schlug sie ihn. Es platzte aus ihr heraus. Sie hatte ihm zugehört bis zum Schluss, sie spürte sein Gesicht unter ihren Fäusten, seine Arme, seine Brust. Er ließ sie, benommen verstand er sie, er nahm alles, was sie ihm gab.

Er saß da und hörte ihr zu, spürte sie, hoffte.

Egal, was jetzt passiert, ich liebe dich, ich habe es für uns getan, flüsterte er.

Er stellte sich ihr Gesicht vor, wie es strahlte, wenn sie glücklich war, er erinnerte sich daran, während sie über ihn kam, sich der Himmel öffnete und sie auf ihn fiel, ihn beinahe erdrückte, überschwemmte. Sie war so wundervoll, sie war seine Frau, seine Liebe, sie war so wütend, enttäuscht. Sie hörte nicht auf, ihn zu beschimpfen, immer mehr Wörter fand sie, Blicke, Fäuste.

Jeder Kuss, jedes Wort, jeder Ton, der aus ihr kam, jeder Tropfen Schweiß, jede Träne, alles, dieses Schwein konnte alles sehen. Sie hasste ihn dafür, ihn, Melih. Jede Bewegung, jedes Detail von ihr, jeden Quadratzentimeter Haut, jede Regung. Alles war auf seinem Bildschirm. Alles, damit er zufrieden war. Damit sie in diesem Haus bleiben konnten.

Melih sagte es immer wieder. Ich habe es für uns getan.

Sie versuchte sich zu erinnern, während sie ihn bestrafte, ihren Zorn auf ihn schüttete. Sie holte sich alle Situationen vor Augen, die heilig waren, intim, alles, was er gesehen hatte, was gewesen war. Hunderte Bilder, unendlich viel nackte Haut.

Wie sie es genossen hatte, von Raum zu Raum zu gehen, nackt, sich frei zu fühlen, wie schön es war, glücklich zu sein. Melih hatte ihr dieses Haus besorgt, sie wusste nicht wie, sie wollte es auch nicht wissen, sie war ihm dankbar, sie genoss es einfach. Sie hatte Angst vor der Frage nach dem Wie, aber sie behielt sie für sich. Sie spürte, dass etwas nicht in Ordnung war, sie merkte, dass Melih sich veränderte, dass sich zwischen seinen Küssen Angst breit machte, ein beklemmendes Gefühl, über das er nicht sprach. Er schwieg. Sie ahnte nichts.

Über zwanzig Minuten war sie laut. Über zwanzig Minuten war Melih still, hörte ihr zu, er war schuldig, sie war verzweifelt.

Dann wurde es still im Auto.

Überall Schnee. Sie waren alleine, nur Dina und Melih, wie sie nebeneinander saßen und schwiegen. Lange. Und wie Dina zu weinen begann.

Wie Melih sie in den Arm nahm.

Langsam, behutsam.

Uschi & Bertram

Uschi war wieder ruhig.

Ihr Gesicht war so, als hätte es nichts erlebt. Sie sah Suza an, diese Augen, die plötzlich da waren im Auto, neben Walter, neben dem toten Oberlippenbart.

Wie Suza aufschrie, zurückschreckte, Bertram anschaute mit offenem Mund, dann Uschi. Wie Ruben sie von hinten umfasste und vom Wagen wegzog, einen Schritt, zwei, wie er um sie herumging, sich vorbeugte, Walter sah, Bertram, sein Gesicht, die Löcher.

Uschi stand nur da, war völlig ruhig. Sie hatte sich aufgerichtet, ihr Unterarm lag am Autodach.

Bertram redete als Erster.

– Wer sind Sie?
– Ich bin Ruben. Und wer ist das hier?
– Der ehemalige Liebhaber meiner Frau.
– Der Manager?
– Ich glaube, er war Polizist. Der Manager sitzt vorne.
– Was ist passiert?
– Er hatte einen Unfall.

Suza stand neben Ruben. Auch sie beugte sich nach unten und schaute wieder in den Wagen.

– Ist er tot? Was ist passiert? Er hat doch noch gelebt, was ist mit ihm, warum sitzt er hier, was habt ihr getan, er war doch eben noch ...

Uschi unterbrach sie, äffte sie nach.
- Du warst doch eben auch noch. Blind. Du kannst sehen? Was ist passiert?

Suza schwieg. Ruben bemühte sich, nicht an Bertrams Gesicht kleben zu bleiben, er sah das Bein, das Blech, wie ausweglos es feststeckte, er schaute Bertram fragend in die Augen. Vor ihnen lag ein Toter. Bertram ignorierte ihn, schaute an ihm vorbei, Ruben an.
- Ich sterbe, wenn mich nicht bald jemand hier rausholt.

Von unten nach oben, Stück für Stück.

Ruben antwortete schnell, er wollte weg von diesem Ort, er hatte damit nichts zu tun, am liebsten wäre er losgerannt, ohne ein Wort.
- Es gab einen Unfall am Westportal, alles ist blockiert, der Tunnel ist gesperrt. Was ist mit den Notrufsäulen?
- Funktionieren nicht.
- Was ist mit ihm?

Er deutete auf Walter.
- Wie ich gesagt habe: ein Unfall.

Suza mischte sich ein.
- Aber was ist passiert? Er ist tot.

Uschi schaute sie an.
- Tot, ja. Schaut so aus. Ein tragischer Unfall.

Bertram half nach.
- Mausetot.

Suza hakte nach.
- Wer hat das getan?

Uschi fuhr sie an.
- Damit auch du es verstehst: Er hatte einen Unfall, wie wir alle.
- Sie haben ihn umgebracht, oder?
- Sie sind blind, oder? Das steht doch so in der Zeitung? Eine blinde Fotografin, das ist etwas ganz Besonderes.

Suza schwieg. Bertram hielt sein Bein, mit der Faust schlug er auf seinen Oberschenkel, die Finger zwickten in die Haut. Er spürte nichts, versuchte es wieder. Weiter unten war bereits alles tot.
- Es kriecht nach oben, ich kann nichts tun. So wie Sie, meine Liebe. Sie können auch nichts tun. Nur akzeptieren, dass es ein Unfall war. Sie haben nichts gesehen, Sie sind blind.
- Ich habe …

Bertram unterbrach sie, nahm ihr das Wort aus dem Mund, brachte sie zum Schweigen.
- Sie sind sehr erfolgreich im Moment. Ich bin mir sicher, Ihre Bilder verkaufen sich besser, wenn Sie nichts gesehen haben. Sie sind doch keine Betrügerin, oder?

Ruben zog Suza vom Wagen weg. Sie wehrte sich, er schob sie ein Stück, stellte sich vor sie, versuchte die Situation zu beruhigen.
- Sie sagten doch, es war ein Unfall.

Bertram nickte.
- Ja, tragisch, sehr, sehr tragisch.
- Wenn Sie sagen, dass es ein Unfall war, dann war es ein Unfall. Wir bedauern das sehr, Suza und ich.

Wieder wollte Suza etwas sagen, wieder kam es nicht dazu. Ruben wollte ihr helfen, sie nicht in Schwierigkeiten sehen, sich. Er wollte hinaus aus diesem Tunnel und er wollte, dass Suza mit ihm ging.
- Wir werden in die andere Richtung laufen und Hilfe holen für Sie, für Ihr Bein. Man kann bestimmt noch etwas für Sie tun.
- Es gibt da noch ein Problem.

Bertram schaute ihn an. Rubens Geduld war am Ende, er hatte kein Lust zu raten, was dieser Mann von ihm wollte, er wollte weg, er ärgerte sich, dass er überhaupt

stehengeblieben war. Er schaute Suza an, er musste sich entscheiden, bleiben, gehen.
- Sie müssen uns helfen.
- Er sitzt im falschen Auto.
  Uschi grinste, riss ihre Augen weit auf.
- Bravo. Hundert Punkte, Sie haben das Programm erfolgreich abgeschlossen. Und weil Sie so schlau sind, werden Sie mir jetzt helfen, das mit den Sitzplätzen richtigzustellen.

Sie lachte die beiden übertrieben freundlich an, ihre Augen waren groß, wahnsinnig irgendwie. Ruben hielt seinen Rucksack fest, er hatte keine Kraft mehr, Leichen herumzutragen, etwas zu tun, das ihn in Gefahr brachte. Er schaute auf Suza, den Mann im Auto, die Leiche.
- Wir helfen Ihnen, dann gehen wir.
  Uschi nickte.
- Es wäre mir sehr schwer gefallen alleine. Er wiegt neunzig Kilo.
  Bertrams Stimme flog aus dem Wagen.
- Das Schwein.
  Uschi bückte sich, schaute ihn an. Lange. Sie sagte nichts, schaute nur mit diesen kalten Augen. Lass das, sagten sie.
  Ruben drängte.
- Schnell, bitte, wir müssen weiter.
  Uschi richtete sich wieder auf.
- Eilig?
- Wir sollten seinen Fuß da herausholen. Und das schnell.
  Suza legte ihre Hand auf Rubens Schulter.
- Warte.
  Sie bückte sich und schaute Bertram mitten ins Gesicht, ihre Stimme war fordernd.
- Ich bin blind. Und jeder hier weiß das?

- Sie sind blind. Uschi und ich können das bestätigen.
Bertram suchte ihren Blick.
- Und er? Was ist mit ihm, ist er auch blind?
Ruben reagierte schnell.
- Er hat auch nichts gesehen. Ich war gar nicht hier.
Ich hatte meinen eigenen Unfall. Das hier ist nicht
mein Problem, ich will nur weg hier. Kommen Sie jetzt,
schnell.

Sie hoben Walter aus dem Wagen.

Sie hielten ihn bei den Armen, zogen, zerrten, der Körper kippte auf den Boden. Ruben nahm den Rumpf, Uschi und Suza die Beine. Bertram schaute im Rückspiegel zu, wie sie ihn trugen, wie sie ihn vorsichtig auf den Fahrersitz setzten, umständlich, wie sie Walters Fleisch an seinen Platz drückten, es zwischen dem Blech hindurchzwängten, seine Beine in den Wagen hoben.

Ruben war außer Atem, er wollte weiter, er wollte aus diesem Tunnel, er wollte diesen Körper nicht in seinen Händen haben, ihn nicht tragen, verbiegen. Nichts von dem hier berührte ihn, ging ihn an, er machte seine Augen zu, er hielt es von sich fern. Er tat es nur für sie, für Suza, für die Frau, die durch den Tunnel rannte. Sie hatte ihn darum gebeten, wortlos, sie hatte ihn angeschaut, kurz Bitte gesagt mit ihren schönen Augen. Er hatte Walter gepackt und in den gelben BMW gezogen.

Uschi stand neben dem Wagen. Sie schaute ins Innere, überlegte, schaute Walter an, wie er da saß, wie sein Gesicht war. Bertram sah sie im Spiegel. Walter saß da. Uschi schaute ihn an, sie zitterte, sie wollte zu ihm hin, sie wollte ihn berühren, sie wollte seine Haut spüren. Sie zitterte, als würde sie frieren, ihr ganzer Körper bebte. Ruben und Suza neben ihr. Keiner rührte sich von der Stelle. Sie hatten ihn wie eine Puppe in das Auto gesetzt.

Uschi dachte nach, Walters Küsse fielen ihr ein, seine Zunge in ihrem Mund, alles, was aus ihm gekommen war, sein Lächeln, die Lippen, die sie so mochte. Das kleine Kitzeln auf ihrer Haut, wenn er sie küsste, sein Bart. Wie liebevoll er gewesen war, wie groß sein Herz. Wie dankbar er gewesen war für alles, was sie ihm gegeben hatte, wie sie ihn brauchte, ihren kleinen, geilen Proleten.

Uschi schaute in sein Gesicht. Sie verabschiedete sich. Bertram beobachtete sie im Rückspiegel. Wie sie in das Auto starrte, hilflos irgendwie, ohne Kraft, aber mit diesem Ausdruck, den er nicht gut fand an ihr. So viel Gefühl für diesen Mann. Die Tränen, die aus ihr kamen, sah er nicht, aber er wusste, dass sie da waren, dass sie schnell und wild aus ihr krochen, dass sie über ihre Wangen fielen, nach unten. Wie sie zitterte, immer wenn sie weinte. Er wusste es.

Suza hielt sich ihre Hand vor den Mund. Sie hatte eine Leiche aus dem Auto gezogen, sie hatte Maurice verloren, sie hatte den Körper in das gelbe Auto gestopft, sie hatte überlebt, sie hielt ihre Hand vor den Mund, schaute Uschi an. Wie sie da stand, in den Wagen starrte, weinte.

Ruben wollte gehen, er war dabei sich umzudrehen, als Uschi einen Schritt machte, sich in den Wagen beugte, Walters Oberkörper nach vorn presste, sich mit ihrem rechten Bein zwischen den Sitz und seinen Rücken schob, ihren Körper gegen seinen stemmte. Walters Brustkorb lag am Lenkrad. Mit beiden Händen nahm sie seinen Kopf.

Sie hielt Walters Kopf zärtlich in ihren Händen. Dann schlug sie ihn gegen die Windschutzscheibe, mit voller Kraft. Sie musste es tun, die Scheibe war nicht kaputt an der Stelle, an der sie es sein sollte. Es war ein Unfall. Alles sollte so aussehen. Walter war ungebremst in den Wagen vor ihm gefahren, sein Kopf schlug gegen die Windschutzscheibe, irgendwie ist sein Genick gebrochen, oder es war eine Hirnblutung. Er saß tot in seinem Auto. Walters Haut auf Uschis Fingern, seine Haare, das Geräusch auf dem Glas.

Wie sie den Kopf hielt, liebevoll. Wie er gegen das Glas prallte. Wie sie die Augen zumachte, den Knall hörte.

Sie wollte mit ihm das Wochenende verbringen. Drei Tage nur mit ihm sein, unbeschwert. Neben ihm einschlafen, aufwachen, glücklich sein. Sein Kopf zwischen ihren Händen, wie sie ihn zärtlich wieder nach hinten legte, zurück in die Lehne.

Suza und Ruben schauten zu.

Sie rührten sich nicht, sie konnten sich nicht bewegen, nichts tun. Sie schauten Uschis Tränen zu, sie schauten ihr zu, wie sie diesen Kopf zerschlug auf dem Glas, so selbstverständlich, sachlich. Wie sie dann dastand und sich alles aus dem Gesicht wischte mit ihrem Unterarm. Wie sie die Tränen auf ihrer Haut verrieb, bis nichts mehr übrig war. Wie Uschi sie anschaute, ausdruckslos, kalt.

Ruben nahm Suzas Hand, er flüsterte, zog sie weg.

Bitte komm, sagte er. Schnell. Leise, wie eine Beschwörung klang es, eindringlich seine Worte.

Suza drehte sich um, nahm ihren Koffer und ging mit ihm. Sie schauten nicht zurück, sie gingen schnell, ohne zu sprechen. Niemand hielt sie, bat sie zu bleiben. Keiner sagte ein Wort. Auch Bertram nicht.

Er starrte auf sein Bein, hielt es mit einer Hand, er schaute Uschi an im Rückspiegel, hielt sich die andere Hand vor sein Gesicht.

Sie schaute in seine Richtung. Ihre Augen waren leer.

Die Hand vor seinem Gesicht.

Es war still. Nur die Lüftung.

Sie waren jetzt allein.

Dieter & Claudia

Er stieg aus.

Scheinwerfer, dichtes Schneetreiben, große Flocken, dazwischen das gelbe Licht, überall Menschen, Autos, Stahlseile, die versuchten, den Lkw vom Tunnel wegzuziehen, aufzurichten, ein Krankenwagen, Polizisten, Sanitäter.

Dieter schaute kurz zu. Der Fahrer lag immer noch unter der Decke am Straßenrand. Er ging um den Wagen herum, dann öffnete er die Beifahrertür und nahm das Kind von Claudias Schoß, vorsichtig. Sie gab es ihm, lächelte ihn an, zog die Tür wieder zu. Dieter beschützte das schlafende Kind vor dem Schnee, ging vorsichtig, klopfte leise, flüsterte und legte der Frau das Kind auf ihre Oberschenkel. Sie weinte, sie dankte ihm, sie bettete Tákis behutsam.

Sanft drückte Dieter die Tür ins Schloss. Der Schnee war schön, er deckte alles zu.

Dieter stand vor dem Saab und streckte sein Gesicht in den Himmel, den Flocken entgegen. Er wollte mit ihr allein sein, er wollte zurück in dieses Auto, er wollte, dass sie neben ihm saß, dass sie da war, wenn er die Tür aufmachte, er wollte sie anschauen, ihre Stimme hören, ihr Gesicht sehen, sie berühren. Er stand da, spürte den Schnee. Er wollte, dass es nicht aufhörte.

Nachtdienst seit vier Jahren, seine Kabine irgendwo, er war glücklich. Die Flocken in seinem Gesicht, wie seine Haut sie aufnahm, aufsaugte, wie er sich zurück neben sie setzte, die Tür schloss, wieder mit ihr allein war.

Wie ihr Herz schlug, seines. Niemand schaute ihnen zu, niemand sah sie. Der Schnee deckte sie zu, es war angenehm warm. Sie leerten Wein in ihre Münder, schauten sich eine Weile nur an, redeten nicht, suchten das Gesicht des anderen ab, verloren sich darin, fanden sich.

- Ich habe sie noch nie jemandem gezeigt.
- Deine Brüste?
- Ja.
- Schämst du dich?
- Der Mann, mit dem ich zusammen war, er hat mich verlassen deswegen.
- Du bist wunderschön.
- Ich hatte Angst davor. Dass er mir weh tut, wenn er es sieht. Immer hatte ich Angst davor. Ich bin ein Krüppel unter meinem Pullover. Ich weiß, dass ich hübsch bin, aber wenn ich ausgezogen bin, funktioniert die Welt nicht mehr. Sie haben mich ausgelacht früher, die anderen Mädchen, sie haben geredet über mich, gelacht, immer.
- Du bist wunderschön.
- Du hast mich noch nicht nackt gesehen.
- Dein Freund war ein Idiot.
- Ich habe gehofft, dass es nicht so ist.
- Er hat dich nicht gesehen? Nie? Nackt?
- Nein.
- Und was war mit Sex?
- Kein Sex.
- Kein Sex?
- Nein.
- Wegen deinen Brüsten?
- Weil ich Angst hatte. Immer schon. Wenn ich nackt bin, ist alles anders.
- Und wirklich kein Sex?
- Nein.
- Noch nie?
- Noch nie.
- Du bist Jungfrau?
- Jungfrauentreffen! Ist doch heute hier, oder?

Dieter lachte, nahm seine Flasche, stieß an mit ihr, ausgelassen. Er berührte ihre Hand. Seine Finger strichen

sanft über ihre, langsam. Ihr Lachen war warm, weich, seines folgte ihr, tanzte mit ihrem. Innerlich brannten sie, bebten.
- Der Wein ist gut, oder?
- Ist er.
Die Hände verfingen sich ineinander, ihre, seine.
- Deine Brüste?
- Was ist mit ihnen?
- Ich würde sie gerne sehen.
- Sie sehen?
- Und sie berühren.
Claudia trank einen großen Schluck.
- Aber du hast doch keine Erfahrung mit Frauen, mit Brüsten.
- Du bist so schön.
- Niemals.
- Bitte.
Claudia schwieg, spürte seine Finger auf ihren, seine Haut, sie trank. Dieter fragte leise, behutsam, zärtlich fast.
- Wenn es heute der letzte Tag in deinem Leben wäre, jetzt, hier, deine letzten Stunden, wenn morgen alles vorbei wäre, wenn du zum letzten Mal die Gelegenheit hättest, eine Hand auf deinen Brüsten zu spüren. Wenn der Schnee nicht umsonst vom Himmel fiele, wenn er nur dafür da wäre, uns zu verbergen, uns zusammenzubringen, dich, mich. Wenn er morgen nicht mehr da wäre.
Claudia spürte seine Finger, hörte sein Herz, ihr Herz, laut.
- Der Schnee ist wegen uns hier?
- Ja. Ist er.

Es war still im Saab. Dieter sagte nichts mehr, spürte nur, saugte alles auf, alles von ihr, jede Regung, jede kleine Bewegung, die sie machte, alles, jedes kleine Zittern zwischen ihnen. Claudia legte ihm ihre Hand auf den Mund, als er etwas sagen wollte. Sie drehte sich zu ihm, schaute ihn an. Ihre Hand ging wieder weg von seinem Mund, ging nach unten, zurück zu ihr. Dieter folgte ihr.

Die Hand schob langsam den Pullover nach oben, die andere half. Er sah ihre Haut, Bauch, Nabel, er rührte sich nicht, sagte nichts, seine Augen folgten ihren Händen, die den Pullover immer höher schoben, ihn über den Hals stülpten, ihn von ihr lösten, auf den Rücksitz warfen. Sie beugte sich nach vorn und löste den BH, nahm ihn, warf ihn weg.

Sie saß nackt neben ihm.

Sie nahm die Flasche und trank.

Sie sagte nichts, legte ihre rechte Hand auf ihren Bauch, auch ihre linke. Sie wollte sie schützend nach oben werfen, die Blicke abwehren, so wie sie es immer tat. Doch sie bemühte sich, beide unten zu halten. Sie saß einfach so da.

Sie waren allein. Sie wollte schön sein in dieser Nacht, für ihn, sie wollte so sein, wie sie war, sich nicht verstellen, verstecken. Dieter sah ihr Herz, wie es pochte unter der Haut, wie es neben der A-Brust schlug, wie die C-Brust schrie nach ihm. Seine Augen gingen hin und her. Ihr Bauch, die Brustwarzen.

Er schaute sie an. Sie ließ es zu. Eine Minute, zwei.

Wie wundervoll er sie fand. Und dann, wie sie seine Hand nahm und auf sich legte. Wie Dieter sie bewegte auf ihr, wie seine Hand langsam alle Stellen ihres Oberkörpers berührten, wie sie immer wieder liegen blieb, spürte, weiterging. Wie sie sich spürten, wie sie fliegen wollten miteinander, abhoben, durch die Luft wirbelten, sich immer weiter berühren wollten, sich auffressen, sich halten wollten. Wie sie sich anlächelten, schüchtern, gierig. Wie beide Brüste unter seinen Fingern warm waren.

Wie der Schnee auf den weißen Saab fiel. Wie Claudia die Weinflasche nahm und Dieter anlächelte.
Was für eine Schweinerei, sagte sie.
Was für eine Schweinerei, sagte Dieter.
Der Schnee war laut.

Walter

Wie er so da saß und tot war.

So friedlich sein Gesicht, verwundet, still. Er war ein guter Kamerad, ein ordentlicher Mensch, würden seine Kollegen am Friedhof sagen. Sie würden ihn tragen, sie würden auch den Sarg bezahlen.

Ein ordentlicher Mensch, würden sie sagen.

Keiner wusste, dass er es nicht war. Nichts in ihm war ordentlich, nichts funktionierte einfach so, immer wieder überrollte ihn das Unglück, vertrieb das Schöne und blieb. Aber zu niemandem ein Wort. Keiner wusste davon.

Nur, dass er allein war, dass er lieber seine eigenen Wege ging. Keine Biere nach Dienstschluss, kein Schluck von ihm für sie. Sie trugen nur den Sarg. Er kam zur Arbeit und ging wieder, er war pünktlich, er machte nichts falsch, war wortkarg und fuhr diesen gelben BMW. Das war sein Stolz, sein Schatz, der ihm geblieben war. Der Wagen war etwas wie Trost für ihn. Er hatte ihn gekauft, nachdem Ina weggegangen war, er hatte sich etwas Gutes tun wollen, Farbe in sein Leben bringen, etwas Besonderes.

Er saß auf dem Beifahrersitz, auf der Windschutzscheibe war Blut, sein Auto verbeult, gelber Schrott. Er saß da, friedlich.

Er erwartete nichts mehr, niemand sollte ihn retten, ihm helfen, ihn ablenken von sich. Nichts mehr tat weh.

Er spürte keine Schwere mehr, keine Traurigkeit. Endlich war es still. Nichts rührte sich.

Einen Tag später lag er auf der Bahre des Bestatters. Sie hatten ihm das Gesicht gewaschen, seine Haut wieder in Ordnung gebracht, halbwegs. Tod durch Unfall stand in der Sterbeurkunde. Sie zogen ihn aus dem Wagen, stellten seinen Tod fest und brachten ihn weg. Ihn und Maurice.

Eine Cousine organisierte die Beerdigung, nur eine kleine Gruppe von Menschen stand auf dem Friedhof. Mit den meisten hatte er nicht mehr als ein paar Sätze gewechselt, Polizisten, Bekannte von früher, niemand sonst.

Sie schaufelten Erde auf ihn.

Melih & Dina

Sie lag in seinem Arm.

Er streichelte sie. Sie nahm es an. Sie redeten nicht. Melih schwieg, Dina auch.

Keiner wollte die Stille zerbrechen, beide hatten plötzlich Angst, dass es zu Ende sein könnte, dass etwas kaputtgegangen sein könnte. Sie schwiegen. Dina hatte sich in seinen Arm gelegt, sie hatte nicht nachgedacht, sie wollte es, ließ sich umarmen von ihm. Sie ließ sich halten, lieben. Auch als Tákis zurückkam.

Der Mann legte ihn auf ihre Beine, behutsam. Tákis wachte nicht auf, lag einfach da, war still wie sie, hatte aufgehört zu schreien.

Dina hatte sich kurz aufgerichtet, als die Tür aufgegangen war, als sie dann zuging, lehnte sie ihren Oberkörper wieder an Melihs Schulter, er legte wieder seinen Arm um sie, Tákis lag auf ihren Beinen. Sie spürte seine Hand auf sich, seinen Arm so wie immer. So, als wäre nichts passiert. Seine Finger waren zart. Sie verstand es nicht, dieses Gefühl. Sie genoss es, sie wollte nicht, dass er aufhörte, dass er wegging. Egal, was passiert war.

Keine Kameras, dachte sie. Sie spürte seine Fingerkuppen durch den dicken Pullover auf ihrer Haut. Er hörte nicht auf, streichelte sie. Sie dachte an den Vermieter, sie versuchte sich sein Gesicht vorzustellen, sie versuchte sich zu erinnern an all die Momente, an all die Nacktheit, an alles, was er gesehen hatte, gehört. So viele Bilder, so viele schöne Momente mit Melih, ihre Haut, seine. Sie erinnerte sich. Sie lag in seinem Arm. Er streichelte sie. Er fühlte sich leicht, stark, er hielt sie fest, er hätte sie tragen können in diesem Moment, weit, hätte sie nicht fallengelassen, hätte sie getragen. Ihm konnte nichts mehr passieren, er hatte die Wahrheit gesagt, da war nichts mehr, das nagte in ihm, nichts mehr, das ihn krank machte. Er hielt sie, war für sie da. Er hätte alles für sie getan. Sie hätte alles genommen von ihm. Jeden Finger, jede Bewegung, jedes Wort. Sie streichelte über Tákis' Kopf. Leise, zart, so, dass Melih es nicht sehen konnte. Tákis schlief.

Melih schaltete den Scheibenwischer ein, schaute dem Schnee zu, den Flocken. Alles, was da sonst war, sah er nicht. Nur der Schnee und Dinas Arm, den er streichelte, ihre Schulter, die Stelle über ihrer rechten Brust. Die Flocken waren groß und weiß. Wie sie sich hinlegten.

Dinas Kopf an seiner Schulter. Seine Hand in ihren Haaren, über ihren Nacken. Nur das Atmen. Menschen, wie sie Luft holten und sie wieder hergaben.

Dina. Melih. Tákis.

Uschi & Bertram

Walter und Maurice waren still.

Nur noch Uschi und Bertram. Der Tunnel, die Ventilatoren, sonst nichts. Sie hatte sich zu ihm gesetzt, war am Beifahrersitz angekommen, war zu ihm gekrochen, hatte sich versteckt bei ihm, sie wollte nicht weiter, nur noch neben ihm sein. Sie wusste nicht wohin sonst.

Es war unerträglich still. Sie hatte seine Hand genommen und sie gehalten. So wie früher, so, als würde sie das Glück zurückbringen, seine Hand. Dann machte sie Musik. Sie drückte den Knopf, machte es laut. Irgendein fröhliches Lied kam heraus, es war überall, im Auto, im Tunnel, auf ihrer Haut, in ihrem Gesicht, es war laut, es tat gut, es war schön, es tat gut.

Als es zu Ende war, drückte sie noch einmal.

Eine Minute, zwei, drei. Das Lied, wie es zu Ende ging. Wie sie wieder drückte. Und wieder. Immer dasselbe Lied, laut durch den Tunnel. Happy Sound. Wie Kino.

Bertrams Hand in ihrer, sein Bein fast tot, er rührte sich nicht. Sie hatte seine Finger genommen, sie umschlossen, sie drückte zu, sie wollte ihm wehtun, sie hörte Musik, sie quetschte seine Finger zusammen, sie wollte, dass alles wieder gut war. Sie drückte den Knopf immer und immer wieder. Dieses schöne Lied im Tunnel, laut, und im Rückspiegel Walter. Wie er dasaß. Nichts hörte. Wie es in ihr laut war, die Musik, dieses Lied, das immer wieder kam, fröhlich, unerträglich schön.

Bertram sagte nichts mehr. Nur ihre Hand, die ihn an früher erinnerte. Uschis Finger, seine, wie sie fester und fester drückte.

Uschi und Bertram.

Und irgendwo hinten eine Sirene.

Suza & Ruben

Sie hatten nichts gesehen, gar nichts, sie waren nie in diesem Tunnel gewesen.

Wenn jemand gefragt hätte.

Sie gingen nebeneinander, es war immer noch nichts zu hören außer den Ventilatoren, außer der kalten Luft, die durch den Tunnel zog. Sie hatten den Mann mit dem Schnurrbart in den kaputten BMW gesetzt. Er war bereits tot gewesen, sie hatten nur den Körper getragen, ihn in das Auto gestopft, sonst nichts.

Sie hatten nichts getan, es war nichts passiert.

Ein schrecklicher Unfall. Zwei Tote. Ein Schwarzer und ein Polizist. Das erste Auto war ins Schleudern geraten, hatte sich überschlagen. Ein Reifen war geplatzt, der Fahrer hatte die Kontrolle verloren, er war nicht angeschnallt gewesen. Es war ein Unfall.

Sie gingen nebeneinander.

Suza hatte seine Füße auf die Pedale gelegt, Ruben war fast zusammengebrochen unter dem massigen Körper. Schwer atmend hatte er ihn gehoben, ihn zwischen dem verbogenen Blech auf den Sitz geschoben. Dann waren sie gegangen. Ruben hatte sie weggezogen, sie waren gegangen, sie hatten nichts gesehen, nichts gesagt, nicht zurückgeschaut, beide still, wortlos. Rubens Rucksack lag sicher auf seinem Rücken, die Träger hielt er mit beiden Händen. Suza rollte ihren Koffer durch den Tunnel.

- Es geht mir gut.
- Sicher?
- Ja.
- Wow.
- Ja.
- Wir sollten schnell von hier verschwinden.

- Genau.
- Wahnsinn.
- Ja.

Sie gingen durch den Tunnel, sprachen nicht über das, was eben passiert war, gingen nur. Von Licht zu Licht. Keiner von beiden sagte etwas. Zehn Minuten, zwanzig, einen Kilometer, zwei.
- Wie viel Geld passt in so einen Rucksack?
- Viel. Ich habe es nicht gezählt, aber es ist viel, sehr viel.
- Wenn ich noch drei Ausstellungen mache, kann ich aufhören. Mehr Geld brauche ich nicht bis zum Schluss.
- Bis zum Schluss?
- Bis ich auch einen Unfall habe.
- Einen Unfall?

Sie schaute ihn an und klopfte auf seinen Rucksack, sie zog daran, zog Ruben zu sich, stellte sich vor ihn hin.
- Was machen wir jetzt?
- Wir gehen einfach weiter, aus diesem Tunnel hinaus.
- Rede mit mir. Was machen wir jetzt?
- Wenn wir in Sicherheit sind, dann rede ich mit dir. Lange, wenn du willst. Aber jetzt komm. Ich will weg hier.

Er schob sie zärtlich zur Seite und ging weiter, nahm ihre Hand und zog daran. Sie folgte ihm. Sie schaute ihn an, zog ihre Hand aus seiner.
- Wo willst du hin?
- Ich weiß es nicht. Weg von hier.
- Wie weit?
- Weit.

Für einige Schritte sagte sie nichts, schwieg. Man hörte nur ihre Schritte, Rubens Atem, dann, ganz leise, sagte sie es ihm, sie flüsterte fast.
- Ich hatte eine Tochter.
- Hattest?
- Ja.

– Was ist mit ihr?
Ruben schaute zu ihr, ohne stehenzubleiben, er war vorsichtig, wollte nichts Falsches sagen, nicht neugierig sein, taktlos. Er schaute sie an. Sie ihn.
– Was ist passiert?
– Sie wohnt hier ganz in der Nähe.
– Sie wohnt hier? Sie ist nicht tot?
– Nein. Sie ist nicht tot. Warum sollte sie tot sein?
– Du hast gesagt, du hattest eine Tochter.
Suza überlegte, sie wusste nicht, ob sie es ihm sagen sollte, ob sie darüber reden sollte mit ihm, ob sie überhaupt mit jemandem reden sollte darüber. Sie zögerte, schaute ihm in sein Gesicht, sah seine Augen, seine Stimme war gut.
– Ich habe sie weggegeben. Ich war sechzehn.
Ruben dachte an seine Kinder, dass er auch weggehen hatte wollen, sie alleine lassen, tausendmal.
– Ich hasse mich dafür.
– Nicht.
Er nahm wieder ihre Hand, ging weiter an ihrer Seite, ihre Hand blieb liegen in seiner.
– Wie heißt sie?
– Claudia, meine Mutter hat ihr den Namen gegeben, sie ist bei ihr aufgewachsen. Sie hat mir Briefe geschrieben. Ich habe ihr nicht geantwortet.
– Sie wollte dich kennenlernen?
– Ich konnte nicht.
– Aber sie lebt.
– Natürlich lebt sie.
– Das ist gut. Das ist sehr gut. Wow. Deine Tochter. Das ist viel für mich. Willst du sie sehen?
– Ich weiß nicht.
– Du kannst sie immer noch kennenlernen.
Suza schwieg, der Koffer rollte über den Asphalt. Das Geräusch, das die Plastikrollen machten, war plötzlich

laut, lauter als die Ventilatoren, lauter als alles andere. Sie wollte das nicht, sie wollte nicht mehr darüber nachdenken, nicht mehr verfolgt werden von diesem Gefühl, nicht darüber reden. Nichts mehr davon, keine Schuld mehr, nicht mehr daran denken. Die Augen wieder schließen. Blind sein. Nichts mehr sehen. Das wollte sie. Immer schon.
– Sie hat mir Fotos geschickt vor ein paar Jahren. Sie ist sehr hübsch.
– Weiß sie, dass du hier bist?

Sie drückte seine Hand. Sie hielt sich immer noch fest an ihm.
– Bin ich hier?
– Vielleicht.
– Wozu soll das gut sein? Ich muss nicht bleiben.
– Musst du nicht?
– Nein.
– Warum bist du dann hier?
– Wegen der Ausstellungen.

Sie schüttelte seine Hand aus ihrer. Sie wollte sie nicht mehr. Sie gingen weiter, sie wollte diese Frage nicht beantworten, nicht darüber nachdenken, die Lippen waren hart, die Mundwinkel gingen nach unten. Hundert Meter, zweihundert. Dann nahm er wieder ihre Hand. Zuerst schlug Suza sie weg, wehrte sie ab, dann ließ sie ihn, lächelte ihn an.
– Du hast eine sehr schöne Stimme.
– Ich weiß.
– Was kommt dann? Wenn wir nicht mehr im Tunnel sind? Wenn wir draußen sind? Was ist dann?
– Ich weiß es nicht. Wir werden sehen. Wie weit noch?
– Nicht mehr weit.
– Wenn die Unfallstelle vor dem Tunnel geräumt ist, sollten wir hier weg sein. Dann kommen Autos. Fußgän-

ger im Tunnel fallen auf. Man wird Fragen stellen. Das wollen wir nicht, oder?
- Nein, das wollen wir nicht.
- Also weiter.
- Ja, weiter.
- Das ist anstrengend für mich, ich muss mich ausruhen.
- Wir sind bald da. Es ist nicht mehr weit, ein Kilometer vielleicht.
- Bring mich hier raus, bitte!

Rubens Atmen wurde immer lauter, er konnte sich kaum noch auf den Beinen halten. Plötzlich knickten seine Beine ein, Suza stützte ihn, zog ihn, sie trieb ihn an, er bemühte sich, nicht aufzugeben, stark zu sein, seinen Körper über den Asphalt zu tragen. Er wollte nicht, dass es jetzt schon vorbei war. Er wollte mehr, er spürte, dass das noch nicht alles war.

Das Geld auf seinem Rücken. Suza. Die Frauenhand in seiner. Sie zog ihn, brachte ihn in Sicherheit, durch den Tunnel, hinaus in den Schnee. Sie redete auf ihn ein, sie schrie ihn an. Weitergehen, nicht stehenbleiben, nicht aufgeben. Er atmete immer schwerer, er wollte eine Pause machen, er konnte nicht mehr, doch er musste weiter, musste aus diesem Tunnel, schnell, bevor die Autos kamen.

Er atmete. Er spürte ihre Hand. Es fühlte sich gut an. Ihre Haut. Er dachte an Lisbeth, an ihre Haut. Wie weit weg sie war. Wie sie untergegangen war im See. Ihre weiße, schöne Haut. Rubens Finger pressten sich an Suzas. Sie ging weiter, zog ihn, stützte ihn, machte ihm Mut. Sie ging ein kleines Stück vor ihm, sie brachte ihn dazu, ihr zu folgen, weiterzugehen. Er hinter ihr, erschöpft, dankbar.

Wir schaffen das, sagte sie.

Sie ging, sie glaubte nicht daran, sie sagte es trotzdem, sie zerrte ihn mit sich, sie hörte bereits die Autos im Tunnel. In ihr stiegen die Bilder wieder auf, sie kamen ohne Vorwarnung zurück in ihren Kopf. Maurice, wie er neben ihr tot war, der Mann mit dem Oberlippenbart. Wie sie seine Beine trug. Wie der Wagen gegen die Tunnelwand prallte, wie er sie anschrie, wie er sie schlug. Wie sie ihn kennenlernte an der Hotelbar, sein schöner Körper, wie er verbogen im Wagen lag, blutig. Wie der Wagen sich überschlug. Wie sie immer weiter ging, wie sie die fremde Hand hielt. Ruben.

Wie sie immer weiter ging. Ohne zu wissen wohin. Weg von diesen Bildern, von Maurice, von der Unfallstelle, von dem Mann ohne Nase, von allem, was gewesen war, was sie gesehen hatte, erlebt. Weit weg, sie wollte sich nicht umdrehen, wollte die Bilder aus ihrem Kopf werfen, schneller gehen. Sie zerrte Ruben noch fester, sie spürte, wie er langsamer wurde, stehenbleiben wollte. Suza zerrte an ihm, ging, riss ihn mit.

- Ich kann nicht mehr.
- Du kannst. Da vorne ist der Tunnel zu Ende, siehst du, nur ein Stück noch, gib jetzt nicht auf, du schaffst das, komm weiter jetzt, da vorne sind wir in Sicherheit.
- Sind wir das?
- Ich weiß es nicht.

Sie ließ nicht locker, ließ ihn nicht zur Ruhe kommen, ließ in nicht zurück. Sie ging weiter, auf die Tunnelausfahrt zu. Ruben dachte an den Mann in dem Auto, dauernd sah er sein Gesicht vor sich, die Löcher über den Lippen.

Ruben konnte nicht mehr. Sollten sie ihn finden, er wollte nicht mehr, hatte keine Luft mehr, er würde liegenbleiben, gefunden werden. Es war ihm egal, er wollte nur noch anhalten, sich nicht mehr bewegen, seinen Körper nicht mehr spüren, diese Hand loslassen, liegenbleiben, erschöpft sein.

Er sah die Tunnelausfahrt vor sich, sie zog ihn, er schloss seine Augen, setzte einfach ein Bein vor das andere. Ließ sich ziehen, führen, in Sicherheit bringen von ihr. Er sah den Schnee, alles war weiß weit vorne, er ging weiter. Suza neben ihm, ihre Hand in seiner. Immer noch ließ sie ihn nicht los, ihre Schritte, der Koffer, der neben ihr rollte.

Er riss die Augen auf. Weit hinten hörten sie eine Sirene. Suza drückte seine Hand, ging noch schneller. Er folgte ihr, versuchte die Schmerzen in seiner Brust zu ignorieren, er blieb nicht stehen, hörte die Sirene, rannte Suza und ihrem Koffer hinterher.

Nicht mehr weit, sagte sie.

Sein Herz, das kaum noch schlagen wollte, seine Lunge, die zarten Muskeln in ihm. Suza, wie sie ihn ansah, von der Seite, wie ihn ihre Augen anschrien. Weiter. Nicht stehenbleiben, nur ein Stück noch.

Sie lief, er hinter ihr.

Seine Beine flogen über den Asphalt, das Tunnelportal kam immer näher, auch von vorne hörte man Sirenen. Sie gingen nicht mehr, sie rannten, Ruben, Suza, er spuckte, beinahe übergab er sich. Niemand sollte ihn finden, keiner sollte ihn aufhalten, nicht jetzt, so kurz vor dem Anfang, er gab alles, was er hatte, die letzte Kraft, die er fand. Er würde es aus diesem Tunnel schaffen, nicht zusammenbrechen. Nicht hier, nicht jetzt.

Die Sirenen kamen immer näher. Sie würden auch von dieser Seite in den Tunnel einfahren, sie waren gleich da, gleich bei ihnen. Es waren nur noch wenige Meter bis zum Portal. Die ersten Autos waren zu sehen, der Schnee, die Scheinwerfer, die Blaulichter, wie sie näher kamen, auf Ruben zu, auf Suza. Wie er ein Bein vor das andere setzte, wie er rannte. Sie zerrte ihn hinter sich her, das Stechen in seiner Seite war unerträglich, er schnappte nach Luft, sein Rennen wurde zum Stolpern.

Suza zog ihn an den Rand der Fahrbahn, sie pressten sich an die Tunnelwand, kurz nur, sie waren fast da, sie waren vorsichtig, schauten, atmeten.

Suza überlegte kurz, dann rannte sie weiter, Ruben mit ihr. Seine Hand in ihrer. Über den Schnee. Durch die Flocken sah man die Autokolonne, das Blaulicht, das schon fast bei ihnen war. Sie rannten, fast schleifte sie ihn hinter sich her, vor ihnen war die Kabine, daneben die kleine Bar. Sie rannten zur Seite hin, ungesehen, aus dem Scheinwerferkegel in Sicherheit, schnell, keiner nahm sie wahr, sie liefen hinter den Mülltonnen vorbei, zum Hintereingang, ins Dunkel.

Streiflicht von großen Laternen. Ruben und Suza. Sie saßen da, rührten sich nicht. Ein Rettungswagen und einer von der Polizei fuhren in den Tunnel ein. Sie sahen das Licht, das flackernde Blau, sie hatten Angst, sie bewegten sich nicht.

Keiner schaute in ihre Richtung, keiner hatte sie gesehen, niemand. Ruben ging zu Boden. Er rang nach Luft, hielt sich den Bauch, seine Brust, er hustete, der stechende Schmerz war beinahe unerträglich. Er kniete, stützte sich mit den Händen ab, atmete heftig, konnte nicht sprechen. Er legte sich hin, zog seine Beine an, atmete, hustete.

Suza war bei ihm. Die Flocken kamen dicht und schnell. Sie setzte sich neben ihn auf ihren Koffer, legte ihm eine Hand auf den Rücken, wartete.

Wir sind in Sicherheit, sagte sie.

Ruben atmete laut.

Sie schaute nach oben, spürte den Schnee, während ihre Hand auf seiner Schulter lag, sich leicht bewegte auf ihm. Ruben lag da. Sein Herz kam langsam zur Ruhe, er bekam wieder Luft, er saugte sie gierig ein und setzte sich auf, lehnte sich an, spürte den Schnee.

Suza wartete und schaute den Flocken zu.

Keiner suchte sie. Keiner hatte sie gesehen, wie sie aus dem Tunnel gekommen waren, keiner wusste, dass sie hier saßen. Niemand.

Die bunten Getränkekisten vor ihnen wurden weiß. Überall war Schnee.

Die Fußspuren von Suza und Ruben verschwanden. Frischer Schnee auf Ruben, Flocken in seinem Gesicht, in Suzas. Der Himmel war voll davon. Wie sie einfach herunterkamen und liegen blieben auf ihnen, wie sie einfach da waren nebeneinander. Suza, Ruben.

Wie er seinen Rucksack festhielt.

Wie Suza wieder seine Hand nahm. Wie er sie ihr gab, wie sie es beide genossen, dass alles sich veränderte, von Minute zu Minute anders wurde, weißer.

Sie schauten sich an.

Überall war Schnee.

Bernhard Aichner, geboren 1972, lebt als Schriftsteller und Fotograf in Innsbruck. Mehrere Literaturpreise und -stipendien, zuletzt der Burgdorfer Krimipreis (2014). Zahlreiche Theaterstücke, Hörspiele sowie Veröffentlichungen in Zeitschriften und Anthologien. Bei HAYMONtb erschienen die Max-Broll-Krimis *Die Schöne und der Tod* (2010), *Für immer tot* (2011) und *Leichenspiele* (2012) sowie der Roman *Nur Blau* (2012). Zuletzt veröffentlichte er den Thriller *Totenfrau* (btb, 2014).
www.bernhard-aichner.at